CŒURS BATTANTS

POUR TOUJOURS #32

E. L. TODD

TABLE DES MATIÈRES

1. Conrad — 1
2. Skye — 23
3. Trinity — 41
4. Slade — 65
5. Cayson — 73
6. Conrad — 103
7. Arsen — 125
8. Theo — 143
9. Beatrice — 155
10. Conrad — 165
11. Trinity — 181
12. Silke — 193
13. Arsen — 199
14. Conrad — 207
15. Lexie — 223
16. Skye — 235
17. Arsen — 257
18. Conrad — 267
19. Arsen — 287
20. Skye — 301
21. Cayson — 305

Du même auteur — 323

1

CONRAD

– Waouh, s'exclama Carrie en entrant chez moi, Sassy sur les talons.

Elle a admiré le plancher de bois, les fenêtres massives et le style moderne de mon penthouse. La nuit était tombée, et la lumière des gratte-ciels éclairait l'appart.

– J'ai jamais vu un aussi bel endroit, dit-elle impressionnée. Ben, sauf dans les films.

– Ma vie est un film.

Carrie a hoché la tête.

– En effet.

Apollo m'a suivi jusqu'à la cuisine, où je lui ai servi un bol de croquettes. J'en ai rempli un deuxième pour Sassy, histoire que les clébards ne se disputent pas pour la bouffe.

– Je peux t'offrir à boire ?

– Pourvu que ça ne soit pas l'eau des chiens, railla-t-elle.

J'ai sorti deux bières du frigo.

– Heineken ? Je n'ai pas de vin ni rien de sophistiqué.

– J'adore la bière.

Elle m'a pris une bouteille des mains avant d'en boire une longue gorgée.

– On regarde le match ?

– Bonne idée, dit-elle en s'asseyant sur un de mes canapés en cuir. La vache... c'est moelleux ce truc.

– Ça vient de chez Roche Bobois.

– Eh ben, je vais faire du shopping demain.

Je me suis assis à côté d'elle et j'ai allumé la télé.

Elle ne m'a pas pris la main ni m'a montré d'affection. Elle ne le faisait jamais, d'ailleurs. Notre relation était singulière. Carrie m'attirait, mais je n'avais encore rien tenté avec elle. C'est elle qui m'a invité à sortir, pourtant elle ne hasardait rien non plus.

– Je crois que Colin Kaepernick était un quarterback extraordinaire.

– Bof, j'en sais rien...

– Il a conduit les Forty Niners au Super Bowl à sa deuxième saison avec eux.

– Ouais, mais ils n'ont pas gagné, répliquai-je.

Elle a bu une longue gorgée de bière.

– T'es pas un peu critique ?

– Nan. C'est ce qui arrive aux célébrités. Je suis beaucoup moins célèbre que lui et je me fais tout le temps critiquer, mais je prends sur moi.

Elle s'est rapprochée sur le canapé, ne prêtant plus attention à la télé.

J'ai trouvé sa proximité alarmante, peut-être parce que nous n'avions jamais été aussi proches. Mon pouls s'est accéléré immédiatement, comme si j'attendais ce moment avec impatience.

Elle a posé la main sur ma cuisse, guettant ma réaction.

J'ai tourné la tête vers elle et soutenu son regard, cachant ma peur comme je le faisais toujours. Son contact m'excitait, et ma queue a réagi. Il y avait un bail que je n'avais pas baisé. J'avais renoncé aux aventures sans lendemain, et j'étais surpris de voir que mon corps était de nouveau prêt pour l'intimité.

Carrie a penché la tête d'un côté en m'étudiant.

– Ça te dérange ?

– Non.

Je me suis rapproché pour souligner mon consentement.

– Tu me plais beaucoup, murmura-t-elle. Plus que je m'y attendais.

– Tu me plais aussi, Carrie.

Elle était facile à vivre et ne me mettait jamais la pression. C'était comme si je la connaissais depuis toujours.

Elle a lorgné mes lèvres un instant avant d'y presser un baiser.

J'ai senti une chaleur m'envahir immédiatement. Ses lèvres étaient douces et charnues, et ma bouche semblait faite pour la sienne. Nos lèvres dansaient ensemble tandis que notre souffle s'accélérait chaudement. Elle m'a même donné un bout de langue, ce qui m'a plu aussi.

La chimie est là.

Elle a suçoté ma lèvre inférieure avant de reculer.

– Tu embrasses bien.

– Toi aussi.

Elle a posé un baiser délicat sur ma mâchoire.

– J'aime bien ta gueule. Anguleuse et masculine.

– Merci.

Je n'avais jamais reçu un tel compliment.

– Conrad ?

– Hum ?

– J'aimerais aller plus loin.

C'était une déclaration courageuse. Mais ignorant quoi répondre, je suis resté silencieux.

– Mais j'ai quelque chose à dire d'abord.

Je ne la quittais pas des yeux.

– Je ne tomberai plus jamais amoureuse. C'est tout simplement impossible. Je ne veux pas que tu espères le contraire, que tu croies que je pourrai t'aimer de façon romantique. Tout ce que je peux t'offrir, c'est l'amitié et la loyauté. Peut-être qu'un jour je ressentirai de l'amour pour toi, un amour qui grandit au fil du temps. Mais ce ne sera jamais passionné ni véritable. Je veux partager ma vie avec quelqu'un, car je veux des enfants. Un garçon et une fille. Je veux être mère au foyer et j'ai besoin d'un mari pour subvenir à nos besoins. Et quand les gosses seront grands, je retournerai bosser. C'est ce que je veux, Conrad. Je ne veux pas édulcorer la vérité pour toi.

À ma surprise, j'ai souri.

– Ça me convient parfaitement.

– Ah ouais ? Tu veux des mômes ?

– Ouais. Mais j'en veux trois.

– C'est négociable.

– Je ne pourrai jamais t'aimer non plus, Carrie, l'avertis-je à mon tour. Mais je suis un type bien et je peux te donner ce que tu veux. Je te traiterai toujours bien et avec respect. Si cette relation va quelque part, je crois qu'on obtiendra exactement ce qu'on veut, toi et moi.

Elle a pris mon visage en coupe.

– Je suis tellement contente de t'avoir foncé dedans.

J'ai ri.

– Je suis content aussi.

Elle s'est assise à califourchon sur moi en me poussant contre le dossier. Ses mains m'ont parcouru le torse alors qu'elle frottait doucement son bassin contre ma trique.

– Je n'ai couché avec personne depuis mon mari. Je voulais que tu le saches.

Mes mains ont empoigné ses cuisses.

– D'accord.

– Mais j'en ai vraiment envie. Le sexe me manque.

– Je comprends.

Je me suis levé en l'entraînant avec moi. Elle était légère comme je m'y attendais. Elle s'est accrochée à moi, et j'ai posé des baisers dans son cou en me dirigeant vers ma chambre. En entrant, j'ai refermé la porte d'un coup de pied pour empêcher nos chiens de nous suivre. J'ai allongé Carrie sur mon édredon avant de la déshabiller. Elle a arqué le dos en me laissant lui ôter son jean, affichant un sourire espiègle qui m'excitait encore plus. Elle a enlevé son t-shirt elle-même, puis a dégrafé son soutif.

Ses seins étaient petits, mais ronds et fermes.

J'ai enlevé ma chemise à mon tour avant de me débarrasser de mon jean. Puis j'ai glissé les doigts sous son string et je l'ai baissé. La zone au creux de ses cuisses était lisse et imberbe. Ma queue a tressauté d'excitation. J'ai empoigné mon caleçon et je l'ai baissé d'un coup, libérant mon membre.

Lorsque Carrie m'a vu dans toute ma splendeur, ses yeux se sont arrondis. Elle s'est même léché les lèvres.

Ma queue a tressauté de plus belle. Je me suis hissé sur elle et j'ai écarté ses cuisses du genou. Elle avait soif de moi, car ses mains se sont immédiatement mises à se balader sur mon corps. Elle a planté les ongles dans ma peau et elle m'a griffé le dos fiévreusement. Nous nous sommes embrassés, et bientôt elle passait les mains dans mes cheveux.

Quand mes doigts ont trouvé son entrejambe, je n'ai pas été surpris par sa moiteur. Je n'avais presque rien fait et elle était déjà excitée.

– T'as un corps de rêve, dit-elle dans ma bouche.

– Toi aussi.

Elle a enroulé les jambes autour de ma taille et les a serrées. Je savais qu'elle voulait sauter les préliminaires et passer aux choses sérieuses. Si je n'avais pas eu de sexe pendant deux ans, je ressentirais la même chose. J'ai sorti une capote de ma table de chevet, puis je l'ai déroulée sur ma queue au garde-à-vous.

Elle a planté les ongles dans ma poitrine en gémissant d'impatience.

Son excitation décuplait la mienne. Je me suis positionné entre ses jambes et j'ai inséré le gland en elle. Sa chatte était étroite, mais j'ai glissé facilement dans sa cyprine.

– Oh mon Dieu...

Elle a renversé la tête en arrière en haletant.

Je me suis enfoncé jusqu'à la garde.

– Conrad, dit-elle en plantant les ongles encore plus profondément dans mon dos. C'est trop bon...

J'ai replié ses jambes vers elle en la pénétrant lentement, sachant qu'un rien la ferait jouir.

Elle a pris mon visage entre ses mains et m'a embrassé en gémissant de plus belle. Elle tanguait le bassin en rythme avec moi pour prendre ma queue sur toute sa longueur. Sa main m'a empoigné le cul et elle m'a attiré vers elle, comme si je n'allais pas assez vite.

J'ai accéléré la cadence pour la satisfaire.

Elle a renversé la tête en arrière et ses cheveux se sont éparpillés tout autour.

– Oui, comme ça...

Lexie et Beatrice étaient les seules femmes que j'ai réellement voulu combler. Avec Lexie, je ne pensais qu'à ça. Je voulais lui donner autant de plaisir qu'elle m'en procurait. Mais je ressentais désormais la même chose pour Carrie, parce que je me souciais d'elle et de sa réconciliation avec le sexe.

– Conrad, je vais jouir.

Elle n'avait pas besoin de me le dire. Je le sentais. Je me suis penché en avant pour frotter mon bassin contre son clito. Comme je m'y attendais, ça l'a emmenée au bord du gouffre. Sa chatte s'est resserrée alors qu'un flot de cyprine déferlait autour de ma queue. Elle s'est mise à hurler de façon incohérente.

– Oh oui... oui...

Je l'ai pilonnée fermement pour faire durer son orgasme le plus possible. Voir la joie illuminer son visage m'a allumé encore plus. Elle était comme une pucelle qui attendait de se faire déflorer depuis trop longtemps.

Une fois la vague passée, elle s'est détendue en soupirant profondément.

– Oh mon Dieu, c'était trop bon.

– T'en veux encore ?

– Quoi ? fit-elle incrédule.

– Tu veux que je te fasse jouir encore ?

– Tu peux faire ça ?

J'ai essayé de ne pas rire.

– Ouaip.

Ma bouche a trouvé la sienne et je l'ai embrassée lentement. Nos langues ont dansé ensemble alors que je touchais ses zones érogènes. J'ai pressé ses seins un par un, passant le pouce sur ses mamelons. Puis j'ai glissé la main jusqu'à son clito et je l'ai frictionné agressivement tout en l'embrassant. Sentant qu'elle était prête pour le deuxième round, j'ai retiré ma main et me suis remis à tanguer en elle, donnant des coups de bassin longs et réguliers.

Sa chatte s'est vite resserrée autour de ma queue. Cette fois, Carrie a hurlé à pleins poumons et ses ongles m'ont griffé la peau du dos comme des couteaux.

– Conrad Preston, je t'aime, cria-t-elle en renversant la tête. Oh mon Dieu...

Son plaisir était manifeste et je ne me contrôlais plus. Elle était bonne au pieu et ma bite était heureuse, même avec une capote. J'ai poussé un grognement rauque en sentant mon foutre emplir le réservoir du préservatif. J'ai fermé les yeux et donné un ultime coup de reins en déchargeant ma semence.

Après nos orgasmes, nous haletions tous les deux, couverts de sueur.

Carrie a serré mes hanches avec ses jambes et m'a enroulé les bras autour du cou. Elle m'a attiré vers elle, comme si elle ne voulait jamais me lâcher.

– Tu es incroyable, Conrad.

Je l'ai embrassée à la commissure des lèvres.

– Je suis passé maître dans l'art de la baise.

– Baise-moi comme ça tous les soirs.

J'ai souri en la regardant.

– Promis.

Le lendemain matin, j'ai préparé le petit déjeuner en regardant le match. Je ne portais que mon jogging, car je ne voulais pas réveiller Carrie en fouillant dans mes tiroirs. Les clebs étaient assis devant la cuisine, salivant à l'odeur du petit-déj.

J'avais fait des pancakes, des œufs et du bacon. Je n'étais pas un cuisinier hors pair, mais je savais me débrouiller... grâce à Lexie. J'essayais de ne pas penser à elle, mais quoi que je fasse, elle apparaissait dans mon esprit de temps à autre. Pourquoi ne me foutait-elle pas la paix, même en souvenir ? Après ce qu'elle m'a fait, elle ne méritait pas d'occuper mes pensées.

J'ai pris une tranche de bacon et j'ai mordu dedans. Elle était croustillante, cuite à la perfection. Lexie m'avait appris à préparer le bacon dans le four. Grâce à ce truc, j'évitais les éclaboussures de gras brûlant.

Les chiens me regardaient manger avec envie.

J'ai cassé une tranche en deux et je leur ai lancé les morceaux.

Ils les ont dévorés en un clin d'œil.

Carrie a émergé du couloir, vêtue d'un t-shirt à moi. Il lui arrivait aux genoux, et ses cheveux étaient ébouriffés après nos ébats de la veille. Elle s'est frotté les yeux en soupirant profondément.

– Bonjour...

J'ai souri, parce qu'elle était mignonne dans mes fringues.

– Bonjour.

– Qu'est-ce qui sent si bon ?

– C'est soit moi, soit le petit-déj. Mais sûrement moi.

Elle est entrée dans la cuisine, frottant la tête des chiens en chemin. Puis elle s'est blottie contre ma poitrine et elle y a posé un baiser.

– Du bon sexe et le petit-déj ? Je commence à croire que je rêve.

– Alors, ne te réveille pas.

Elle a pris une tranche de bacon et l'a fourrée dans sa bouche.

– Mmm... trop bon.

– J'ai plus d'une corde à mon arc.

– Apparemment.

J'ai servi deux assiettes que j'ai portées au salon. Je mangeais habituellement à table, mais comme il y avait le match à la télé, je ne voulais rien manquer.

Carrie s'est assise à côté de moi, sirotant son café. Elle n'a pas râlé de manger devant la télé. Lexie préférait toujours s'asseoir à table pour qu'on puisse se parler sans distractions. Carrie semblait indifférente à l'idée. Elle a mangé en regardant le match.

– C'est vraiment bon. Merci, Conrad.

– Je t'en prie.

Quand elle a fini son assiette, elle s'est tournée vers moi.

– Je peux rester ? Ou t'as des plans aujourd'hui ?

– Tu peux rester aussi longtemps que tu voudras.

– T'es sûr ? demanda-t-elle hésitante.

J'ai essayé de ne pas rire.

– Si je voulais que tu partes, je te le dirais. Crois-moi.

Elle m'a cru.

– D'accord, dit-elle satisfaite. Alors, qu'est-ce que t'as prévu aujourd'hui ?

– C'est dimanche, répondis-je. Je regarde le foot.

– Toute la journée ? Bonne idée.

Elle a pris la couverture sur le canapé et s'est installée confortablement.

J'aimais qu'elle soit là. Carrie et moi avions une connexion naturelle. Elle était comme un mec, mais avec une chatte. Elle me plaisait, certes, mais je ne ressentais pas l'amour fervent que j'éprouvais pour Lexie, et je savais que ce ne serait jamais le cas. Mais j'étais à l'aise avec la dynamique qui s'établissait entre nous. Je n'aurais pas pu rêver mieux. C'était de loin supérieur à ma relation avec Georgia et toutes les autres traînées que j'ai fréquentées. Au moins cette relation avait un sens, et nous nous respections.

Le match s'est terminé, et il y a eu un talk-show avant le prochain match.

– Conrad ?

Je me suis calé dans le canapé en la regardant.

– Hmm ?

– Comment tu fais pour garder la forme ?

J'ai souri, flatté.

– Je m'entraîne tous les jours.

– Qu'est-ce que tu fais ?

– De la muscu, et de la boxe pour le cardio.

– Ça se voit.

– Merci. Mais je ne m'entraîne pas le dimanche. Ça serait un sacrilège.

– Je ne m'entraîne pas le week-end tout court.

Je l'ai serrée contre moi, puis j'ai posé le bras derrière elle. Nos chiens étaient couchés devant la télé comme s'ils la regardaient aussi.

– Je peux te demander autre chose ?

– N'importe quoi.

– Tu l'aimes encore ? C'est pour ça que tu ne m'aimeras jamais ?

J'ignorais la réponse. Les blessures infligées par Lexie me couvraient toujours le corps, et j'avais le pressentiment que les cicatrices seraient éternelles.

– Je ne sais pas...

Carrie m'étudiait.

– Elle m'a vraiment blessé, et j'ai encore mal. Ça fait trois mois et je me sens toujours aussi merdique. Il y a des jours où je la hais. Où j'aimerais pouvoir lui dire ses quatre vérités. D'autres où je souhaite qu'elle se pointe chez moi à l'improviste et me supplie de lui pardonner.

– Alors, ta réponse est oui.

J'ai haussé les épaules.

– Quand tu l'auras oubliée, tu crois que tu seras capable d'aimer à nouveau ?

– Non, répondis-je sans la moindre hésitation. J'ai déjà eu le cœur brisé, mais cette fois, c'est incomparablement pire. J'en ai marre de m'investir corps et âme dans les relations. Ça m'explose toujours en pleine tronche, et la fille finit par me piétiner le cœur. Ce n'est pas que je ne veux pas le refaire, c'est que je ne peux pas. Je n'ai plus d'amour à donner. Je suis vidé...

Elle a passé la main sur ma poitrine.

– Je suis désolée.

– Moi aussi, dis-je tout bas. Mes potes se casent tous un par un, et ils ont l'air heureux. Ils se disputent, comme tout le monde, mais jamais au point de rompre. Je croyais que je resterais avec Lexie pour toujours, mais je me fourrais le doigt dans l'œil jusqu'au coude. Je ne suis tout simplement pas fait pour ce genre d'amour.

Elle a posé un baiser sur mon épaule.

– Je sais que c'est difficile en ce moment, mais ça ira mieux.

– T'as commencé à aller mieux après combien de temps ?

– Jamais, à vrai dire. Dès que Scott est parti, j'ai changé irrévocablement. Je souris et je fais des blagues, mais... à l'intérieur, je suis profondément malheureuse. Perdre son âme sœur est... les mots me manquent pour décrire la souffrance. Je ne serai jamais normale. Je ne serai jamais guérie. La solitude m'a poussée à me remettre en selle. Je ne veux pas finir mes jours seule. J'ai essayé les applications de rencontre et j'ai même cherché des veufs, mais ils étaient tous trop vieux pour moi. Quand je t'ai invité à sortir, c'est parce que je te trouvais gentil, et séduisant... je ne m'attendais pas à ce que ça débouche quelque part. Puis tu m'as parlé de tes soucis et j'ai ressenti une pointe d'espoir. Et si on était deux cœurs brisés, mais qui vont bien ensemble ? Notre amour ne sera sans doute jamais exaltant, mais on peut peut-être avoir autre chose. Une autre forme d'amour.

– Peut-être bien...

Elle a touché mon menton du bout des doigts.

– Et mes parents me laisseraient enfin tranquille.

Je me suis esclaffé légèrement.

– Les miens aussi. Ils s'inquiétaient grave pour moi.

– Et je les rends moins inquiets ?

J'ai hoché la tête.

– Tu leur plais, ça se voit.

– Ils me connaissent à peine.

– Mais t'es pas une traînée comme les autres...

– Certainement pas. Eh ben, un peu hier soir...

J'ai pouffé.

– C'était sexy. T'étais plutôt intense. C'était comme coucher avec une pucelle.

– Honnêtement, j'avais l'impression de l'être. Ça faisait tellement longtemps.

J'ai posé un baiser dans son cou.

– Alors, tu veux être ma copine ?

Elle a souri jusqu'aux oreilles.

– On est en CM2 ?

– Je veux savoir si c'est exclusif ou pas.

Elle a froncé les sourcils.

– Ça a intérêt à l'être, Conrad.

– T'es jalouse ? Sérieux ?

– Pas jalouse. Déçue, c'est tout.

– Tu es la seule fille dans ma vie. Alors, tu veux être ma copine ?

– C'est pas un peu tôt ?

– Pas pour nous. Tu sais ce que je peux t'offrir et vice versa.

Peut-être que si tout allait bien, nous pourrions nous marier dans un an et fonder une famille. Peut-être que si je m'engageais dans cette voie, j'oublierais Lexie. Je n'aimerais jamais réellement Carrie, mais au moins je pouvais lui faire confiance. Elle ne me poignarderait pas le cœur comme les autres. En fait, c'était presque une relation d'affaires.

Elle a penché la tête d'un côté en faisant mine de réfléchir.

– Hmm... devrais-je être la copine de Conrad Preston ? Un homme parmi les plus beaux et les plus riches de toute la Terre ? Laisse-moi y penser...

J'ai pouffé.

– Fais vite. Cette offre a une échéance.

Elle s'est rapprochée et j'ai senti le galbe de ses seins près de mon visage.

– Oui, j'accepte. J'aimerais beaucoup être ta copine, M. Preston.

– Personne ne m'appelle comme ça en dehors du bureau.

– Ça me plaît... c'est sexy.

– Alors, tu peux m'appeler comme ça.

Elle a posé un autre baiser sur mon épaule.

– Des milliers de cœurs viennent de se briser.

J'ai souri, mais c'était forcé. Parce que le cœur de Lexie n'en faisait pas partie.

On a frappé à la porte.

Sassy s'est mise à japper, et Apollo a dressé les oreilles.

– Chut, Sassy, ordonna Carrie. Désolée. Elle s'effraie facilement.

– T'inquiète.

J'ai regardé par le judas et j'ai vu mes parents de l'autre côté. Que faisaient-ils ici ? Un dimanche après-midi ?

– C'est qui ? demanda Carrie.

– Mes vieux…

Elle s'est levée d'un bond, car elle portait toujours mon t-shirt.

– Merde, je vais me changer.

Elle a couru jusqu'à ma chambre, claquant la porte derrière elle.

J'ai ouvert même si j'étais torse nu.

– Salut, p'pa et m'man. Quoi de neuf ?

Papa a brandi un pack de bière.

– Tu regardes le match ?

– Bah ouais. Qu'est-ce que je ferais d'autre ?

– Eh bien, on peut se joindre à toi ? demanda maman.

– Euh, ouais.

Je les ai laissés entrer et j'ai refermé derrière eux.

Papa a vu Sassy.

– T'as adopté un autre chien...?

– Non, c'est le chien de Carrie, répondis-je.

– Elle est là ? demanda maman, qui n'arrivait pas à cacher son enthousiasme.

– Ouais, elle est dans la salle de bain. On regardait le match tranquillos.

Papa a souri de toutes ses dents.

– C'est chouette. Vraiment très chouette.

Je me suis retenu de lever les yeux au ciel.

– J'ai hâte de la voir, ajouta papa. Elle a l'air d'une fille bien.

– Elle l'est, acquiesçai-je. Elle me plaît.

Je me suis assis sur le canapé après avoir poussé nos assiettes vides.

– Alors... comment ça va entre vous ? s'enquit maman en s'asseyant.

À en croire son expression, papa attendait ma réponse avec impatience.

– Bien...

J'aimerais parfois qu'ils fourrent un peu moins leur nez dans ma vie.

– C'est sérieux ? demanda-t-il.

– C'est exclusif, répondis-je.

Il a compris le poids de mes paroles.

– C'est super. Vraiment très super.

– C'est la meilleure nouvelle de la journée, renchérit maman.

Deux vraies gonzesses.

– Eh ben, restez cool s'il vous plaît. Ne la faites pas fuir.

– Promis, fiston, dit papa.

Carrie est enfin réapparue, vêtue des fringues qu'elle portait hier soir. C'était évident qu'elle avait passé la nuit ici, car personne ne se réveillait dimanche matin et décidait d'enfiler une robe de soirée et des escarpins.

– Salut, dit-elle souriante. Contente de vous revoir.

Papa s'est précipité à sa rencontre.

– C'est toujours un plaisir de te voir.

Il n'a pas fait de commentaire sur sa tenue, faisant comme si de rien n'était.

– Ça t'embête si on regarde le match avec vous ?

– Plus on est de fous, plus on rit, répondit-elle avant d'embrasser ma mère. Je suis contente de vous revoir tous les deux. Joli bracelet, en passant.

– Oh, merci, dit maman. Un cadeau d'anniversaire de Mike.

– Il a du goût, dit-elle. Je sais d'où Conrad tient ça.

La vache, elle est douée avec les parents.

Maman a rougi légèrement.

– Oui, j'ai élevé un très bon garçon.

– On l'a fait tous les deux, ajouta papa.

Carrie s'est assise à côté de moi et elle a croisé les jambes.

Maman n'était pas fanatique de sport, aussi elle a tapoté sur son téléphone. À l'évidence, elle était seulement là pour m'espionner.

Papa avait le bras autour de ses épaules et occupait la moitié de son canapé, comme moi de mon côté.

– Tu ne devrais pas enfiler un t-shirt ? demanda Carrie tout bas.

– Oh, ouais. J'ai oublié.

Je suis allé me mettre quelque chose sur le dos avant de revenir au salon.

À mon retour, papa parlait à Carrie.

– À ce qu'il paraît, tu as interviewé Andrew Luck ?

– Ouais. Il est très sympa.

Elle a sorti son portable et lui a montré une photo. Elle se tenait debout à côté de lui dans un restaurant.

– C'est trop cool. Ça me fait détester mon job.

– Et moi donc, opinai-je.

– Ça vous dirait des billets pour la saison des Giants ?

Papa et moi avons sourcillé.

– Tu peux nous en dégoter ? s'excita papa. Je croyais qu'ils étaient vendus des années à l'avance.

– Eh ben, ESPN a le bras long. On en a quelques coffrets qu'on distribue chaque année. Je peux vous arranger quelque chose.

– Ça serait malade, dis-je tout sourire.

– De toute façon, je dois assister aux matchs pour le boulot.

Papa était épris de Carrie. Ça crevait les yeux.

– Carrie, quand as-tu adopté ton chien ? demanda maman.

– Il y a environ deux ans. Sassy me suit partout.

– Elle semble bien s'entendre avec Apollo, remarqua-t-elle.

– Parce qu'Apollo est très bien élevé, dis-je.

– Sassy aussi, répliqua Carrie.

– Pas autant qu'Apollo.

C'était incontestable. Mon clebs était un ex-flic, après tout. Un dur à cuire.

Papa a pouffé.

– Qui a le meilleur gosse ? C'est un jeu dangereux.

Nous avons passé l'après-midi à regarder le match. Carrie était parfaitement à sa place dans ma vie, comme si elle avait toujours été là. Papa et maman aimaient Lexie comme leur fille quand je sortais avec elle, mais ils semblaient l'avoir oubliée à la seconde où elle m'a brisé le cœur.

En fin d'après-midi, ils ont fini par partir. Ils ont chaleureusement embrassé Carrie, lui répétant à quel point ils étaient contents de l'avoir vue. C'était seulement la deuxième fois, mais on aurait cru qu'ils la connaissaient depuis longtemps.

Je me suis retrouvé seul avec elle après avoir refermé la porte.

Elle a ramassé ses escarpins et les a enfilés.

– Bon, je dois rentrer...

– Pourquoi ?

– Pourquoi quoi ?

– Pourquoi tu dois rentrer ? Tu peux rester ici.

– C'est ce que tu veux ? demanda-t-elle hésitante.

– Crois-moi, si je ne voulais pas de toi, tu le saurais. Je te l'ai déjà dit.

Elle a souri.

– Alors, je reste avec plaisir.

– Je dois aller bosser demain matin, mais tu peux faire comme chez toi. Je sais que tu travailles parfois sur ton laptop.

– C'est vrai. Et ton appart est beaucoup plus douillet que le mien.

– L'herbe est toujours plus verte ailleurs, répliquai-je. Perso, je le trouve trop grand pour une seule personne.

– Alors, pourquoi tu l'as acheté ?

– Je n'avais pas toute ma tête, répondis-je honnêtement. Je voulais seulement un endroit où faire la nouba. Mais maintenant que je ne bamboche plus, c'est plutôt vide.

– Mais ce sera parfait quand t'auras des gosses.

– Ouais…

J'espérais seulement avoir une famille un jour — avec Carrie.

2

SKYE

La porte d'entrée s'est ouverte et fermée, annonçant l'arrivée de Cayson après sa journée de travail.

– C'est moi, bébé.

J'adorais entendre ces mots quand il rentrait à la maison. J'aimais préparer le dîner pour deux au lieu d'un. La maison était de nouveau pleine de notre amour, et la chaleur de notre flamme rayonnait jusqu'aux pièces les plus éloignées. Je suis sortie de la cuisine pour me rendre dans l'entrée, me dandinant lourdement.

– Salut.

Tout comme avant, il m'a pris le visage entre les mains et m'a embrassée doucement, comme s'il se retenait d'être trop violent. Il avait envie de me serrer fort contre lui et de ne plus jamais me lâcher.

J'aimais quand il me dévorait ainsi, me goûtant comme si je lui appartenais corps et âme. J'étais gênée par mon ventre et le poids que j'avais pris. Mon assurance avait disparu, et je ne me sentais pas du tout désirable. Mais j'avais envie de Cayson, mon mari parfait. Son corps était tout en muscle. Ses bras étaient forts et puissants et ses hanches vigoureuses grâce à ses séances de sport. Son corps était absolument parfait.

– Qu'est-ce qui sent si bon ? souffla-t-il dans ma bouche.

– Des tacos.

– Miam. Tu peux laisser la cuisson sans surveillance pendant quelques minutes ?

Je savais exactement ce qu'il insinuait.

– Oui.

– Tant mieux.

Il m'a entraînée dans la chambre et m'a enlevé mon tablier. Il n'a pas perdu de temps, comme s'il y avait pensé toute la journée. Ses mains ont immédiatement atterri sur mon gros ventre et il l'a palpé délicatement. Il m'a embrassé le cou, puis il a lové mes seins au creux de ses paumes. Il les a pressés vigoureusement, comme s'il s'attendait à ce qu'ils couinent comme un jouet.

Je l'ai déshabillé jusqu'à ce qu'il soit nu devant moi. C'était un homme viril et super bien monté. Le voir dans toute sa splendeur me complexait encore plus, mais j'ai essayé de ne pas y penser.

– J'ai attendu ce moment toute la journée…

Il m'a enlevé ma robe et guidée vers le lit.

– Ah ouais ?

– Ouais.

Il s'est hissé sur moi et m'a replié les genoux sur la poitrine. Il m'a admiré de haut en bas, les yeux brillants d'excitation. Puis il m'a pénétrée, me faisant mouiller immédiatement. Un grondement rauque est monté de sa poitrine. Il m'a pilonnée vigoureusement en maintenant mes jambes pliées, et tous les bruits qu'il faisait m'ont indiqué qu'il avait du mal à se contrôler.

J'oubliais mes doutes quand il semblait prendre autant de plaisir. J'ai posé les mains sur ses hanches et je l'ai poussé plus loin en moi chaque fois qu'il me pénétrait. Nous nous faisions un bien fou.

Cayson s'est retiré et allongé à côté de moi, puis il m'a picoré le ventre de baisers. Ses lèvres ont repéré les reliefs, puis il a caressé une zone bien définie.

– Mon bébé…

J'ai glissé la main dans ses cheveux, désirant tellement qu'il me lèche.

Il est remonté vers ma poitrine et m'a sucé les tétons avant de reculer pour prendre appui sur la pointe des pieds et me pénétrer de nouveau. Il a poussé des gémissements rauques en m'écartant les grandes lèvres à chaque poussée.

– Putain, c'est trop bon…

Il s'est mis à bouger plus vite et plus fort, la sueur perlant sur son front et sa poitrine.

Voir son excitation m'a fait partir au quart de tour. C'était l'homme le plus sexy que j'avais jamais vu, et il m'aimait à la folie. J'ai empoigné ses hanches et je me suis tendue, sentant l'orgasme déferler en moi. C'était un plaisir aveuglant et brûlant, qui m'a fait cambrer instinctivement les reins.

Cayson m'a regardée jouir, puis il a déchargé en moi quand j'ai eu fini. Sa chaleur m'a emplie, et j'ai senti son foutre déborder. Savoir que c'était Cayson, mon mari, m'a donné envie de recommencer.

Il s'est penché sur moi et m'a embrassée sur la bouche.

– Tu m'as manqué toute la journée.

– Tu m'as manqué aussi.

Il m'a embrassée encore avant de se retirer. Puis il est entré dans la douche. J'ai entendu l'eau couler et bientôt de la vapeur s'est échappée de la salle de bain. Je n'avais pas fini de préparer le dîner, mais j'étais trop nase pour faire quoi que ce soit. Je voulais juste rester au lit et profiter éternellement de ce moment.

Cayson est descendu en short de sport et t-shirt, sa tenue habituelle quand il était à la maison. Ses mollets étaient toniques et fins, et ses épaules larges comme s'il portait constamment des protections de footballeur. Du haut de son mètre quatre-vingt-cinq, il est entré dans la pièce, beau comme un dieu.

– Je meurs de faim.

– Je t'ai servi une assiette.

J'étais déjà à table, attendant qu'il me rejoigne pour commencer.

Il s'est assis et a aperçu la bière que j'avais posée à sa place. Au lieu de la boire, il l'a jetée dans la poubelle avant de se rasseoir.

– Tu peux boire en ma présence, Cayson.

– On est enceintes ensemble.

Il s'est immédiatement jeté sur la nourriture comme s'il n'avait pas mangé de la journée.

Je n'ai pas protesté plus, même si je voulais qu'il se fasse plaisir en ma présence.

– Comment était ta journée ?

– Bien. Plutôt chargée.

Dans un coin de mon esprit, je me demandais toujours s'il avait vu Laura. J'avais vraiment envie de botter le cul de cette salope. Trinity m'y aiderait. Elle méritait de se prendre des baffes pour son comportement. Elle avait failli briser notre mariage. Cayson était à moi, et elle était vraiment conne de croire qu'elle pouvait me le prendre.

Cayson a lu mes pensées, même s'il ne me regardait pas.

– Je ne l'ai pas vue aujourd'hui.

Suis-je aussi prévisible ?

– Je te le dirais si c'était le cas.

Je ne lui posais pas la question, car je ne voulais pas qu'il pense que je n'avais pas confiance en lui. Je détestais juste le fait qu'elle puisse le mater et être payée pour ça.

– Excuse-moi… je dois être un peu jalouse.

– Je comprends.

– Tu penses qu'elle va travailler là-bas longtemps ?

– Je ne sais pas… c'est un bon job. Je sais qu'elle voulait un rôle plus officiel, alors c'est le poste idéal pour elle. Mais elle dit qu'elle rêve de travailler pour l'ONU. Peut-être que si un poste se présente, elle le prendra.

– Pas si elle peut te voir tous les jours… Pardon…

Je ne voulais pas le dire. Ça m'a échappé.

– Skye, tu veux que je démissionne ? C'est toujours possible.

Il s'est arrêté de manger et m'a fixée d'un air grave.

– Non, bien sûr que non.

– T'en es certaine ?

– Oui.

Je n'allais pas laisser Cayson renoncer à son rêve pour un truc aussi stupide.

– Je le comprendrais, dit-il. Je ne voudrais pas que tu travailles avec un mec obsédé par toi.

– C'est différent. Tu es un homme. Il lui serait impossible de profiter de toi.

Il m'a lancé un regard approbateur avant de continuer à manger.

– Je crois que ça me dérange qu'elle soit si déterminée à te séduire. Elle est prête à briser un mariage juste pour t'avoir. Ça ne te dégoûte pas ?

– Profondément.

– À ton avis, elle a fait ça à d'autres hommes ?

Il a haussé les épaules.

– J'en sais rien. Elle disait que j'étais le seul à lui faire cet effet, mais comment savoir si c'est vrai ?

Je savais que Cayson était un beau parti, mais pourquoi fallait-il qu'elle convoite mon mari ?

– J'aimerais pouvoir faire quelque chose pour me racheter, dit-il. Je sais que ce n'est pas facile pour toi, même si tu me fais confiance.

– Non, je…

Une idée m'a traversé la tête. Ça ne marcherait probablement pas, et ce n'était pas le meilleur moment, mais je devais tenter le coup.

– En fait, il y a une chose que tu pourrais faire pour moi.

– Quoi bébé ? demanda-t-il en prenant de l'eau. Tu sais que je ferais n'importe quoi pour toi.

– Eh bien…

Ça allait soit m'exploser dans la figure, soit se terminer bien. L'un ou l'autre, pas de juste milieu.

– Mon père est très contrarié par votre brouille. Il est super malheureux…

Le visage de Cayson s'est fermé immédiatement. Il avait l'air soucieux la seconde d'avant, mais là, il était carrément énervé.

– C'est mon père, Cayson. Donne-lui une chance, s'il te plaît. Je sais qu'il est un peu brut de décoffrage par moments, mais…

– Non.

Pourquoi espérais-je autre chose ?

– Non, répéta-t-il. Oublie tout de suite. Je ne te demanderai jamais de cesser de le voir, et je ne l'empêcherai jamais de voir son petit-fils. Mais tu ne peux pas m'obliger à faire ami-ami avec lui.

– Je ne t'oblige à rien du tout.

– Ce n'est pas ce que tu as dit il y a une seconde.

– J'ai simplement dit qu'il était sincèrement navré de ce qui est arrivé. Cayson, tu connais mon père. Il tient vraiment à…

– Oui, je le connais bien. Et c'est un sale con, rétorqua-t-il.

J'ai grimacé en l'entendant insulter mon père, un homme que je respectais.

– C'est un connard. Quand j'avais besoin de lui, il m'a laissé tomber. Il n'a visiblement aucun respect pour moi, sinon il ne m'aurait pas lâché comme une merde.

C'était pire que je le pensais.

– On fait tous des erreurs, Cayson.

Ses narines se sont évasées.

– Pas moi. Je l'ai supplié de me croire. Je n'aurais même pas dû avoir à le faire. Quand j'ai dit que j'étais innocent, il aurait dû me croire. Au lieu de ça, il m'a menacé et a déversé sa haine sur moi. Je ne dois rien à ce fils de pute.

Cayson ne jurait jamais, alors c'était encore plus dur à encaisser.

– Cayson, tu m'as pardonné.

– C'est totalement différent.

– En quoi ?

– Parce que tu es ma femme. Je n'ai pas eu d'autre choix que de te pardonner. Le contraire me condamnait à passer ma vie sans toi, chose que je ne pourrais pas supporter.

– Et tu crois vraiment pouvoir vivre sans mon père ?

– Je m'en passe très bien jusqu'à présent.

Il a baissé les yeux vers son assiette et s'est remis à manger.

– C'est que...

– Cette conversation est terminée. Sauf si tu veux que je me lève et me barre.

Je me suis tue, laissant la dispute mourir.

Cayson a continué de manger comme si de rien n'était.

J'étais confrontée à une terrible réalité. Cayson ne pardonnerait jamais mon père. Il m'a pardonné parce que nous étions amoureux, mais mon père n'avait pas ce privilège. Cayson n'était pas borné ni péremptoire, mais ce sujet le rendait psychorigide. Je le connaissais depuis assez longtemps pour savoir que sa décision était inébranlable.

Il ne changera pas d'avis.

– J'AI BESOIN DE TE PARLER.

J'arpentais le salon, mon téléphone collé à l'oreille.

– Ben, on se parle là, dit Slade. Qu'est-ce qu'il y a ?

– Tu peux venir ?

– Tout de suite ? demanda-t-il perplexe. Skye, il est une heure de l'après-midi. Je sais que tu glandouilles en bouffant des bonbons toute la journée, mais les autres ont du boulot.

– J'ai besoin de te parler quand Cayson n'est pas là.

– Alors, ramène ton cul dans le coin.

– Je suis enceinte jusqu'aux yeux. Et Cayson serait furieux s'il le découvrait.

– À t'entendre, c'est Al Capone.

Je n'étais pas d'humeur à plaisanter.

– Slade, s'il te plaît ?

Slade ne pouvait rien me refuser. Nous avions un lien spécial maintenant. Nous aimions tous les deux Cayson, et ça nous unissait plus que tout le reste.

– Très bien, j'arrive.

SLADE A FAIT IRRUPTION DANS LA MAISON AVEC LES MANCHES retroussées.

– J'espère que c'est sérieux.

– J'ai fait des brownies...

Je lui ai tendu l'assiette.

Il a fixé les gâteaux la mâchoire serrée. Mais il a cédé à son instinct et en a pris un, qu'il a fourré dans sa bouche.

– Comme j'ai dit, ça a intérêt à être important.

Je n'ai pas compris ce qu'il disait la bouche pleine, alors j'ai expliqué le problème.

– Cayson ne pardonnera jamais mon père. Je le sais.

Slade a mâché et avalé le brownie. Puis il en a pris un autre.

– Je suis arrivé à la même conclusion.

– Alors nous devons trouver un moyen d'arranger les choses.

– *Nous* ? s'indigna-t-il en essuyant des miettes de gâteau sur sa bouche. Il n'y a pas de nous, Skye. Vous vous êtes remis ensemble, alors c'est ton problème. Souviens-toi que j'ai une femme et un bébé en route. J'ai mes propres problèmes à gérer.

– Je t'en prie, Slade. Je suis à court d'idées.

– Je ne suis pas psy. Je sais que je suis super beau et intelligent, mais ça ne veut pas dire que tu peux profiter de moi.

– Slade, tu es le parrain de notre fils. Tu ne penses pas qu'il est de ton devoir de veiller à ce que son père et son grand-père s'entendent bien ?

– Oh là, une minute, dit-il en levant la main. Je suis son parrain ?

– Bien sûr.

– Mais... tu ne me l'as jamais dit.

– Ben, je te le dis maintenant. Trinity et toi êtes le parrain et la marraine de notre fils.

Slade a souri, les dents chocolat à cause des brownies.

– Vraiment ?

J'ai hoché la tête.

– Waouh… je suis très honoré. Je m'occuperai de ton fils quand Cayson et toi vous ferez écraser par un camion de glaces.

J'ai levé un sourcil.

– Un camion de glaces ?

– Ouais.

– Pourquoi on se ferait écraser par un camion de glaces ?

– Parce que tu lui courrais après pour le rattraper comme toutes les grosses dondons de ton espèce.

J'ai plaqué les mains sur mes hanches.

– Euh, merci.

– Ça ou autre chose…

Je l'ai coupé, car je n'avais pas le temps de me disputer.

– Bref, il faut que tu m'aides.

Il s'est frotté le menton comme s'il cogitait.

– Sean lui a présenté des excuses, ça n'a pas marché. Scarlet et moi, on est tous les deux intervenus auprès de Cayson, mais ça n'a pas eu plus d'effet. Et enfin, tu lui as parlé aussi… or tu étais notre dernier espoir.

– Et j'ai échoué.

– Tu devrais peut-être retenter le coup.

– Je pourrais, mais ça ne changera rien.

– Tu le penses vraiment ?

J'ai confirmé d'un hochement de tête.

– On va avoir besoin d'autre chose, une meilleure idée.

– Hmm... marmonna-t-il en s'affalant dans le canapé. J'ai besoin de quelques minutes pour trouver un truc.

Je me suis assise à côté de lui et j'ai grignoté un brownie.

Slade bougeait la jambe, plongé dans ses pensées. Il a changé de position plusieurs fois, et s'est enfoncé dans le canapé avant de s'avancer au bord, posant les bras sur les cuisses.

Je suis restée silencieuse pour ne pas l'interrompre.

– Bon... je crois que j'ai une idée.

– Balance.

– Il n'y a qu'une seule façon de les inciter à régler leur différend.

– Laquelle ?

– Ils doivent se retrouver coincés ensemble, dit Slade, se mettant à parler avec les mains. Du genre, confinés quelque part. Ils doivent résoudre un problème ensemble, au cours d'une sorte d'activité.

– Pourquoi...?

– Si on arrive à ce qu'ils passent un long moment ensemble, alors ils pourraient se réconcilier. Comme Cayson a la possibilité de se barrer quand il veut, il ne peut pas voir la sincérité de Sean. Et chaque fois que les gens vivent une aventure ensemble, ils ont tendance à se rapprocher. Tu vois ce que je veux dire ?

– Plus ou moins...

– Donc on doit les réunir.

– Comment ? demandai-je.

– C'est la partie la plus délicate... je me tâte.

Je n'avais aucune inspiration.

Slade s'est encore frotté le menton.

– J'ai une idée… mais je ne pense pas qu'elle va te plaire.

– J'écoute.

– On pourrait demander à quelqu'un d'enlever Cayson et Sean et de les enfermer dans la même pièce. On dira que les ravisseurs exigent une rançon. Si on ne les paie pas, ils les tueront.

– Slade, c'est ridicule…

– Écoute, s'énerva-t-il. Ils ne sauront pas s'ils vont s'en sortir vivants. Ça va changer la dynamique entre eux. Leur brouille mesquine leur semblera sans intérêt. Et ils vont s'en sortir.

– Et quand ils réaliseront que c'était un coup monté ? demandai-je. Ils seront furax. Et je ne veux pas foutre de nouveau mon mariage en l'air. Je viens juste de retrouver Cayson.

Slade a remis ses méninges au travail.

– Je suppose qu'on peut demander à Sean de lui parler et l'attirer dans une pièce. Puis quelqu'un déclenchera une alarme pour verrouiller toutes les portes et issues du bâtiment. Et ils seront coincés ensemble pendant plusieurs heures.

– C'est mieux.

– Mais il faut que Sean soit dans le coup. Et il pourrait refuser.

– Il est désespéré, Slade.

– Alors, allons lui parler pour savoir ce qu'il en pense.

C'était fou et ridicule, mais on avait besoin de folie et de ridicule dans la situation présente.

– D'accord.

– Skye, qu'est-ce que tu fais là ? dit papa en levant les yeux de son ordi.

Il n'avait pas l'air heureux de me voir dans son bureau.

– Opération Cayson, déclara Slade en me prenant la main pour m'aider à m'asseoir sur le fauteuil.

Je lui ai lancé un regard surpris.

Slade n'a pas remarqué et a pris un siège.

– Skye a essayé de lui parler, mais ça n'a rien donné.

– En fait, ça a même empiré les choses, dis-je.

Le visage de papa s'est déconfit.

– Je sais qu'il ne changera pas d'avis, poursuivis-je. Je peux le dire rien qu'en voyant son langage corporel.

– Pourquoi Cayson est-il si casse-couilles depuis qu'il est rentré au pays ? soupira Slade.

– Parce que Skye et moi lui avons cassé les couilles, répondit sombrement papa. Vous êtes donc venus me dire que c'est officiellement mort ? Je dois tirer un trait sur lui ?

– Non, sourit Slade. On a un plan.

– Un plan ? Comme le plan que tu as imaginé pour rabibocher Skye et Cayson ?

– Non, pas exactement, dit-il.

Papa semblait hésitant.

– Je ne veux pas jouer avec Cayson. S'il découvre une supercherie, il sera encore plus fâché.

– Le jeu n'en vaut-il pas la chandelle ? demandai-je. Sinon, les choses vont rester en l'état indéfiniment.

Papa a tourné les yeux vers moi.

– T'es d'accord avec le plan en question ?

– Je ne peux pas laisser mon mari détester mon père.

Je ne voulais pas que mon bébé se retrouve au milieu de cette guerre. Je voulais que nous redevenions proches comme avant, une famille soudée.

Papa a réfléchi avant de s'adresser à Slade.

– Quelle est ton idée ?

– Très bien, commença Slade en parlant avec les mains. Cayson viendra ici au bureau et le signal d'alarme se déclenchera. Vous vous réfugierez tous les deux dans une pièce sécurisée qui se verrouille automatiquement. Et vous resterez enfermés là toute la journée. Être confinés ensemble aura forcément un effet.

– Oui, il pourrait m'assassiner, s'esclaffa papa d'un ton sarcastique.

– Allons, dit Slade, tu auras tout le temps de le faire changer d'avis.

– Parce qu'il ne pourra pas s'enfuir ? demanda papa incrédule.

– Le simple fait d'être ensemble devrait nous aider, expliqua Slade.

– Une procédure de confinement d'urgence ?

– On sait que tu as des procédures de verrouillage automatique… depuis la fusillade.

Je n'aimais pas repenser à ce jour horrible. Papa et Mike avaient retenu la leçon et fait installer des pièces sécurisées dans le bâtiment, de véritables chambres fortes.

Papa ne l'a pas réfuté.

– Comment je vais le faire entrer là-dedans ?

Slade a poursuivi.

– Tu le fais venir au bureau...

– Comment ? s'irrita papa. Tu crois qu'il rappliquera en courant si je l'appelle ?

– On peut demander à Conrad de s'en charger. De l'inviter à déjeuner ou autre.

– Et ensuite ? s'impatienta papa.

– Tu fais venir Cayson dans ton bureau, et BAM !

– Quoi BAM ? demandai-je.

– Je déclencherai l'alarme et tu l'entraîneras dans la pièce sécurisée, dit Slade. Ensuite, à toi de jouer. Skye ne sera pas là, donc il ne s'inquiétera pas pour elle. Et dis à Cayson que Cortland a sa propre chambre forte aussi.

Papa se frotta la tempe.

– C'est le plan le plus tordu que je n'ai jamais entendu.

– T'as une meilleure idée ? rétorqua Slade.

Papa m'a regardée en soupirant.

– T'en penses quoi, ma puce ?

J'ai haussé les épaules.

– Ça vaut le coup d'essayer.

Papa s'est passé les doigts dans les cheveux, puis il a acquiescé.

– Très bien, je vais le faire.

Slade a applaudi.

– Génial. Il faut mettre Conrad dans le coup.

– Il saura se garder le secret ? demanda Sean.

– Oui.

J'étais certaine que Conrad ferait n'importe quoi pour moi.

Papa s'est penché en arrière dans son fauteuil.

– C'est tellement dingue que ça peut marcher...

3

TRINITY

Au lieu de bosser, je faisais défiler des idées de déco pour bébé sur Pinterest. C'était tout ce que je faisais ces temps-ci, et mon travail en prenait un coup. Imaginer un bébé crapahuter dans la maison me gonflait le cœur d'amour. Si c'était un garçon, j'espérais qu'il aurait les ravissants yeux bleus et la mâchoire carrée de son père. Et si c'était une fille, j'espérais qu'elle aurait mes cheveux blonds et soyeux. J'ai soupiré en rêvassant.

La porte s'est ouverte et quelqu'un est entré.

– Yo, bébé.

Je n'ai pas eu besoin de lever les yeux pour savoir que c'était Slade.

– Salut, dis-je en fermant les fenêtres ouvertes sur mon écran.

– Tu regardais un porno ? dit-il avec un sourire espiègle. Parce que je peux poser pour toi.

Il m'a fait un clin d'œil en contournant mon bureau.

– Non, je regardais des trucs de bébé.

Il s'est penché pour m'embrasser.

– Pourquoi tu te cachais, alors ?

– J'ai eu peur que tu sois un de mes employés. Je ne veux pas qu'on sache que je suis feignasse.

Il a levé les yeux au ciel.

– Bébé, t'es la patronne. Tu fais ce qui te chante.

– Comment je suis censée motiver les gens à travailler si je ne travaille même pas moi-même ? Papa m'a appris il y a longtemps qu'un patron doit bosser cent fois plus que ses employés. C'est la seule façon d'avoir leur respect et leur loyauté.

On aurait dit que Slade allait s'endormir.

– Ton père se prend le melon parfois. Ne l'écoute pas.

Il s'est agenouillé et a écrasé la tête contre mon ventre. Puis il a posé l'oreille dessus.

– Tu ne vas rien entendre.

– Je sais. Je voulais juste... j'en sais rien.

J'ai souri en lui frottant l'épaule.

– Faites que ce soit un garçon... faites que ce soit un garçon.

Je lui ai tapé le bras.

– Arrête ça.

Il s'est redressé avant de m'embrasser dans le cou.

– Tu sais bien que je vais adorer notre bébé quel que soit son sexe. J'espère seulement que ce n'est pas une fille. Sinon, je n'atteindrai pas cinquante ans.

– Tu exagères.

– Pas du tout, dit-il en se reculant, puis touchant la tresse sur mon épaule. Ça me plaît beaucoup...

– Ah ouais ? J'étais trop fainéante pour me coiffer ce matin.

– C'est joli. Ça me rappelle Pocahontas.

– C'est ton genre ? raillai-je.

– J'imagine, dit-il en haussant les épaules. Alors, tu regardais quoi ?

– Des idées pour la chambre du bébé.

– Tu veux la décorer quand on connaîtra le sexe ?

– Oui, m'excitai-je en tapant des mains. J'ai trop hâte.

– Et si on a des jumeaux ?

– Encore mieux.

Slade a eu l'air troublé.

– Deux gosses, hein... un chacun.

– Ça ne serait pas si mal.

– Peut-être pour toi. T'es Superwoman.

– Et toi t'es Superman.

– Au pieu, ouais.

J'ai pris mon sac à main.

– Bon, t'es prêt ?

– À ton service, dit-il en s'emparant de mon sac, puis baissant les yeux. Est-ce que tu portes des talons ?

La menace s'entendait dans son ton.

Merde, j'ai oublié de me changer.

– Je...

– Qu'est-ce que je t'ai dit, bordel ? Pas de talons hauts.

– Ne m'engueule pas, m'énervai-je tout aussi vite que lui. Je suis enceinte d'un mois seulement. Je porterai des mules quand j'aurai un ventre.

Ses narines s'évasaient.

– D'ailleurs, c'est des semelles compensées.

Il semblait toujours furax.

J'ai grogné, puis j'ai changé de chaussures.

– Je suis sérieux, Trinity. Pas de talons hauts.

– Très bien. Peu importe.

– Je vais m'en assurer, menaça-t-il. Tu peux compter là-dessus.

– T'es chiant.

– Ah ouais ? Et t'es une emmerdeuse. On dirait bien qu'on est quittes.

Je suis sortie de mon bureau sans l'attendre.

Slade m'a rattrapée et m'a agrippé la main. Il l'a serrée fort pour me montrer sa colère. Nous sommes sortis de l'immeuble en silence, fumants de colère derrière notre bonne humeur feinte. Sans mot dire, nous avons marché jusqu'au penthouse à quelques rues de là. À ma grande surprise, il ne m'a pas lâché la main une fois.

Quand nous sommes entrés dans l'appart, il m'a immédiatement empoignée par la nuque et m'a jetée sur le canapé. J'ai atterri sur le ventre et mes poumons se sont vidés de leur air.

Il a baissé mon jean d'un coup sec avant de m'arracher ma culotte.

– Qu'est-ce que tu fabriques ? demandai-je en essayant de me relever.

Il gardait une main sur mon omoplate pour m'empêcher de bouger. Il a utilisé l'autre pour défaire son jean.

– Ce que j'ai envie de faire.

Il s'est hissé sur moi, m'écrasant de son poids, puis il s'est violemment inséré en moi.

Sa queue m'a immédiatement étiré les chairs, m'emplissant comme toujours.

Il me défonçait la chatte en me clouant au canapé, haletant dans mon oreille tandis qu'il allait et venait en moi.

Je mouillais, et j'étais gênée que mon corps réagisse aussi facilement à lui. Le sexe était bon comme toujours. Je n'avais qu'à rester là alors qu'il me pilonnait par-derrière.

– Pas. De. Putain. De. Talons. Hauts.

– D'accord…

– Compris ? souffla-t-il dans mon oreille.

S'il allait me baiser comme ça chaque fois que je lui désobéissais, alors j'allais porter des talons hauts tous les jours.

– Oui.

– Très bien.

Il m'a fait jouir comme toujours, et j'ai gémi puissamment.

– Oh oui…

Il m'a empoignée par la nuque de nouveau en se donnant entier à moi, faisant durer le plaisir. Puis il s'est arrêté pour décharger en moi, gémissant d'extase dans mon oreille. Je sentais la chaleur et le poids de sa semence dans mon ventre. Il a fait une pause, reprenant son souffle avant de se retirer.

– Je vais me doucher.

Il s'est éloigné sans me regarder.

Je suis restée allongée sur le ventre, immobile. J'étais claquée et satisfaite.

Slade a fait des sandwichs végétariens pour le dîner. Il ne savait pas cuisiner, mais il pouvait préparer des trucs simples. Il avait trouvé la recette dans un livre de puériculture, qu'il considérait comme sa bible.

Il a posé l'assiette devant moi.

– Merci.

Il s'est assis en face de moi, puis il s'est attaqué à son sandwich comme s'il ne m'avait pas entendue. Il ne m'avait pas adressé la parole depuis qu'on avait baisé sur le canapé. L'appart reluisait de propreté et même le lavage était fait, car il s'occupait de tout. Je n'avais pas à lever le petit doigt, Slade se coltinait toutes les corvées.

J'ai pris une bouchée de sandwich.

– C'est délicieux.

– Merci...

– T'es encore fâché contre moi ?

Il a levé la tête, et son regard glacial m'a transpercée.

– À ton avis ?

– Je me suis excusée.

– On sait tous les deux que tu vas recommencer.

– Je ne recommencerai pas.

– Je me casse le cul pour toi et le bébé, s'irrita-t-il. Ne pas porter de talons est la moindre des choses.

– Je ne le ferai plus. Promis.

Il a secoué la tête, puis il s'est remis à manger.

– Slade, je t'ai dit que je ne le ferai plus.

Il s'est détendu légèrement.

– Tu me donnes ta parole ?

J'ai hoché la tête.

– Je vais te surveiller.

– Très bien.

Il s'est relaxé un peu plus.

Je me sentais comme une garce de ne pas lui avoir montré ma reconnaissance plus tôt.

– Merci pour tout ce que tu fais pour moi. T'es le meilleur mari du monde.

Son regard s'est attendri.

– Je t'aime, se contenta-t-il de dire.

– Je t'aime aussi.

Il a fini son sandwich.

– T'as besoin d'autre chose ?

– Non, ça va.

– Je vais faire des courses ce soir. Tu dois apporter ton propre déjeuner au bureau. C'est important de manger sainement pendant la grossesse.

Je ne voulais pas manger des crudités à longueur de journée, mais je n'ai pas protesté.

– Slade ?

– Oui, bébé ?

– J'aime quand tu me baises comme ça.

Il a bronché, comme s'il ne s'attendait pas à ces mots.

– Ouais ?

– Ouais.

Ces temps-ci, nous faisions seulement l'amour, de façon lente et sensuelle. La beauté et la passion de nos ébats me plaisaient, mais j'aimais aussi que Slade me traite comme un joli petit cul qu'il devait se taper à tout prix.

– Je le ferai plus souvent, alors. J'oublie parfois que ma femme est cochonne.

– Très, dis-je avec un sourire en coin.

– J'imagine que j'aime me sentir connecté à toi, tu comprends ? Quand on est ensemble, il n'y a pas que le sexe qui compte. C'est nos âmes, ensemble. Je sais pas... J'imagine que je suis une grosse lopette.

– Non, ce que tu dis est très beau, Slade.

– Quand t'es amoureux, le sexe pour le sexe n'est plus aussi intéressant.

– J'aime les deux. Mais ton côté agressif me manque. Tu sais, comme quand on a commencé à sortir ensemble. Le sexe était trop bon.

Il avait les yeux dans le vide.

– Ouais, c'était vraiment bon. Mais j'aime ce qu'on a maintenant. Pas toi ?

– Si, dis-je prestement. Mais c'est bien de varier de temps en temps.

– Eh ben, je peux te faire vivre un truc inédit, dit-il avec un clin d'œil.

– Ouais ?

– Oh ouais.

– Je suis très curieuse.

Il a souri.

– Alors tu verras.

J'ai fini la moitié de mon sandwich, puis je l'ai mis de côté.

– Tu ne vas pas le finir ?

– Je suis repue.

Slade n'a pas insisté.

– Au fait, Skye et moi on a un plan pour Sean et Cayson.

– Ça n'augure rien de bon...

– Ça ne marchera sûrement pas, mais il faut quand même essayer.

– Peut-être que Cayson a seulement besoin de temps.

Sean lui en avait vraiment fait baver.

– Non. Skye dit qu'il ne changera pas d'avis, et elle le connaît mieux que moi.

– Je ne sais pas...

– Leur bébé arrive bientôt, et je veux qu'ils tournent la page sur cette histoire.

J'ai réalisé que Slade était celui qui réglait les problèmes maintenant, et j'ai trouvé l'idée amusante.

– Quel est le plan ?

Il m'a expliqué qu'ils allaient se retrouver coincés dans une pièce ensemble.

– Comme ça, ils vont être obligés de régler leurs différends.

– Ou bien ils vont s'entretuer, répliquai-je.

Il a haussé les épaules.

– Ça risque de tourner au vinaigre, mais ça vaut la peine d'essayer. Cayson n'a pas la force de lui pardonner en ce moment.

– Je suis sûre qu'il finira par le faire, dit-il. Au moins pour Skye.

– Peut-être...

Il a pris ma moitié de sandwich et a mordu dedans.

J'ai souri.

– J'ai réfléchi et...

– Ouais ? dit-il la bouche pleine.

– Je sais que le bébé n'arrivera pas de sitôt, mais je ne pense qu'à ça. Je veux tout organiser. La chambre, la layette...

Slade m'étudiait en silence.

– Je veux être mère au foyer, déclarai-je.

Ses lèvres se sont retroussées.

– Ah ouais ?

– Je n'imagine pas laisser mon bébé à la maison pour aller bosser.

– Tu peux faire les deux, Trin. Beaucoup de mères travaillent.

– Je sais… j'adore les deux. Mais peut-être que je pourrais prendre un congé jusqu'à ce qu'il entre à la maternelle.

– C'est pas une mauvaise idée. Mais je crois honnêtement que t'as besoin des deux pour être heureuse. Peut-être que tu pourrais travailler à temps partiel ?

– Mais si je suis au boulot, où ira le bébé ?

– Il peut m'accompagner au salon. Mon père m'emmenait tout le temps quand j'étais gosse.

– Tu ferais ça ?

L'image de Slade derrière le comptoir avec notre bébé dans son berceau était adorable.

– J'adorerais. Je sais que ton job est plus difficile que le mien. Tu cours toute la journée. Je reste assis sur mon cul. Et si ça ne marche pas, je sais que tes parents le garderaient volontiers.

– Pas faux…

– Trinity, je te soutiendrai quoi que tu fasses. Mais ne prends pas de décisions hâtives.

– D'accord…

Parler du boulot m'a rappelé quelque chose.

– Au fait, il y a un défilé de mode ce week-end. C'est à Manhattan.

– Un défilé de mode ?

– Ouais. Je fais partie des designers en vedette.

– Waouh, c'est vraiment cool.

– N'est-ce pas ?

Mes créations allaient être présentées côte à côte avec celles des plus grands designers au monde. J'avais parfois du mal à croire que j'avais fait tout ce chemin en si peu de temps. Hier encore, j'étudiais le commerce dans le but de reprendre Pixel. Et maintenant j'étais mariée à Slade, chose encore plus invraisemblable.

– Je peux venir ?

– Ça t'intéresse ? m'étonnai-je.

– Bien sûr. Pourquoi pas ?

– C'est que des fringues.

– Ce qui te passionne me passionne aussi, dit-il en soutenant mon regard.

Slade était un mari tellement dévoué, ça n'aurait pas dû me surprendre.

– Avec plaisir, alors.

– Parfait. J'en profiterai pour chasser les mecs qui essaient de te draguer.

J'ai roulé les yeux.

– On ne me mate pas aussi souvent que tu le crois.

– Si. Tu ne t'en rends pas compte, c'est tout. Alors, je suis censé porter quoi ? Un jean et un t-shirt, ça va ?

– Euh... tu dois porter un costume.

– Un costume ? répéta-t-il avec dégoût. Avec une cravate et tout le tintouin ?

– Oui.

– Mais... beurk.

J'ai contenu un rire.

– T'es sexy en costume.

– Et alors ? C'est la tenue la plus coincée du monde.

– Ben, t'es pas obligé de venir.

Il a soupiré.

– Très bien. Je porterai un costume.

J'ai souri.

– Merci.

– Mais tu dois porter une mini robe de salope.

– C'est ce que tu veux ?

– Ouais. Ça rendra ma soirée tolérable.

―――

Je l'ai aidé à enfiler son veston gris foncé, puis je l'ai regardé dans le miroir.

Il était beau comme un camion.

Slade regardait son reflet, l'air déçu.

– Tu n'aimes pas ? demandai-je incrédule.

Il a levé les bras.

– On ne voit même pas mes tatouages. Pas un seul. C'est trop nul.

Je me suis empêchée de lever les yeux au ciel.

– Tu peux survivre à une soirée sans montrer tes tatouages.

– Mais j'ai l'air d'un connard guindé.

– Pas du tout, dis-je en lissant sa cravate noire. T'es beau à croquer.

– Ouais ? dit-il en souriant légèrement.

– Ouais, dis-je en lui frottant le torse. T'es mon faire-valoir.

Son sourire s'est élargi.

– Eh ben, dit comme ça...

– Je ne crois pas pouvoir attendre jusqu'à la fin de la soirée. Je vais devoir te sauter dessus dans la limousine...

Intrigué, il s'est redressé en me fixant avec désir.

– Du sexe dans la limo ?

– Ouaip.

J'ai enfilé mes escarpins argent, puis ramassé ma pochette.

En voyant mes pieds, il m'a lancé un regard noir.

J'avais déjà prévu le coup.

– Je dois porter des talons hauts à cet événement. Désolée. C'est juste pour ce soir.

Il n'a rien dit, mais il semblait toujours contrarié.

– Maintenant, allons-y.

– En limo ?

– Tu crois qu'on y va à pied ? raillai-je.

– Non, mais une limousine, c'est plutôt m'as-tu-vu.

– Eh bien, je suis Trinity Preston. Je dois frimer.

– Trinity Sisco, s'irrita-t-il. Ne l'oublie pas.

– Beaucoup de gens me connaissent par mon ancien nom. Mais ça ne veut pas dire que je ne l'ai pas changé, alors ne pète pas les plombs s'ils se trompent.

– Oh, je ne péterai pas les plombs. Mais je les corrigerai.

Peut-être que l'emmener n'était pas une bonne idée.

– T'as intérêt à bien te tenir. C'est une soirée extrêmement importante pour moi. Je ne peux pas te garder en laisse et te surveiller toute la soirée. Si tu ne te sens pas capable d'être poli et charmant, alors ne viens pas.

Slade a mis les mains dans les poches en soupirant.

– Je serai un cavalier exemplaire.

– Alors, allons-y.

Dès que la limousine a démarré, Slade a défait sa ceinture et son pantalon.

– Qu'est-ce que tu fais ?

– T'as dit qu'on allait baiser dans la limo.

– En rentrant.

– Non, je veux le faire maintenant.

Il a baissé son caleçon, révélant sa trique.

– Je ne veux pas gâcher ma coiffure.

– T'inquiète.

Il m'a assise sur ses genoux et a retroussé ma robe. Puis il a écarté ma petite culotte et m'a fait glisser le long de son membre.

Mes inhibitions se sont envolées dès que je l'ai senti en moi. Son énorme bite m'étirait délicieusement. Je me suis empalée sur lui encore et encore.

Slade me tenait par les hanches pour m'aider à coulisser sur lui, haletant et lâchant des grognements étouffés. Il était tellement sexy en costume. Si je le croisais dans la rue, je l'inviterais à sortir.

– J'adore ta petite chatte, bébé, dit-il en donnant des coups de bassin. Elle est trop bonne.

J'adorais sa queue aussi, mais j'étais trop classe pour le dire. Accrochée à ses épaules, je bondissais de plus en plus vigoureusement. Puis le feu est né au creux de mon ventre et s'est diffusé dans mon corps. Je me suis embrasée alors que l'orgasme me balayait. J'ai planté les ongles dans ses épaules en savourant la vague, gémissant de plaisir.

– J'adore te regarder jouir, haleta-t-il en continuant ses coups de bassin. Ma femme est foutrement belle. Qu'est-ce que j'ai fait pour te mériter, bon sang ?

L'amour dans ses mots m'a fait redescendre sur Terre.

Slade s'est tendu en s'enfonçant jusqu'à la garde pour m'emplir de son foutre. J'avais l'habitude qu'il déverse des tonnes de sperme dans mon ventre. C'était chaud et étrangement satisfaisant. Il a poussé un profond soupir avant de m'embrasser.

– La soirée commence bien.

QUAND NOUS SOMMES ARRIVÉS, J'AI SALUÉ TOUS LES GENS QUE JE connaissais. Des designers, des rédacteurs en chef de magazines de mode ainsi que des journalistes sont aussi venus me féliciter. Je leur ai tous présenté Slade, qui se conduisait bien. Il gardait un bras autour de ma taille, sans être trop possessif comme à son habitude. Il faisait même des blagues qui divertissaient tout le monde.

Je n'ai peut-être pas à m'inquiéter, après tout.

Après un moment, nous nous sommes dirigés vers nos sièges.

– Cet endroit est chicos, me dit-il à l'oreille.

Il y avait un bar ouvert, un lustre de cristal au plafond et une faune des plus sélectes, dont la crème de New York.

– En effet.

– Tu veux quelque chose à boire ? Ils ont peut-être du jus de pomme ou autre.

– Je veux bien un verre d'eau.

– Très bien, dit-il avant de m'embrasser. On se retrouve à nos places.

– D'accord.

Il s'est éloigné avec la démarche d'un homme respectable. Il ne voûtait pas le dos ni ne marchait comme un voyou. C'était comme s'il avait porté un costume toute sa vie. Décidément, il s'efforçait d'être le cavalier parfait pour cette soirée spéciale.

Ça ne devrait pas me surprendre.

J'ai trouvé nos sièges au premier rang et je me suis assise. Anna Wintour, la rédactrice en chef de *Vogue,* était assise à côté de moi, et nous avons bavardé un peu. Mes créations gagnaient en popularité, et des gens que je n'avais jamais rencontrés m'adressaient la parole comme s'ils me connaissaient déjà. Le côté social de mon job était un peu déroutant. Les interactions me semblaient parfois artificielles et j'avais du mal à discerner les collaborateurs potentiels des opportunistes.

Vingt minutes se sont écoulées, et Slade n'était pas encore revenu. Qu'est-ce qu'il fabriquait ? Était-il allé aux toilettes ? Inquiète, je me suis levée et je suis partie à sa recherche.

Je l'ai enfin trouvé au bar, en pleine conversation avec un homme en costard. Il était flanqué de deux ravissantes blondes en robe courte et talons aiguilles. Je n'avais aucune raison d'être jalouse, aussi j'ai chassé le sentiment. En m'approchant, j'ai pu entendre leur échange.

– As-tu déjà pensé à être mannequin ? demanda l'homme.

– Euh... non, dit Slade en se retenant de rire. J'ai peut-être une belle gueule, mais je suis couvert de tatouages.

– Ooh... s'extasia une des deux blondes.

– Quel genre de tatouage ? demanda l'autre.

Il a haussé les épaules.

– J'ai un tigre sur le ventre, un ours dans le dos, euh... il y en a trop, j'ai perdu le compte.

Un de ta femme.

– Oh, et le portrait de ma femme sur les côtes, ajouta-t-il en pointant la zone. D'après une photo d'elle qui regarde l'horizon. Il est vraiment beau.

– T'es marié ? demanda une fille, visiblement déçue.

– Ouaip. Depuis plus d'un an, dit-il fièrement. Et ma femme est Superwoman — sans la cape.

Manifestement, je n'avais aucune raison de m'en faire. Je me suis approchée de lui et j'ai passé le bras dans le sien.

– Te voilà.

– Oh, désolé bébé, s'empressa-t-il de dire. J'ai perdu la notion du temps.

– Je vois ça.

J'ai foudroyé les deux filles du regard.

Comment osent-elles mater mon mari ?

– Jim, de l'agence Cutler, dit le type en me serrant la main familièrement. J'ai abordé ton mari parce qu'il a le look parfait.

– Le look parfait ? répéta Slade perplexe.

– Ouais, tu vendrais beaucoup de fringues, dit Jim.

– Mais j'ai des tatouages partout. Ça ne détourne pas un peu l'attention ?

– Non, c'est encore mieux. Les tatouages sont très branchés en ce moment.

– Intéressant, dit Slade en haussant les épaules.

Jim lui a tendu une carte de visite.

– Réfléchis-y. Il y a beaucoup de pognon à se faire dans ce domaine.

– Merci, mais je dirige un salon de tatouage, dit Slade sans la prendre.

– Allez, insista Jim. Tu changeras peut-être d'avis.

Slade a pris la carte et l'a fourrée dans sa poche.

Je l'ai entraîné avec moi pour empêcher les deux garces de se rincer l'œil une seconde de plus.

– T'es populaire ce soir… bougonnai-je.

– Hé, c'est lui qui est venu me parler, se défendit-il. J'essayais seulement de commander un verre au bar.

– Je ne suis pas fâchée, Slade.

– Ah non ? dit-il en m'enserrant la taille.

– Mais je déteste ces deux pouffiasses.

– Ouais, c'étaient des traînées, dit-il en se penchant pour poser un baiser sur ma joue. Mais t'es une traînée aussi, alors j'imagine que ce n'est pas une insulte.

– La ferme, m'esclaffai-je.

Il a porté les lèvres à mon oreille.

– On a baisé dans la limo. Ne me dis pas que ça ne fait pas de toi une traînée.

– Je ne suis pas une traînée, chuchotai-je.

– Non, t'es ma traînée.

Il m'a embrassée sur la joue de nouveau, puis nous avons regagné nos sièges. Lorsque nous avons été assis, les lumières se sont tamisées et le défilé a commencé.

– C'ÉTAIT UN DÉFILÉ DE BÊTES DE FOIRE, COMMENTA SLADE APRÈS le spectacle.

– Pas du tout.

– J'ai jamais vu quelqu'un porter ce genre d'accoutrements en public. Et c'est pas en s'habillant comme ça qu'une nana va attirer l'attention d'un mec.

– Tu ne connais rien à la mode.

– Apparemment pas.

Nous nous sommes mêlés à la foule, avons salué des gens, et d'autres encore sont venus me poser des questions sur mon style. Mes collections faisaient fureur. Mais mes interlocuteurs semblaient n'avoir d'yeux que pour Slade.

– Et qui est-ce ? demanda la rédactrice en chef de *Vanity Fair* en le regardant comme s'il était une œuvre d'art. Un de vos mannequins ?

Slade a renâclé malgré lui.

– Non, juste son mari, dit-il en lui serrant la main. Slade. Enchanté.

– Tout le plaisir est pour moi, répondit-elle comme si je n'existais pas. Trinity a des secrets bien gardés, à ce que je vois...

Slade ignorait quoi répondre.

– J'imagine...

Qu'est-ce qu'ils ont tous à obséder sur mon mari ?

Ça m'énervait, mais je ne pouvais pas me permettre de faire une scène.

– Tu sais, on a des ouvertures pour la collection de printemps, dit-elle.

Elle ne me voit pas ou quoi ?

Slade ne savait même pas ce que ça voulait dire.

– Oh... cool.

Elle lui a tendu sa carte.

– Si une carrière de mannequin t'intéresse, appelle-moi.

Elle a bu une gorgée de vin avant de s'éloigner.

Slade a sorti une pile de cartes de visite de sa poche.

– Putain, j'ai reçu la même offre de genre, dix personnes ce soir.

J'ai froncé les sourcils.

– Quoi ? Je dis ça comme ça...

J'ai croisé les bras.

Une femme s'est approchée de lui.

– Slade, n'est-ce pas ?

Comment elle connaît son nom, putain ?

– Euh, ouais, dit-il les yeux arrondis. T'es Georgia Price ?

– En chair et en os, dit-elle fièrement. Ton nom est sur toutes les lèvres.

D'accord... je vais lui arracher la tête.

– Tu veux prendre un verre ? demanda-t-elle.

La salope.

Slade a semblé encore plus mal à l'aise.

– Je suis occupé...

– Peut-être que tu trompes ton mari, mais le mien ne me trompe pas, salope.

J'ai empoigné Slade et je l'ai entraîné plus loin. Je n'allais pas rester plantée là à la regarder déshabiller mon mari du regard.

Slade m'a suivie, l'air inquiet.

– Tu crois que c'était une bonne idée d'insulter la top-modèle la plus célèbre au monde ?

– Tu crois que c'était une bonne idée d'insulter la designer la plus célèbre du monde ? répliquai-je furieuse.

J'étais soulagée que l'événement soit enfin fini. Slade a été le clou de la soirée, et je n'ai reçu de l'attention que lorsqu'il n'était pas avec moi. Je voulais faire étalage de mon mari ce soir, mais je ne voulais pas qu'on louche sur lui comme ça. Mon plan s'était retourné contre moi.

Sur le chemin du retour, Slade a essayé de me remonter le moral dans la limo, mais j'étais trop contrariée pour coopérer. Il m'a complimentée sur ma tenue et mon maquillage, me disant que j'étais belle. Mais je refusais de répondre. Dès que nous sommes arrivés au penthouse, je me suis dirigée vers la chambre. Je voulais la paix.

– Attends, Trinity. Tu commences à m'énerver.

Je me suis retournée en plantant les mains sur les hanches.

– Je suis désolé d'avoir fait tourner les têtes, mais c'est toi qui voulais que je t'accompagne. Je n'ai rien fait pour susciter cet intérêt et je n'ai accepté aucune offre de mannequinat, alors tu n'as pas le droit de m'en vouloir. Ni d'être aussi chiante.

Je savais qu'il avait raison, mais je ne voulais pas l'admettre.

– C'est pas ma faute si Sandra Humbleton m'a dragué...

– Quoi ? m'énervai-je. Elle aussi ?

Pourquoi toutes les top-modèles étaient-elles aussi déterminées à me piquer mon mari ?

Slade a continué.

– Et c'est pas de ma faute si j'ai tapé dans l'œil de Georgia Price. Alors, arrête de me punir pour rien. C'est vraiment injuste d'être jalouse pour ça. On est mariés et on va fonder une famille. Comment tu peux te sentir menacée par elles ?

J'ai tapé du pied.

– Parce que ce sont des top-modèles. Les femmes les plus sexy de la planète. Évidemment que je me sens menacée.

Il a secoué la tête, déçu.

– Trinity, elles ne t'arrivent pas à la cheville.

– Slade, elles sont belles à crever et tu le sais. Je sais que tu les trouves canon, et si tu me dis le contraire, je saurai que tu mens.

Slade a serré la mâchoire, irrité.

– Qu'est-ce que ça peut foutre ce que je pense ?

J'ai croisé les bras sur ma poitrine.

– Tu agis en gamine en ce moment. D'habitude, c'est le contraire. Pourquoi tu te comportes comme ça ?

– Parce que...

– Ressaisis-toi, Trinity. Je suis obsédé par toi et je t'ai toujours été fidèle. Si tu crois vraiment qu'une top-modèle va me mettre le grappin dessus, alors... tu ne me connais pas du tout.

Il est sorti en claquant la porte derrière lui.

J'ai fermé les yeux et poussé un grand soupir.

4

SLADE

– Et c'est là qu'elle s'est fâchée contre moi parce que deux top-modèles m'ont dragué. Mais merde, je suis censé faire quoi ? m'énervai-je en tapant du poing sur la table.

Papa et moi étions au Mega Shake et les gens commençaient à nous regarder, mais je ne baissais pas le ton.

– Elle m'a dit d'être poli et charmant, et c'est ce que j'ai fait. C'est pas ma faute si tout le monde s'intéressait à moi. Allez, regarde-moi, dis-je en pointant ma gueule. À l'entendre, je l'ai trompée.

Papa m'écoutait vider mon sac en sirotant son soda.

Je l'ai fixé, attendant sa réponse.

– Elle fait sa morveuse, continuai-je en secouant la tête. Comment elle peut se sentir menacée par Georgia Price et Sandra Humbleton ? Elle m'a même accusé de les trouver sexy alors que c'est faux.

Papa a bu une autre gorgée de soda.

– C'est sorti de nulle part. Tout allait bien, mais son défilé à la con a tout foutu en l'air. Je suis un mari irréprochable. Elle croit que j'aime qu'on me fasse du rentre-dedans ? Je déteste ça. Ça m'arrive tout le temps, mais je n'en parle pas. Elle pensait que ça n'arrivait plus ? Que plus personne ne me draguait plus depuis notre mariage ? Eh ben, elle a tort.

Papa m'observait toujours.

– Tu vas dire quelque chose ? demandai-je.

Il a haussé les épaules.

– Tu n'arrêtes pas de parler, alors je pensais que tu n'avais pas fini.

– Ben, c'est une conversation, pas un monologue.

– Que veux-tu que je dise ?

– Comment ça ? m'énervai-je. J'ai raison, non ? Elle se comporte en morveuse.

– Tu veux mon approbation ?

– Je veux m'épancher sur l'attitude de ma femme et que tu sois d'accord avec moi.

– Eh ben, je ne suis pas d'accord avec toi.

– Hein ? m'étranglai-je.

– Je ne crois pas que Trinity a des insécurités par rapport à votre relation. Je crois que son insécurité est d'un autre ordre.

– C'est-à-dire ? Je ne te suis pas.

– Eh bien, c'était un événement important et elle espérait sans doute qu'on s'attroupe autour d'elle pour la féliciter. Elle voulait être le centre d'intérêt, recevoir les honneurs qu'elle mérite pour son travail.

– Plein de gens sont venus lui parler, me défendis-je.

– Mais on dirait que plus de gens sont venus *te* parler, répliqua-t-il, le regard lourd d'accusations.

– Bah ouais...

– Et tu ne crois pas que ça l'a blessée ?

– Comment ça ?

– Tu lui as volé la vedette. Tu lui as coupé l'herbe sous le pied. Les gens n'ont pas remarqué Trinity parce qu'ils étaient trop occupés à te regarder toi. Tu ne crois pas qu'elle aimerait que Georgia Price vienne lui parler pour lui dire à quel point elle aime ses créations ? Et pas à quel point elle veut se taper son mari ?

J'ai haussé les épaules.

– Slade, elle a des insécurités par rapport à sa carrière, insista-t-il. Elle le crie à pleins poumons, mais personne ne l'entend.

– Je l'écoute tout le temps...

– Alors, ménage-la un peu. Elle s'en est prise à toi parce que t'as été le clou de la soirée, mais ça n'a rien à voir avec toi personnellement.

– Tu ne crois pas que ça aiderait sa carrière que les gens m'aiment autant ?

– Tu connais Trinity ou quoi ? C'est une artiste. Elle n'a besoin de l'aide de personne, comme son père. Elle veut tout faire elle-même, parce qu'elle sait qu'elle en est capable.

C'est plus compliqué que je le croyais.

– Elle s'excusera, m'assura papa. Pardonne-lui et passez à autre chose.

– Ça m'a blessé qu'elle se sente menacée par Georgia...

– Comme je l'ai dit, elle ne se sentait pas menacée par elle.

J'avais toujours du mal à lâcher prise.

– Sa colère ne lui donne pas le droit de me traiter comme ça.

Papa a hoché la tête.

– Tu as raison.

– Je suis un mari exemplaire depuis le début. Si elle s'attend à ce que je fasse autant d'efforts pour elle, elle a intérêt à en faire autant pour moi.

– Slade, c'était seulement une dispute. Pas besoin de chercher plus loin.

– Ben, je suis fâché.

– Quand elle s'excusera, tu ne le seras plus.

– J'en sais rien...

– Crois-moi, dit-il avant de boire une gorgée de soda.

– Tu pardonnes toujours à maman ?

Il m'a regardé comme si j'étais con.

– Tu crois que je vais lui tenir rigueur jusqu'à la fin des temps ?

J'ai haussé les épaules.

– Non. D'ailleurs, elle ne fait rien qui vaille la peine de se prendre la tête. Elle et moi, ça roule, comme des meilleurs amis.

– Trinity et moi on est meilleurs amis.

– Et les amis se pardonnent tout le temps.

Je savais que ma colère avait pris le dessus.

– Merci de me laisser crécher chez toi.

– T'inquiète. Mais ne recommence pas, railla-t-il. Vous ne nous manquez pas à ta mère et moi. On aime notre liberté et notre intimité.

– Bref...

Je n'avais pas envie d'en entendre parler.

Papa a fini son soda.

– Je dois retourner bosser. À plus, dit-il en sortant du box. Tu ne reviens pas à l'appart ce soir, hein ?

– J'en avais l'intention.

Il a soupiré.

– Bon, à ce soir, alors.

J'allais verrouiller la porte du salon quand Trinity est apparue sur le trottoir. Elle portait une robe pourpre et un collier argent sous un trench-coat noir. Ainsi que des chaussures plates.

Elle s'est arrêtée devant la vitrine et m'a fixé.

Quelle que soit ma colère, je ne laisserais jamais ma femme coincée dehors. J'ai déverrouillé la porte pour la faire entrer. Mes employés étaient partis et il ne restait plus que moi.

Trinity s'est avancée, les mains dans les poches.

Je l'ai ignorée, retournant compter l'argent dans le tiroir-caisse.

Elle s'est approchée de moi en silence.

J'ai tiré la gueule en fourrant les billets dans le coffre-fort. Quand j'ai eu fini, j'ai pris mon portefeuille et mes clés.

– Je vais chez mon père, dis-je en me dirigeant vers la porte.

– Slade, attends...

Je me suis tourné vers elle, toujours en colère.

– Je suis désolée, dit-elle d'un filet de voix.

– Pour...?

– Pour tout.

– T'es désolée de m'avoir accusé de mater Georgia et Sandra ? Désolée de t'être fâchée contre moi parce que j'étais le centre de l'attention ?

– Oui, et oui.

J'ai croisé les bras.

– Je... commença-t-elle la tête baissée. J'ai bossé tellement fort pour arriver là, mais les gens s'intéressaient plus à toi qu'à moi. On m'a félicitée, mais tout le monde s'est entiché de toi. J'imagine que ça m'a rendue jalouse, et je me suis défoulée sur toi.

Je n'ai pas bougé.

– Et ça m'a fait chier de voir des salopes te faire du gringue devant moi. C'est comme si elles se foutaient complètement de moi.

– Peut-être qu'elles ne savaient pas que t'es ma femme.

– Ou qu'elles s'en fichaient, dit-elle amèrement.

Je me suis appuyé sur le comptoir.

– Bref, ça n'avait rien à voir avec toi. J'étais juste... contrariée. Je m'excuse de m'être défoulée sur toi.

Comme mon père l'avait prédit, ma colère s'est estompée. La voir vulnérable, même honteuse, m'est allé droit au cœur. Elle s'en voulait, et elle avait même l'air triste. Elle n'osait pas me regarder dans les yeux, comme si elle n'en avait pas le droit.

– Ça va.

Elle a relevé la tête, l'air surprise.

– Ah ouais ?

– Ouais.

J'ai baissé les bras et marché vers elle. Puis j'ai enroulé les bras autour d'elle et je l'ai serrée contre moi.

– Je suis désolé que la soirée ne se soit pas passée comme tu le voulais.

– Moi aussi...

– Et je suis content que tu ne sois pas jalouse. Tu n'as vraiment aucune raison de l'être, Trinity. Les gens pensent peut-être que Georgia et Sandra sont les plus belles femmes de la planète, mais je ne suis pas comme tout le monde. C'est toi que je veux. Tu sais que je ne me serais pas casé avec une femme à moins qu'elle soit parfaite. Et bébé, t'es la plus belle chose qui m'est arrivée. Je ne t'échangerais pour rien au monde.

– Je sais...

J'ai frotté le nez contre le sien.

– Les autres ne te dérangent pas, alors ne laisse pas celles-là te déranger.

Elle a levé un sourcil.

– Quelles autres ?

– Tu sais, les nanas qui me draguent.

– Ah ouais ?

– Je ne les mentionne pas, parce qu'elles n'en valent pas la peine. Mais je me fais tout le temps draguer. Je sais que tu le sais.

Elle semblait toujours irritée.

– Alors, oublie. Elles ont beau me regarder, je ne les regarde pas. Tu savais que je me ferais draguer quand tu m'as épousé. Et j'ai accepté le fait que les hommes te dévorent tout le temps des yeux.

Mais on se fout de ce qu'ils en pensent. Y a que toi et moi qui comptons.

Sa colère s'est envolée et son regard s'est attendri.

– T'as raison.

– J'ai toujours raison.

– J'ai pas dit ça. Mais la plupart du temps, ouais.

Je l'ai embrassée tendrement, savourant la douceur de ses lèvres.

– Maintenant, rentrons. Je veux une baise de réconciliation.

– Bonne idée, dit-elle souriante. Allons-y.

5

CAYSON

Skye n'a pas reparlé de son père, ce qui était intelligent de sa part. Je n'allais pas changer d'avis. Sean m'a blessé terriblement, plus que Skye ne l'a jamais fait. Je l'aimais comme un père et il s'est retourné contre moi. Depuis le début, je lui ai toujours montré du respect. Je suis allé en voiture jusque chez lui pour lui demander la permission de sortir avec sa fille. Après tout ce que nous avions vécu, comment pouvait-il douter de moi à ce point ?

Non, je n'allais certainement pas balayer ça sous le tapis.

Jamais.

Quand je suis rentré à la maison, j'étais encore contrarié par la scène de la veille. Je ne savais pas à quoi m'attendre. Peut-être une nouvelle embuscade. J'ai suspendu ma veste au portemanteau et laissé tomber ma sacoche sur le sol.

Skye m'a appelé de la cuisine.

– C'est toi, bébé ?

– Ouais.

Je n'ai pas réussi à cacher l'irritation dans ma voix.

Elle s'est dandinée dans l'entrée, portant un tablier rose qui faisait difficilement le tour de son ventre.

– Bonsoir. Comment s'est passée ta journée ?

– Bien.

Elle a passé les bras autour de mon cou et m'a embrassé.

– Tu m'as manqué.

Quand elle me disait des choses comme ça, j'avais du mal à rester fâché.

– Tu m'as manqué aussi.

– On a des invités à dîner. J'espère que ça ne t'embête pas.

J'étais de nouveau sur mes gardes.

– C'est seulement nous, beugla Slade de la cuisine.

J'ai immédiatement soufflé, soulagé.

– On mange des spaghettis et des boulettes de viande, dit Skye. Tu as faim ?

– J'ai les crocs. Je suis allé à la salle de sport pendant l'heure du déj.

– Eh bien, assieds-toi. Je vais te chercher une bière.

– Pas de bière.

Combien de fois il faut que je lui répète ?

– D'accord.

Elle n'a pas insisté.

Je suis entré dans la cuisine et j'ai vu Slade et Trinity.

– Qu'est-ce qui vous amène ici ?

– Juste l'envie de dîner avec nos deux meilleurs amis, répondit

Trinity. Maintenant que vous êtes remis ensemble, on peut refaire des soirées à quatre.

– On est les parrains réciproques de nos enfants, alors on doit se voir souvent, déclara Slade.

J'ai haussé un sourcil.

– Qu'est-ce que t'as dit ?

– Quoi ? s'agaça Slade.

– Comment tu sais que vous êtes parrain et marraine ?

Slade a fourré un bout de pain dans sa bouche et l'a mâché lentement, comme pour gagner du temps.

– Euh... Je l'ai simplement supposé.

C'était tout à fait le genre de Slade.

– Oh... Eh bien, Skye et moi on en a discuté et on aimerait effectivement que vous soyez le parrain et la marraine de notre fils.

– On est tellement honorés, bicha Trinity. C'est absolument parfait.

– Roland va être vénère, jubila Slade en souriant comme s'il venait de réussir un coup.

Skye a posé le plat sur la table et s'est assise à côté de moi.

– Je pense qu'il est trop heureux pour être énervé par quoi que ce soit.

La main de Skye s'est immédiatement posée sur ma cuisse sous la table tandis qu'elle prenait un morceau de pain de l'autre main.

J'ai réalisé à ce moment-là à quel point ça me manquait. Les dîners à la maison avec nos amis me manquaient. Skye me lançait toujours des regards enamourés de sa place, et j'avais l'impression d'être en famille. J'étais habitué à me retrouver seul dans mon appartement, sans la présence chaleureuse de Skye.

J'ai mis mon bras sur le dossier de sa chaise.

– Merci pour le dîner, bébé.

– Je t'en prie. Une femme doit nourrir son homme.

Skye a tourné sa fourchette dans l'assiette, enroulant le plus de spaghettis possible autour de l'ustensile avant d'en prendre une bouchée.

– Quoi de neuf ? me demanda Slade.

– Rien. Je bosse beaucoup.

Trinity est passée du calme à l'hystérie en trois secondes.

– Cette sale pute t'emmerde encore ?

– Calme-toi, bébé, chuchota Slade.

Skye a souri.

– C'est sympa d'avoir quelqu'un avec qui la détester.

– Tu m'étonnes que je la déteste, pesta Trinity. À la seconde où je ne suis plus enceinte, je lui défonce la gueule.

Slade a levé les yeux au ciel.

– Comme tu veux, mon cœur.

– Je pourrais me la faire haut la main, non ? dit-elle en se tournant vers moi pour avoir la réponse.

– Comment je pourrais le savoir ?

– Eh bien, tu la connais, argua Trinity.

J'ai haussé les épaules.

– Elle est plutôt rusée et forte. Ne la sous-estime pas. Elle a l'air inoffensive de l'extérieur, mais elle est diabolique en réalité.

– Si tu devais la protéger, je doute qu'elle soit aussi menaçante, dit Slade.

Je l'ai sauvée cette nuit-là alors que je n'avais pas à le faire. Et puis elle a débarqué pour travailler au même endroit que moi ? C'est comme ça qu'elle me remerciait ? Je n'arrivais toujours pas à y croire.

– Assez parlé d'elle, dit Skye. C'est juste un sale moustique à écraser.

Je me suis penché vers ma femme et je l'ai embrassée sur la joue. Savoir que Skye me faisait confiance et ne se demandait jamais si je baisais Laura sur mon bureau me faisait planer comme un cerf-volant.

Slade nous a regardés avec un grand sourire.

– Comment s'est passé ton défilé de mode ? demanda Skye.

Le sourire de Slade a immédiatement disparu et il a secoué la tête.

– C'était horrible, soupira Trinity. Tout ce qui intéressait les gens, c'était de voir Slade.

Il a haussé les épaules.

– Hein ? s'étonna Skye.

– Georgia Price lui a pratiquement proposé la botte, s'insurgea Trinity. D'abord Conrad, et maintenant Slade.

– Merde, elle est gonflée, dit Skye.

J'ai penché la tête vers Slade.

Il m'a lancé un regard qui signifiait : « on en parlera plus tard ».

– Il y a tellement de salopes dans le monde, soupira Trinity.

Je n'arrivais pas à croire que Slade se soit fait draguer par un mannequin célèbre, mais je savais qu'il n'était pas intelligent de le questionner en présence de Trinity.

– Elle s'attaquera à Cayson ensuite, dit Trinity.

– J'aimerais bien voir ça, menaça Skye. Enceinte ou pas, je lui arracherais les yeux.

Cette conversation commençait à mettre Slade mal à l'aise.

– Mec, ces spaghettis sont de la bombe.

– Ouais, acquiesçai-je. C'est excellent, bébé.

– Merci, dit Skye en souriant.

– Vous voulez jouer au Monopoly après ? demanda Trinity.

– Bonne idée, dit Skye.

Après le dîner, les filles ont débarrassé la table et sont parties dans la cuisine.

Slade et moi nous sommes installés au salon et avons sorti les jeux de société. Comme nous n'étions pas à portée de voix, j'ai immédiatement abordé le sujet.

– Comme ça, Georgia Price t'a dragué ?

Il a jeté un coup d'œil dans son dos pour s'assurer que personne n'entendait.

– Ouais. Et Sandra Humbleton aussi.

– Quoi ?

Il m'a lancé un regard vexé.

– Comment ça *quoi* ? Mate un peu le dieu vivant.

– Devant Trinity ?

– Eh bien, Sandra m'a dragué quand j'allais aux toilettes. Georgia l'a fait devant Trinity, mais je pense qu'elle ne savait pas qu'on était ensemble.

– Tu parles d'une soirée de folie...

– On a eu une grosse engueulade, mais ça va mieux maintenant.

– Skye flipperait si un top-modèle me faisait du rentre-dedans.

– Ouais... Trinity n'était pas contente.

Il a jeté un coup d'œil vers la cuisine avant de continuer.

– Les nanas me draguent tout le temps, alors je ne vois pas ce que ça change si c'est des top-modèles.

– Ça ne te plairait pas que Ryan Gosling drague Skye.

Il a roulé les yeux.

– Il ne la draguerait jamais. T'es gentil.

J'ai laissé couler son commentaire.

– Trinity n'a aucune raison de s'inquiéter. Elle a confiance en toi.

– Ça ne l'empêche pas d'être jalouse... méchamment même.

– Je serais jaloux aussi.

Même si je faisais confiance à Skye. Quand Rhett flirtait avec elle, je n'aimais pas du tout. Il était beau et riche... il représentait une menace sérieuse.

– Heureusement, c'est du passé maintenant.

– Les gars seraient jaloux s'ils savaient que Georgia Price t'a fait des avances.

Le simple fait de les imaginer m'a fait rire.

– Elle n'est pas si bonne, dit-il. Je ne vois pas ce que les mecs lui trouvent. Et si elle a couché avec Conrad, c'est qu'elle a manifestement une faible estime d'elle-même.

– Je suis sûr que Theo se la taperait s'il en avait l'occasion.

– Nan. Il a l'air heureux avec Dee.

– Ils sortent ensemble ? demandai-je.

– Depuis peu, mais ça a l'air de bien se passer.

– C'est cool.

Les filles nous ont rejoints au salon avec une bouteille de cidre.

– De quoi vous parlez, les mecs ? s'enquit Skye en s'asseyant à côté de moi sur le canapé.

– De la beauté de nos femmes, dit Slade en enlaçant Trinity.

Trinity et Skye ont échangé un regard.

– Bien sûr, dit Trinity.

– Si vous le dites, s'esclaffa Skye.

ÊTRE HEUREUX ET AMOUREUX ÉTAIT LE MEILLEUR SENTIMENT DU monde. Il n'y avait pas le moindre doute dans mon esprit : Skye était la femme de ma vie — et la seule. Savoir qu'elle serait mienne jusqu'à la fin des temps était exactement ce que j'avais toujours espéré. Et lui faire l'amour tous les soirs était le paradis.

Dès que Trinity et Slade sont partis, nous avons foncé dans la chambre. La vaisselle sale s'entassait dans l'évier et le plateau du Monopoly était encore sur la table basse. Mais nous rangerions plus tard.

Maintenant, je faisais l'amour régulièrement, et c'était trop bon. Je pouvais coucher avec la femme de mes rêves quand je voulais.

Elle était à moi, complètement et inconditionnellement. Et son gros ventre était la chose la plus sexy du monde. J'aimais la voir se dandiner dans la maison. J'aimais qu'elle soit excitée à cause de ses hormones.

J'aime tout d'elle.

Je l'ai allongée sur le dos, puis je me suis placé entre ses jambes. Nous faisions toujours l'amour dans cette position parce que j'avais la meilleure vue sur son ventre. Je lui caressais la peau, excité par l'idée de l'avoir mise enceinte. Mon fils était dans son ventre, et quand il arriverait enfin dans notre vie, ça changerait tout. Ce serait le plus beau jour de notre vie.

J'ai bougé lentement en elle, savourant le contact charnel entre nous. Elle était chaude et mouillée, et c'était si bon. Ma bouche a trouvé ses lèvres et je l'ai embrassée sensuellement, aimant la façon dont nos âmes s'enlaçaient jusqu'à ne faire plus qu'une.

– Je t'aime, Cayson.

Elle a glissé les doigts dans mes cheveux en m'embrassant langoureusement.

J'adorais l'entendre prononcer ces mots. J'adorais voir le désir briller dans ses yeux quand elle me regardait. Elle aimait la force de mon corps et la puissance qui s'en dégageait. Elle aimait sonder mon regard et voir mon amour refléter le sien.

– J'ai le meilleur mari du monde.

– J'ai la meilleure femme du monde, dis-je sans cesser de l'embrasser.

Il n'y a personne d'autre avec qui j'aurais préféré vivre. Quand j'essayais de m'imaginer avec une autre, elle n'avait jamais de visage. C'était tout simplement irréaliste. Je ne tomberais plus jamais follement ou profondément amoureux comme ça m'est arrivé avec Skye. Elle était la seule femme à pouvoir me conquérir. Dès notre premier baiser, j'ai su que c'était elle pour toujours.

J'ai posé la main sur son ventre dans l'espoir de sentir un coup de pied. Notre amour avait conçu quelque chose de si beau que ça m'émouvait chaque fois. Je n'ai jamais pensé que la grossesse était sexy jusqu'à ce que ma femme soit enceinte. Maintenant, je bandais rien que d'y penser.

– C'est tellement excitant, Skye.

– Ah ouais ?

– La chose la plus bandante au monde.

J'essayais de me retenir de jouir, mais ça devenait difficile. Je gémissais en haletant, sentant le plaisir m'inonder l'entrejambe.

Skye m'a agrippé le cul et poussé loin en elle.

– Jouis dans mon ventre.

Je ne lui avais pas encore fait prendre son pied, mais c'était trop tard maintenant. Ses mots m'ont fait exploser comme un bâton de dynamite. Je me suis enfoncée jusqu'à la garde et j'ai déchargé en elle. Son étroitesse a décuplé mon plaisir. J'ai poussé un cri guttural, puis tout mon corps s'est relâché.

L'orgasme passé, je me suis rappelé que Skye n'avait pas joui.

– Désolé, bébé. Tu ne devrais vraiment pas me dire des choses comme ça.

– C'est bon. Je voulais que tu prennes ton pied. Et il y a d'autres façons de me faire du bien, dit-elle en prenant ma main pour la poser sur son sexe.

J'ai frictionné son clito vigoureusement tout en l'embrassant. J'étais toujours en elle, mais ma queue était molle. Un autre mec se serait retiré et endormi, mais je voulais satisfaire ma femme. Il n'a pas fallu longtemps avant qu'elle jette la tête en arrière et gémisse de plaisir.

– Oui... juste là.

J'adorais la regarder jouir. C'était la chose la plus sexy au monde.

Quand elle a eu fini, je me suis retiré et allongé sur le dos. J'avais chaud, mais ça ne m'a pas empêché de me blottir contre elle. Je l'ai enlacée par-derrière et j'ai pressé mes lèvres sur son épaule.

– Je t'aime.

– Moi aussi, je t'aime.

Quand je me suis réveillé le lendemain, Skye préparait le petit déjeuner dans la cuisine. C'était ce qui me réveillait tous les matins : la bonne odeur de pancake avec une pointe de cannelle. Ainsi que le fumet du bacon croustillant et du café chaud.

Je suis entré dans la cuisine en pantalon de survêtement.

– On croirait toujours que c'est le matin de Noël, ici. Ça sent tellement bon.

Skye a éteint les fourneaux et s'est tournée vers moi, un grand sourire aux lèvres.

– Parce que c'est Noël chaque matin avec toi, dit-elle les yeux pleins d'amour en se pendant à mon cou pour m'embrasser. Bien dormi ?

– Je dors toujours bien avec toi.

C'était la vérité. Je ne me réveillais plus au milieu de la nuit ni ne me tournait dans tous les sens. Je dormais comme un bébé parce que mon corps sentait la proximité du sien, et de notre enfant.

Elle m'a embrassé sur la joue avant de remplir une assiette.

– Assieds-toi et prends ton petit-déj.

– Pas besoin de me le dire deux fois.

J'ai pris ma place habituelle et elle a déposé l'assiette devant moi. Puis elle m'a servi une tasse de café fumant.

– Skye, je ne bois pas de caféine ni d'alcool en ce moment.

Elle a posé une main sur sa hanche en signe de protestation.

– Cayson, c'est moi qui suis enceinte, pas toi. Le fait que tu ne t'autorises à rien me rend malade. Tu mérites de t'accorder quelques plaisirs. Tu travailles si dur pour prendre soin de nous. Alors, bois ce foutu café ou je pique une crise.

J'ai souri et avalé une gorgée.

– Tout ce que tu voudras.

– Merci.

Elle s'est servi une assiette et assise en face de moi.

– Hum... c'est bon, dit-elle avant d'engloutir un pancake entier en deux secondes.

– Très bon.

Skye n'était pas maquillée et elle portait mes habits, un vieux t-shirt et un pantalon de survêtement. Mes fringues étaient trop grandes pour elle, mais ça la rendait sexy, comme tout ce qu'elle faisait.

– Et toi, bien dormi ?

– Comme une souche.

– Tant mieux. Tu vas faire quoi aujourd'hui ?

– Sûrement regarder la télé... manger... faire la sieste.

– Sympa comme programme. Je t'envie.

– En réalité, je m'ennuie beaucoup. Heureusement que maman habite à côté. Elle vient et on tricote de la layette.

– C'est mignon.

– Ouais... on est plutôt mignonnes toutes les deux.

J'ai pouffé.

– On doit vraiment réfléchir à des prénoms pour le bébé, dis-je. Il va bientôt arriver.

– Je sais.

– J'ai toujours un faible pour Cornelius.

– Mais les gens l'appelleront Corne pour faire court, et c'est un surnom bizarre.

– C'est vrai.

Je n'avais pas pensé à ça.

– On peut consulter un dictionnaire des prénoms, suggéra Skye. Ça nous aidera peut-être.

– Ouais, j'en achèterai un après le boulot.

J'ai englouti la fin de mon petit déjeuner et débarrassé l'assiette dans l'évier.

– Je vais prendre ma douche, dis-je en sortant de la cuisine.

– D'accord.

– Merci pour le petit-déj.

– Merci d'être mon mari, répondit-elle. C'est le moins que je puisse faire.

Conrad m'a envoyé un texto en fin de matinée.

Salut, on déjeune ensemble ?

D'ac. Tu veux aller où ?

Je ne sais pas. Au bar sportif ?

Ça me va. Je n'étais pas difficile. *On se retrouve là-bas.*

Tu peux passer au bureau plutôt ?

C'était une demande bizarre, mais je n'ai pas posé de question.

Bien sûr.

Vers midi, j'ai pénétré dans l'immeuble et je suis monté à l'étage de Conrad. Je suis passé devant le bureau de Sean sans jeter un œil à l'intérieur. J'ai fait comme s'il n'existait pas.

– T'es prêt ? dis-je en entrant dans le bureau de Conrad.

Il était au téléphone. Il a couvert le combiné pour me parler.

– Donne-moi cinq minutes.

J'ai hoché la tête et je suis ressorti. J'ai pris mon téléphone et trouvé un jeu à faire en attendant. Il y avait un bruit de fond formé par les sonneries de téléphone et les frappes sur les claviers.

Sean est apparu sur le seuil de sa porte.

– Cayson, tu peux venir un instant ?

Je me suis tourné vers lui sans masquer mon irritation.

Il a attendu ma réponse d'un air placide.

Je ne voulais pas avoir cette conversation en public, alors j'ai rangé mon téléphone dans ma poche et je l'ai suivi dans son bureau.

– Je déjeune avec Conrad. À la seconde où il raccroche, je me barre.

Sean a tiré sur sa veste avant de s'asseoir derrière son bureau.

– Très bien. Je voulais te poser une ou deux questions sur Skye.

Au moins, il n'avait pas l'intention de me ressortir les conneries habituelles.

– Quoi ?

– Est-ce qu'elle va bien ?

– Mieux que bien.

C'était gonflé de sa part de supposer que je n'étais pas aux petits soins pour sa fille.

– Scarlet a fait une fausse couche avant Skye. Ça nous rend un peu paranos ; on a peur que ça arrive à notre fille chérie.

Pendant un instant, ma colère s'est évanouie.

– Désolé de l'apprendre.

– C'était une épreuve terrible. Je ne veux pas que notre fille vive ça.

– Elle va bien, dis-je. Tout se passe normalement.

– Elle fait des examens régulièrement ? demanda-t-il.

– Oui. Et elle ne fait rien à la maison toute la journée, donc elle n'est pas stressée.

Sean a opiné.

– Bien. Je m'inquiète juste de…

Une sirène d'alarme s'est mise à hurler et une voix est sortie d'un haut-parleur : « Mode confinement ».

J'ai immédiatement bondi sur mes pieds et regardé par la vitre de son bureau. Les gens couraient se mettre à l'abri. Mon cœur s'est mis à marteler et le sang à pulser dans mes oreilles.

– C'est quoi le mode confinement ? Qu'est-ce qui se passe ?

Sean a pris un pistolet dans son bureau et l'a coincé dans sa ceinture.

– Suis-moi.

– Où ?

Il a appuyé sa main sur le mur. C'était bizarre parce qu'il n'y avait pas de bouton. Puis une porte invisible s'est découpée, ouvrant sur une pièce que je ne pouvais pas voir.

– Viens.

– Et mon père ?

– Il en a une dans son bureau. Il sait quoi faire.

– Et les autres ?

– Ils ont des instructions pour savoir où aller. Viens, maintenant.

Il m'a attendu à la porte dérobée, l'air anormalement calme.

Je l'ai suivi dans la pièce et j'ai regardé le mur blindé se refermer sur nous.

– Qu'est-ce qui se passe ?

– Il y a quelqu'un de dangereux dans l'immeuble, probablement un homme armé venu s'en prendre à Mike ou à moi.

Il s'est assis sur le canapé, pas le moins du monde alarmé.

– On a fait construire ces pièces après… le dernier incident.

– Y a-t-il un endroit où les autres peuvent se réfugier ?

– Il y a une chambre forte à chaque étage. Tout le monde connaît la procédure, il ne devrait donc pas y avoir de victimes.

J'ai béni la paranoïa de Mike et Sean. Elle venait probablement de sauver leurs employés.

Sean a sorti son téléphone et appelé un numéro.

– Bébé, je vais bien. (Il l'a écoutée.) Je t'aime aussi, dit-il avant de raccrocher. Tu devrais appeler Skye. Elle va sûrement apprendre ce qui se passe.

J'ai sorti mon téléphone et appelé. Heureusement qu'il y avait du réseau ici.

– Allô ?

La voix de Skye était insouciante et guillerette.

– Salut, bébé.

Elle a détecté le stress dans ma voix.

– Cayson, qu'est-ce qui ne va pas ?

– C'est une longue histoire. Mais je suis chez Pixel et le bâtiment est verrouillé suite à une alerte.

– Oh mon Dieu, glapit-elle. Tu vas bien ?

– Oui. Je suis dans la pièce blindée de ton père. Il est là aussi.

– Et les autres ?

Je me suis tourné vers Sean.

– Comment sais-tu que tout le monde est en sécurité ?

Il a montré du doigt un écran sur le mur. Il y avait des petites cases avec une lumière rouge au-dessus de chacune d'elles.

– La lumière rouge signifie que la chambre forte est verrouillée. Donc, chacun s'est enfermé dans la sienne. Celles de Mike, Conrad, Ward et Cortland sont toutes activées.

– Tout le monde est en sécurité, confirmai-je à Skye. Je suppose qu'on va attendre que la voie soit libre.

– Dieu merci, tout le monde va bien. Je pensais que mon père était fou d'avoir installé ce système, mais je suis tellement contente qu'il l'ait fait.

J'ai balayé du regard les murs en acier.

– C'est assez impressionnant.

– Je sais tout sur ces chambres fortes, dit Skye. Personne ne peut les ouvrir ni les transpercer. Tu ne crains rien.

– C'est un soulagement.

– Alors, reste à l'intérieur jusqu'à ce que les choses se calment dehors.

– Promis.

– Je t'aime.

– Je t'aime, Skye.

J'ai raccroché et je me suis posé sur l'autre canapé.

Sean a croisé les jambes et poussé un soupir silencieux.

– Il y a de l'eau dans le frigo et de la nourriture dans le placard.

J'ai maté la kitchenette.

– Merci, ça va.

Il a fixé l'écran, sans dire un mot.

Pendant une seconde, j'ai oublié notre querelle. Je ne pensais qu'au danger qui rôdait à l'extérieur.

– Ça va aller, Cayson, dit-il sans me regarder. Il est impossible de franchir cette porte. Et même si quelqu'un y arrivait, je lui ferais sauter la cervelle. Alors, détends-toi.

– Combien de temps on va rester ici ?

– Jusqu'à ce que le périmètre soit hors de danger. Ça peut être quelques heures, ou la journée entière.

J'ai sorti mon téléphone pour appeler Jessica. Je l'ai informée de ma situation et lui ai dit d'annuler mes rendez-vous de l'après-midi. Puis j'ai raccroché et je me suis calé au fond du canapé. Je guettais le moindre bruit, mais on n'entendait rien.

– Tu es tellement calme, remarquai-je.

Sean a haussé les épaules.

– On essaie régulièrement de me tuer. J'ai fini par m'y habituer.

Tout le monde enviait la fortune et la beauté de Sean, mais ce n'était pas si enviable en fin de compte.

– Je suis désolé pour toi, dis-je.

– Tu n'y es pour rien, alors ne sois pas désolé. Après m'être fait poignarder dans le dos, je n'ai plus peur de rien. Si j'ai pu survivre à ça, je peux survivre à tout.

– Je n'en doute pas.

Sean a posé les doigts sur ses lèvres. Il n'avait pas eu de contact visuel avec moi une seule fois.

– Que vas-tu faire de ton ancien appart ?

– J'en sais rien. Je veux le sous-louer, mais ça peut créer des complications. Je préférerais m'en débarrasser, mais je suis coincé par le bail.

– Ce n'est pas la pire chose au monde. Tu peux toujours y passer pour déjeuner si tu ne veux pas manger au restau tous les jours.

– C'est vrai.

– J'en ai marre de manger dehors. Scarlet me prépare généralement une gamelle maintenant. Sa cuisine est meilleure que n'importe quel restaurant.

– Je pense pareil de la cuisine de Skye. Mais je ne veux rien lui demander alors qu'elle est enceinte. Elle stresse pour un rien.

Il a hoché la tête.

– Scarlet était pareille enceinte, elle s'inquiétait pour tout.

– Telle mère telle fille, hein ? m'esclaffai-je.

Il a esquissé un sourire.

– Ouais. Alors…

Je savais ce qu'il allait dire. Mais comme je ne pouvais pas m'échapper, il m'était impossible d'éviter la discussion.

– Es-tu anxieux à l'idée d'être père ?

Je ne m'attendais pas à ce qu'il dise ça.

– Pas vraiment. Je suis très heureux, en fait.

– Tant mieux. Tu n'as pas à t'inquiéter. J'étais tellement impatient que Skye vienne au monde. Et quand elle est arrivée, ça a bouleversé ma vie… dans le bon sens du terme. Fonder sa propre famille est la chose la plus incroyable du monde. Tu vas adorer.

– Je ne peux même pas l'imaginer…

– Bien sûr, tu perdras le sommeil et tu t'inquiéteras comme un fou, mais ce sont de micro-inconvénients.

– Ouais.

– Cortland est ravi. Il va avoir deux petits-fils. Je suis un peu jaloux, soupira-t-il en souriant.

– Tu vas être grand-père toi aussi.

– Ouais, mais j'aurais aimé que Roland ait un bébé en route aussi. Je ne sais pas ce que Heath et lui ont prévu de faire, mais j'espère vraiment qu'ils auront des enfants un jour.

– Je pense que oui.

– On ne peut que l'espérer.

Il a posé les mains sur ses genoux.

J'ai fixé les murs en acier, me demandant combien de temps nous allions rester ici. Ne pas avoir de fenêtres me rendait claustrophobe.

– Il y a des toilettes ici ?

Il a pointé un doigt derrière lui.

– C'est pas grand-chose, mais ça fera l'affaire.

Je n'avais pas envie d'y aller. C'était seulement par curiosité.

Il s'est tourné vers moi, finalement.

– Cayson, à la lumière de tout ce qui se passe, n'y a-t-il vraiment aucun moyen de régler nos différends ? Tu sais à quel point la famille est importante pour moi. Je ne veux pas que mon petit-fils ressente la tension entre nous. Je ne veux pas que Skye ait toujours le cul entre deux chaises. Je ferai littéralement n'importe quoi pour arranger les choses.

J'ai fixé mes mains.

– Cayson ? demanda-t-il doucement.

– Tu m'as tourné le dos...

– Je sais. Et je regrette tellement de l'avoir fait. Tu n'imagines pas comme je m'en veux, comme je souhaiterais tous les jours pouvoir revenir en arrière et réparer mon erreur. Ça n'en a peut-être pas l'air, mais j'ai souffert bien au-delà de ce que je méritais. Mes enfants sont ce qui compte le plus au monde pour moi, et quand ils me disent qu'une chose s'est passée, je les crois toujours sur parole. C'était la parole de Skye contre la tienne, et j'en suis désolé, mais en tant que père, je ne pouvais rien faire d'autre.

– Tu aurais pu faire autre chose. Tu aurais pu me croire et essayer de convaincre Skye de mon innocence.

Il s'est détourné.

– J'étais trop bouleversé pour y voir clair. Je ne m'excuserai pas pour ça.

– Ça t'a pris deux mois pour t'en rendre compte.

– Mais j'ai fini par voir la vérité, Cayson. Ça ne veut rien dire pour toi ? Si je n'avais pas pris le temps d'y penser à tête reposée, qui sait ce qui serait arrivé ? Une fois que mon émotion est retombée, j'ai vraiment envisagé tous les scénarios possibles. Et c'est là que j'ai compris que ça ne collait pas. Je suis navré d'avoir mis autant de temps à parvenir à cette conclusion, mais j'ai fini par y arriver.

J'ai évité son regard.

– Je peux m'excuser pour le restant de ma vie s'il le faut. Je suis prêt à tout pour arranger les choses. Dis-moi juste ce que tu veux et je le ferai. Cayson, je suis malheureux depuis des mois, et ce n'est pas parce que Cortland n'est plus mon ami ou parce que Skye est déchirée entre son mari et son père. C'est parce que j'ai perdu quelqu'un à qui je tiens vraiment, quelqu'un que j'aime comme un fils.

Je me suis frotté la mâchoire.

Sean s'est levé pour venir s'asseoir à côté de moi.

Je me suis figé quand je l'ai senti si près de moi.

– Cayson, s'il te plaît. Tu veux que je te supplie ? Parce que je le ferai.

J'ai fixé le carrelage sous nos pieds.

– J'ai été tellement blessé par ton comportement... tellement en colère.

– Tu avais tout à fait le droit de l'être.

– Quand j'ai eu le plus besoin de toi, tu n'étais pas là.

– Je sais...

Il a penché la tête.

– Tout le monde m'a tourné le dos, sauf Slade. C'était le seul à me croire.

– Et ça aurait dû être moi, murmura-t-il.

– Comment veux-tu que je te le pardonne ?

– Avec le temps, dit-il. Pas tout de suite. Donne-moi une chance de reconstruire notre relation. Donne-moi une chance de regagner ta confiance.

– Je ne sais pas…

– Cayson.

Il a posé sa main sur la mienne. Il n'a jamais eu ce genre de marque d'affection avec moi, seulement avec Skye et Roland.

– Je sais que je suis un adulte et que je devrais devenir plus sage avec l'âge. Mais la vérité, c'est que je fais encore des erreurs. Malgré ce que tout le monde pense, je ne suis pas parfait. Skye et moi, on s'est beaucoup affrontés ces dernières années. Tu sais de quoi je parle. Il m'a fallu du temps pour comprendre enfin ce dont elle avait besoin. Cayson, tu feras des erreurs toi aussi, des paroles et des gestes que tu regretteras. Je sais que je ne mérite pas ton pardon, mais je t'aime comme un fils. Je tiens beaucoup à toi. Et je regrette sincèrement ce que je t'ai fait. S'il te plaît, donne-moi une autre chance.

J'ai regardé sa main sur la mienne et senti son pouls. Il battait frénétiquement.

– Cayson ?

Je me suis raclé la gorge.

– Je n'ai plus les mêmes sentiments envers toi. Parfois, je me demande ce que tu penses réellement de moi…

– Si je t'ai donné ma fille, alors c'est que je ne pense que du bien de toi. Tu sais comment je suis avec mes enfants. Si je t'ai fait suffisamment confiance pour te confier ma fille chérie, alors tu sais que j'ai une très haute estime de toi. Et le fait que tu aies donné une nouvelle chance à Skye après tout ce qui s'est passé me montre la force de ton amour. Grâce à ça, et à toi, j'ai pu déstresser et retrouver le sommeil. Cayson, je te considère comme l'un des hommes les plus extraordinaires que jamais connus. Et c'est la vérité.

Ma colère diminuait et je devenais de plus en plus vulnérable. J'étais confiné dans cette pièce avec lui, je ne pouvais pas m'enfuir. J'étais obligé d'écouter ce qu'il avait à me dire. Ses paroles m'ont ému, et ça m'a surpris. S'il m'avait blessé si profondément, c'est parce que je tenais à lui. Je l'admirais comme mon propre père. Son estime comptait énormément pour moi, et quand il m'a jeté comme un malpropre, c'était comme si mon propre père m'avait renié. Il était difficile de rester fâché quand il semblait si malheureux.

– Je te pardonne.

Immédiatement, la main de Sean a comprimé la mienne et ses yeux se sont embués.

– Merci...

– Je m'excuse d'avoir été si injurieux avec toi.

– Ne t'excuse pas, dit-il. Je l'ai mérité — chaque mot.

Il m'a lâché la main et a passé un bras autour de mes épaules.

– Je ne m'attends pas à ce que les choses redeviennent comme avant, mais je ferai tout pour qu'on retrouve notre complicité un jour.

– Ouais... un jour.

– Je t'aime, fiston.

Il m'a regardé dans les yeux avec amour, comme s'il pensait vraiment ces mots.

– Je t'aime aussi, beau-papa.

———

Une fois le confinement terminé, nous sommes immédiatement allés voir mon père. Je devais m'assurer qu'il allait bien. Sean disait qu'il s'était barricadé dans sa chambre forte, mais j'avais besoin de le voir de mes yeux.

Quand nous sommes arrivés à son bureau, mon père était au téléphone, sans doute avec ma mère.

– Bébé, je dois y aller. Je t'aime, dit-il avant de raccrocher. Cayson, qu'est-ce que tu fais ici ?

– J'étais venu déjeuner avec Conrad quand l'alarme s'est déclenchée, expliquai-je.

Papa a poussé un soupir de soulagement quand il a réalisé que j'étais indemne. Il m'a pris dans ses bras et m'a serré pour se réconforter lui-même.

– Je suis heureux que tu ailles bien.

– On s'est enfermés dans ma chambre forte, intervint Sean.

Papa a gardé le bras autour de mes épaules et a regardé Sean, sans baisser la garde.

– Tu sais quelque chose ?

– La sécurité dit que c'était une fausse alerte.

– Au moins, personne n'a été blessé, soupira papa.

– Ouais, soupira Sean en hochant la tête. Bon, je vous laisse reprendre vos occupations.

Il s'est dirigé vers la porte.

– Sean ? appelai-je.

Il s'est retourné.

– Oui ?

J'ai regardé mon père.

– Sean et moi avons réglé nos différends. Je lui pardonne et je veux que tu lui pardonnes aussi.

Sean a inspiré à fond, comme si cela signifiait beaucoup pour lui.

– T'es sûr, fiston ? demanda papa. Parce que je soutiendrai quoi qu'il arrive.

J'ai secoué la tête.

– J'en suis sûr. Je sais qu'il est désolé.

Papa m'a étreint de nouveau avant de s'approcher de Sean.

Ils se sont regardés sans se parler.

Je les ai observés, me demandant ce qui se passait.

Sean a soutenu son regard sans ciller.

– Alors... On est à nouveau amis ?

Papa a hoché la tête.

– Je pense que oui.

– Tu m'as manqué.

– Toi aussi, tu m'as manqué.

Je n'avais jamais entendu mon père parler comme ça à quelqu'un d'autre que ma mère.

Sean a ouvert les bras comme s'il réclamait un câlin.

Papa s'est avancé et l'a étreint.

– Tu veux dîner au Mega Shake ce soir ? demanda Sean.

– Super idée, dit papa en lui claquant l'épaule avant de s'éloigner.

Ouah, ils sont comme Slade et moi.

– À tout à l'heure, alors.

Sean ressemblait enfin à l'homme qu'il était, grand et fort. La tristesse a quitté ses yeux quand il a retrouvé son ami. Je savais déjà que Sean regrettait ce qu'il avait fait, mais je comprenais maintenant à quel point ça l'avait brisé.

Skye a couru vers moi pour me serrer dans ses bras dès que j'ai ouvert la porte.

– Je suis si contente que tu sois à la maison. Tu vas bien ?

– C'était une fausse alerte.

– Ouais, j'ai appris. Je suis quand même heureuse que tu ailles bien.

Elle m'a embrassé sur les joues et sur les lèvres.

J'ai gardé les bras autour de son gros ventre.

– Sean a vraiment une pièce blindée attenante à son bureau.

– Oui je sais.

– Ça me rassure.

Elle a appuyé le visage contre ma poitrine.

– Mon père va bien ?

– Ouaip.

– Tant mieux.

J'ai décidé de lui dire ce qui s'était passé. Ça la rendrait heureuse, donc ça me rendrait heureux.

– Ton père et moi avons réglé nos différends.

Elle s'est écartée et m'a regardé dans les yeux.

– C'est vrai ?

– Ouais. On a parlé pendant un moment et... je sais qu'il regrette ce qu'il a fait.

Skye a fait un grand sourire.

– C'est absolument merveilleux.

– Et il s'est réconcilié avec mon père aussi. Ils sont redevenus amis.

– Bien.

Je l'ai embrassée sur le front.

– Je vais devoir le supporter toute ma vie, alors autant bien s'entendre.

– Surtout que mon père t'aime vraiment, Cayson.

– Ouais... je m'en rends compte maintenant.

– Je suis si heureuse, dit-elle en blottissant son visage contre ma poitrine. Je ne pensais pas que vous arriveriez à vous réconcilier un jour.

– Je suis content que tu aies eu tort.

– Y a-t-il quelque chose que je puisse faire pour toi ? Te cuisiner quelque chose ? Te faire un massage ? Tu as eu une longue journée.

Je n'avais qu'une seule chose en tête.

– Ouais, il y a un truc que tu peux faire.

J'ai frotté le nez contre le sien avant de l'entraîner vers les escaliers.

Ses yeux ont brillé d'excitation.

– Tu ne penses vraiment qu'à ça, hein ?

Je n'ai pas eu honte de ma réponse.

– Oui.

6

CONRAD

Carrie et moi étions assis l'un en face de l'autre au restaurant et nous buvions du vin, nos assiettes vides devant nous. Elle portait une robe noire moulante qui mettait ses formes en valeur. Ses cheveux étaient lissés en un chignon, et des perles ornaient ses lobes. Elle avait une beauté classique, comme une star du cinéma muet.

J'aimerais pouvoir tomber amoureux d'elle.

Ce serait tellement facile de rabibocher ma vie ainsi. Hélas, c'était impossible. Carrie ne serait jamais plus que ma copine, une fille à qui je tiens beaucoup. Pas un grand amour. Et si je n'arrêtais jamais d'aimer Lexie ? Si je n'arrivais pas à l'oublier ? Allais-je passer ma vie avec le cœur brisé ?

– Conrad ?

J'ai relevé la tête, réalisant que Carrie m'observait.

– Désolé. Je me suis perdu dans mes pensées.

– À quoi tu pensais ? demanda-t-elle en sirotant son vin.

Je parlais trop de ma peine de cœur et ça risquait de refroidir notre relation, même si Carrie était parfaitement consciente de ma situation. Or ça ne signifiait pas qu'elle voulait en entendre parler pour autant.

– Au boulot.

– Tu ne penses jamais au boulot, remarqua-t-elle.

J'ai haussé les épaules.

– Ça m'arrive.

– Tu crois que nos chiens font quoi en ce moment ?

Sassy et Apollo étaient au penthouse.

– Je parie que Sassy a convaincu Apollo de se coucher sur le canapé... parce qu'elle a une mauvaise influence sur lui.

J'ai souri pour indiquer que je plaisantais.

– Plutôt l'inverse...

– Sassy est une petite peste et tu le sais.

Parfois, j'avais l'impression que nous parlions de nos gosses. Nous rivalisions pour déterminer le meilleur. La plupart du temps ce n'était que du badinage, mais ça pouvait devenir sérieux.

– Apollo est rasoir et tu le sais.

– Pas du tout, me froissai-je.

Elle a souri en réalisant que la conversation prenait une nouvelle dimension.

– Bon, c'est l'heure de changer de sujet...

J'ai bu une gorgée de vin.

– Laisse-moi payer le dîner cette fois, dit-elle.

– Non.

Je n'allais même pas m'expliquer.

– Pourquoi pas ?

– Parce que.

– Arrête de parler comme un homme des cavernes.

Un sourire lui a retroussé les lèvres.

– T'as jamais eu une copine qui t'a invité à dîner ?

Lexie m'est venue à l'esprit. Remarque, elle y était déjà.

– Non.

Je n'ai jamais laissé Beatrice payer non plus.

– Pourquoi ?

– Je refuse, c'est tout. Je suis vieux jeu là-dessus.

– Chiant, tu veux dire, railla-t-elle avec un sourire espiègle.

– Mes nanas se sentent toujours comblées et protégées avec moi. C'est ce que mon père m'a appris à faire, et c'est la définition de la masculinité.

Elle a levé les yeux au ciel théâtralement.

– Tu veux une fessée ? menaçai-je.

– Peut-être...

Elle a souri en buvant une gorgée.

J'ai réalisé qu'elle déconnait.

– Sale morveuse.

– Parfois, admit-elle. Mais t'es têtu, alors on est quittes.

Elle a raison. Je suis très têtu.

– Qui est la dernière nana avec qui t'as couché ? s'enquit-elle de but en blanc.

Sa question m'a pris par surprise, et j'ai froncé les sourcils, méfiant.

– Qu'est-ce que ça peut te faire ?

– J'essaie seulement de changer de sujet.

– Et tu n'as pas pu trouver mieux ?

– Je suis curieuse, c'est tout. Ce n'est pas un procès, Conrad. Je ne pose pas la question par jalousie.

Je lui faisais confiance, aussi j'ai décidé de répondre.

– Georgia Price.

Elle a failli s'étouffer avec son vin.

– La mannequin ?

– Ouais.

Je n'ai pas fanfaronné. Je n'en étais pas fier.

– Genre, la top-modèle ? insista-t-elle.

– Ouaip. Celle-là.

– Attends... elle est pas mariée ?

J'ai baissé la tête, honteux.

– La vache, t'avais vraiment touché le fond.

– Ouais. Son mari et ses brutes m'ont tabassé, et c'est là que je me suis sorti la tête du cul. J'étais devenu un monstre sans morale. C'était... déprimant.

Elle ne m'a pas jugé ou critiqué.

– Parfois, on doit tomber avant de se relever.

J'aurais aimé ne pas tomber de si haut.

– J'imagine... J'ai été un vrai salaud avec tous mes proches.

– On pète tous les plombs un jour ou l'autre. C'est ce qui arrive quand on est sur la défensive.

J'étais armé jusqu'aux dents.

– Elle devait être spéciale si elle t'a blessé à ce point-là.

Je n'aimais pas discuter de Lexie, pas avec Carrie. C'était relou de parler d'une ex à une nouvelle copine. Aussi j'ai tourné la tête vers la fenêtre sans rien dire.

– Conrad, tu n'as pas à me cacher tes émotions. Tu sais ce que je ressens pour mon mari.

Si elle n'avait pas de problème avec ça, alors je ne voyais pas où était le mal.

– Lexie n'avait rien d'exceptionnel. J'étais juste... raide dingue d'elle. Elle n'est pas si différente d'autres filles à New York, mais elle avait un je-ne-sais-quoi...

Les mots se déversaient de ma bouche presque malgré moi.

– Je m'imaginais passer ma vie avec elle, continuai-je, et je voulais que ce rêve se réalise. J'étais amoureux d'elle, mais elle n'était pas amoureuse de moi...

Carrie a plissé les yeux avec empathie.

– Je n'ai rien vu venir, dis-je en secouant la tête. J'aurais aimé ne pas tomber aussi profondément amoureux. J'aurais aimé que... je ne sais pas.

– Que ça ne soit jamais arrivé ?

J'ai opiné.

– C'est faux, Conrad. Tu le réaliseras un jour.

J'avais du mal à croire au rétablissement.

– Mon père dit que j'ai seulement besoin de temps, et qu'un jour je repenserai à ce moment sans la moindre émotion.

Mais je ne le croyais pas. J'étais bousillé pour toujours. Je ne serai plus jamais entier, parce que Lexie m'a volé une partie de mon cœur.

Carrie a posé une main sur la mienne.

– Tu t'en sortiras, Conrad. Je sais que tu ne me crois pas en ce moment, mais c'est vrai. Fais-moi confiance.

Si elle pouvait perdre son mari et tourner la page, alors je pouvais me rétablir de cette blessure. Mais avait-elle vécu un amour comme Lexie et moi ? Était-il aussi puissant ? Je n'avais aucun moyen de les comparer, aussi j'ai laissé tomber.

– J'espère.

Elle s'est resservie du vin avant de remplir mon verre.

– Eh ben, on peut se saouler et prendre notre pied. Ça peut aider.

Elle savait comment me remonter le moral.

– Trinquons à ça, dis-je en tapant mon verre contre le sien, puis buvant une gorgée.

L'addition est arrivée et j'ai glissé des billets dans le carnet. Je préférais payer en liquide que par carte, pour ne pas avoir à attendre le terminal de paiement et tout le tralala. Mais aujourd'hui, je n'étais pas pressé de rentrer à la maison. La soirée se déroulerait comme toutes les autres, avec Carrie et nos deux chiens.

J'ai soudain senti une chaleur inopinée sur ma joue, s'étendant à tout mon corps. Un regard était posé sur moi et me transperçait la chair. C'était une sensation étrange de sentir quelqu'un vous fixer si intensément que la température de la pièce monte d'un cran. Je savais sans le voir qu'on m'étudiait sans ciller. J'ai gardé les yeux sur la table, mais la sensation persistait. La brûlure persistait.

– Voici votre table, dit l'hôte. Bonne soirée.

Dans ma vision périphérique, j'ai aperçu deux silhouettes à la table d'à côté. Une femme menue accompagnée d'un homme. Comme ils ne s'asseyaient pas, j'ai su que quelque chose clochait. Et que l'un d'eux était le coupable.

J'ai enfin levé la tête et croisé le regard de celle qui occupait mes rêves jour et nuit. Ses cheveux blonds étaient comme dans mes souvenirs, ondulés et bouclés aux extrémités. Mais ils étaient plus longs désormais, lui descendant sous la poitrine. Sa robe gainait les galbes et les vallées de son corps.

Mon esprit m'avait joué des tours des centaines de fois. Je l'apercevais parmi la foule sur le trottoir, mais en m'approchant je constatais que ce n'était pas elle du tout. Je croyais entendre sa voix dans un endroit bruyant, ou j'avais l'impression de sentir un effluve de son parfum. Aussi j'ai présumé qu'elle n'était qu'un mirage, une oasis que je n'atteindrais jamais.

J'ai cligné.

Mais elle était toujours là, à me dévisager de ses yeux verts, deux émeraudes envoûtantes comme le chant d'une sirène. Elle était immobile comme une statue, et me regardait d'une expression indéchiffrable.

Je rêve, là ?

Au lieu de réagir, je suis resté figé. Seules mes paupières bougeaient, clignant lorsque j'en avais absolument besoin. Mon cœur battait plus fort qu'il ne l'a jamais fait, l'adrénaline déferlait dans mes veines comme si j'étais un coureur olympique. J'avais la bouche sèche et pâteuse. Tous mes sens étaient amplifiés.

C'est vraiment elle.

Elle tenait sa pochette argent sous son bras, trop paralysée pour s'asseoir ou même ciller, comme si elle était tout aussi frappée de stupeur que je l'étais.

L'homme a contourné la table et lui a tiré sa chaise.

Je ne l'ai même pas regardé. Peu importe qu'il soit gentil avec elle. Je voulais lui trancher la gorge et le laisser crever dans son sang pour l'avoir touchée, l'avoir aimée, pour avoir le privilège de passer la soirée avec elle.

Carrie a senti que quelque chose ne tournait pas rond, car ses yeux passaient d'elle à moi, cherchant à comprendre la source de mon hostilité soudaine. La chaleur embrasait la pièce, et j'ai même cru voir la fumée monter.

Cette femme m'a détruit. Je n'étais plus le même homme, car elle m'a arraché le cœur, l'organe le plus essentiel. Depuis qu'elle est partie, je ne savais plus me tenir droit. Mes épaules étaient constamment voûtées sous le poids de la douleur. Ma vie a été retournée sens dessus dessous, et je ne savais même plus qui j'étais. Quand elle est partie, Lexie a emporté mon âme. Et je savais qu'elle ne me la rendrait jamais.

Le fait d'avoir pu garder mon sang-froid tenait de l'exploit.

– T'es prête, bébé ?

Je n'avais jamais appelé Carrie ainsi, mais je voulais poignarder Lexie dans le cœur avec la parole, ma seule arme. Si elle éprouvait un minimum d'émotion envers moi, ça lui ferait mal.

Et je veux lui faire mal.

Puis je me suis rappelé que c'est elle qui m'a quitté — de sang-froid. Elle n'en avait rien à foutre.

Carrie a pris son sac à main et s'est levée sans dire un mot. J'ai déduit à son silence qu'elle avait compris ce qui se passait. Quand elle s'est approchée de moi, j'ai enroulé le bras autour de sa taille et nous sommes sortis du restaurant, les épaules droites et la tête haute. Je refusais de montrer à Lexie ma faiblesse, l'épave qui avait survécu à sa destruction.

Carrie et moi avons marché jusqu'à chez moi dans un silence de mort. Arrivé à l'appartement, j'ai filé vers la cuisine, où je me suis servi un grand verre de whisky. La bière ne suffirait pas à m'engourdir. Je me suis appuyé sur le comptoir en buvant alors que la scène défilait dans ma tête encore et encore.

Pourquoi a-t-il fallu que je la croise ?

J'étais conscient de cette éventualité, mais je ne m'y étais pas préparé. J'avais toujours imaginé que je lui lancerais un commentaire habile. Je serais un salaud avec elle et elle se sentirait plus basse que terre. Mais quand le moment s'est présenté, j'ai été transi. Je n'ai pas eu les couilles de lui parler, car je savais que ça ne menait à rien au fond. Elle ne m'aurait pas largué si elle tenait à moi.

Je ne vaux rien à ses yeux.

Mon verre à la main, je me suis laissé glisser jusqu'au sol. Je m'envoyais une gorgée après l'autre, sentant les glaçons contre ma lèvre.

Carrie est apparue dans l'embrasure, puis elle s'est jointe à moi par terre. Elle s'est assise à mes côtés, sans m'enlever le verre des mains comme je m'y attendais. Puis elle a passé le bras dans le mien, toujours en silence.

J'ai continué de boire mon whisky.

– Je suis désolée, dit-elle tout bas.

Je fixais l'armoire devant moi. Celle où je rangeais les croquettes d'Apollo. Ça m'a fait penser à la bouffe dans mon frigo, aussi j'ai dressé un inventaire mental des courses à faire demain. Tout pour éviter de penser à Lexie.

– Tu l'aimes encore.

D'où elle sort cette idée ?

– Non, je la déteste.

– On n'aurait pas dit.

– Eh ben, c'est le cas. J'aurais dû avertir son nouveau copain. Ce pauvre type ne sait pas ce qui l'attend.

Carrie a continué comme si elle ne m'avait pas entendu.

– Et elle t'aime encore.

Mon cœur a cessé de battre pendant un court moment.

– Tu te trompes.

– J'étais là, Conrad. Je vous ai vus. Dès qu'elle t'a aperçu, l'air a changé dans la salle. C'est comme si la température était montée en flèche en quelques secondes. Et quand tu l'as regardée, la chaleur s'est décuplée. À croire qu'il y avait un incendie. La pièce s'est emplie d'amour, une sensation que je n'ai connue qu'à mon mariage. Et je ne suis pas la seule à l'avoir senti. Tout le monde dans le restau l'a senti. Je ne sais pas pourquoi elle t'a quitté, mais ce n'est pas parce qu'elle a cessé de t'aimer.

J'ai serré le verre dans ma main, en essayant toutefois de ne pas le fracasser.

– Tu sais que tu débloques ?

– Je sais ce que j'ai vu.

– Parce que si elle m'aimait, elle ne m'aurait pas jeté.

– Elle ne t'a jamais dit pourquoi.

– Quelle autre raison aurait-elle ?

– Je n'ai pas la réponse à ça, chuchota-t-elle.

– Ben, moi non plus.

– Tu devrais peut-être lui demander.

J'ai serré mon verre de nouveau.

– Ça fait quatre mois. Si elle voulait être avec moi, elle m'aurait donné signe de vie. La vérité, c'est qu'elle ne pense plus à moi. Avant ce soir, elle avait oublié que j'existais.

– Je pense que tu devrais lui parler.

J'ai lâché un rire sarcastique tellement l'idée était absurde.

– Tu crois que je devrais lui parler ? répétai-je d'un ton méprisant. Si elle se souciait de moi, elle m'aurait contacté à l'heure qu'il est. À l'évidence, elle m'a oublié.

Carrie a soupiré avant de parler de nouveau.

– Conrad, je...

– La ferme.

Je savais que je dépassais les bornes, mais je m'en foutais.

Carrie s'est tendue, et son langage corporel m'a confirmé que j'étais allé trop loin.

– Conrad, mon mari est mort et il ne reviendra jamais. C'était l'amour de ma vie, et je donnerais tout pour le retrouver. Parfois je rêve qu'il rentre à la maison, en chair et en os, dans son uniforme militaire. Parfois je rêve qu'on a un bébé ensemble, que notre lignée se perpétuera. Puis je me réveille et je réalise que rien de tout ça n'est possible — parce qu'il est mort. L'amour de ma vie est mort et je n'éprouverai plus jamais ce bonheur. Mais Conrad, Lexie n'est pas morte. Elle est encore là, et elle vit dans la même ville que toi. Il y a une possibilité que vous puissiez être ensemble, alors saisis-la.

J'ai serré la mâchoire, irrité.

– Je l'ai demandée en mariage et elle a dit non. Tu te souviens ?

– Demande-lui pourquoi.

J'ai secoué la tête.

– J'ai trop d'orgueil pour ça.

– Alors, mets ton orgueil de côté.

J'ai bu une autre gorgée.

– Tu devrais être de mon côté, pas du sien.

– J'étais de ton côté jusqu'à ce que je voie son visage. Ça crève les yeux qu'elle est encore follement amoureuse de toi.

Les femmes étaient intuitives, mais je n'arrivais toujours pas à y croire.

– Sauf ton respect, tu ne sais pas ce que t'as vu. Parce que si ce que tu avances était vrai, elle m'aurait poursuivi et supplié de la reprendre. Mais ça n'est pas arrivé.

– Peut-être que ça arrivera.

– Peu importe que ça arrive ou pas. Je ne veux plus d'elle.

– Menteur.

– C'est vrai, m'énervai-je. Je t'ai maintenant, et ce qu'on a est plutôt génial.

– Génial, peut-être. Mais profond... non.

– Ben, on savait tous les deux dans quoi on s'embarquait. On a une relation de commodité, vide d'amour et de passion.

– Et c'est ce que tu veux ? s'étonna-t-elle. Ou tu veux un amour tellement fort que ça te brûle de l'intérieur de façon presque insoutenable ? Parce que c'est ce que j'avais avec Scott, et je ne l'aurais échangé pour rien au monde.

J'ai bu une grande gorgée de whisky.

– Je ne veux plus parler d'elle. Plus jamais, en fait.

Carrie s'est tue un instant.

– Compris ? demandai-je.

Elle a pris mon verre et bu une gorgée.

– Oui, Conrad. J'ai compris.

Je n'ai pas mentionné l'incident de Lexie à quiconque. Je ne voulais pas qu'on m'interroge à ce sujet. Je savais qu'on m'assaillirait de questions. C'était plus simple de garder ça pour moi.

D'ailleurs, il n'y a rien à dire.

Ma journée s'éternisait, et je ne cessais de penser à elle. Ses cheveux avaient l'air tellement brillants. Je me rappelais combien j'aimais passer les doigts dedans. Ils étaient soyeux contre mes lèvres la nuit, quand nous nous embrassions pendant des heures. Je me rappelais sa bouche rouge et gonflée. Lexie et moi avions un lien fort, basé sur la confiance et l'admiration. Parfois, je me demandais si tout ça n'a été qu'un rêve.

Je n'arrivais pas à la chasser de mon esprit, et ça allait me rendre fou. Je me souvenais de la soirée où nous avons poussé les meubles dans un coin du salon et dansé ensemble au son de la musique tonitruante. C'est l'un des premiers moments où j'ai ressenti plus qu'une attirance physique envers elle. Je me souvenais de son expression quand je lui ai offert le bracelet. De ses yeux s'illuminant lorsqu'elle a ouvert l'écrin. Je me souvenais des douches que nous prenions ensemble, de nos moments de tranquillité.

Ça me fend le cœur.

En fin de journée, je fixais les mots sur mon écran d'ordinateur sans les lire. J'avais quelques emails à rédiger, mais je n'y arrivais pas. J'avais l'impression qu'une force invisible me serrait la gorge. Qui était le type avec elle ? Son copain ? Lorsqu'il la demanderait en mariage, dirait-elle oui ? Avaient-ils couché ensemble ? Était-elle amoureuse de lui ?

Pourquoi ça m'importe ?

Je devrais m'en foutre.

Vous savez quoi ? Je m'en fous.

Je fixais toujours mon écran sans bouger.

Bon, j'imagine que je ne m'en fous pas.

Mon assistant a parlé dans l'interphone.

– M. Preston, une femme demande à vous voir.

Qui était-ce ? Marilyn des ressources humaines ?

– Faites-la entrer.

Peu importe qui c'était. Je n'arrivais pas à travailler de toute façon. Peut-être que parler à quelqu'un me changerait les idées.

La porte s'est ouverte et une femme est entrée.

Mais pas n'importe quelle femme.

Lexie.

Je me suis adossé à mon fauteuil en la fixant du regard, croyant encore à une hallucination. Elle occupait mon esprit à longueur de journée, alors il était possible que ce soit une manifestation de mon inconscient. Mais après avoir cligné quelques fois des yeux, j'ai réalisé qu'elle était bel et bien là.

Elle est réelle.

Debout devant mon bureau, elle se tortillait les doigts maladroitement. Elle portait une jupe fourreau noire avec un chemisier bleu marine. Sa tenue mettait en valeur sa taille de guêpe et ses seins plantureux.

Je la regardais d'un air impassible.

Elle s'est éclairci la voix, mais elle n'a rien dit.

Je n'arrivais pas à y croire. Elle était devant moi, à quelques mètres à peine. La dernière fois que je l'ai vue, elle est sortie de ma vie à tout jamais. Et voilà qu'elle était de retour.

Je refusais de parler le premier.

– Est-ce que je te dérange ?

Sa voix est sortie en un murmure à peine audible. Je ne l'aurais pas entendue si je n'avais pas été aussi concentré sur elle.

– Pourquoi ? Tu t'en fous de toute façon.

J'avais un stylo dans les mains, que j'ai mis de côté. Ma capacité à rester aussi indifférent me surprenait. Je projetais peut-être une façade de froideur, mais au fond de moi, je perdais le contrôle. Mes paumes étaient moites. Heureusement, elle ne le voyait pas.

Elle s'est éclairci la voix de nouveau, coinçant une mèche derrière l'oreille.

Je la détestais. Je lui en voudrais toujours.

– Qu'est-ce que tu veux, Lexie ? Je n'ai pas que ça à faire.

La colère remontait déjà à la surface. Ma demande en mariage rejouait dans ma tête, les bruits de fond du restaurant et les chuchotements des couples aux tables voisines, qui ont eu pitié de moi en la voyant m'abandonner. L'entrechoquement des verres et le grincement des fourchettes étaient amplifiés et me perçaient encore les tympans. Tout est arrivé tellement vite, mais les détails s'étaient douloureusement gravés dans ma mémoire. Je me rappelais même le cliquetis de ses talons lorsqu'elle a pris la fuite.

Je ne l'ai jamais vue aussi nerveuse que maintenant. Elle se tripotait toujours les doigts, incapable de se tenir tranquille. Sa mèche de cheveux est retombée et elle l'a coincée derrière son oreille de nouveau.

– J'espérais qu'on puisse parler...

– Tu crois qu'on fait quoi en ce moment ?

J'étais un vrai connard avec elle, mais ça m'était égal. Après ce qu'elle m'a fait, elle ne méritait pas mieux. Cette femme m'a brisé le cœur sans le moindre remords. Je n'allais pas me prosterner à ses pieds. Si elle voulait m'affronter, elle allait devoir subir mon courroux.

Lentement, elle s'est assise dans l'un des fauteuils devant mon bureau.

Je l'ai regardée faire.

– J'espère que tu n'as pas l'intention de rester longtemps. Comme je l'ai dit, je n'ai pas que ça à faire.

Elle avait les mains jointes, serrées ensemble.

– Je voulais juste te parler... m'excuser.

– Je te pardonne. Maintenant, va-t'en.

Elle a levé les yeux et croisé mon regard. L'émotion brillait dans ses yeux.

– C'est faux.

– Et alors ? grognai-je. Je veux seulement que tu fiches le camp d'ici. Va-t'en.

Elle n'a pas bougé d'un poil, et n'a pas non plus bronché à ma colère.

– J'ai beaucoup réfléchi et... je sais que j'ai fait une erreur, dit-elle en fermant les yeux comme pour endiguer des larmes. La pire erreur de ma vie.

Ma rage s'est légèrement apaisée à ces paroles. J'avais rêvé de ce moment des centaines de fois, attendu en vain son appel et imaginé sa voix prononcer ces mots. Même lorsque j'étais en Italie, je rêvais de la croiser par hasard. Au lieu de répondre, je suis resté silencieux. Je n'entendais que mon sang me marteler les oreilles.

Lexie a rouvert les yeux et m'a regardé en silence, attendant que je parle.

Je lui ai lancé le regard le plus noir que j'ai pu.

– Alors, tu m'as vu avec une autre femme et ça t'a rendue jalouse ? demandai-je en secouant la tête, dégoûté. Ça t'a fait réaliser que je suis réellement désirable ? Tu croyais que parce que tu n'as pas voulu de moi, aucune autre femme ne voudrait de moi non plus ?

– Non... pas du tout.

– Eh bien, c'est une drôle de coïncidence.

– C'est juste... commença-t-elle en se remettant à se triturer les doigts. Quand je t'ai vu... j'ai réalisé que j'en avais marre de t'éviter.

– Marre de m'éviter ? répétai-je d'un ton méprisant. Ça va, tu peux continuer à le faire. Je suis beaucoup mieux sans toi.

Je n'avais jamais été aussi acerbe, mais elle m'a fait souffrir le martyre. Si elle croyait que j'allais la laisser s'en tirer à peu de frais, elle se trompait.

Elle a pris une grande inspiration, contrôlant ses émotions.

– Conrad, tu sais pourquoi je suis partie. Ce n'est pas parce que je ne t'aimais pas ni que je ne voulais pas de toi. Je te l'ai dit.

Je me suis tourné vers elle. Les mots résonnaient dans ma tête, mais je ne les comprenais pas. Je n'ai jamais su pourquoi elle m'a largué, et elle ne m'a jamais rien dit. C'était un mystère.

– Qu'est-ce que tu racontes, bordel de merde ? Tu ne m'as jamais rien dit.

Elle a inspiré de nouveau, luttant contre ses larmes.

– J'ai glissé la lettre sous ta porte... le lendemain.

Je n'en avais aucun souvenir.

– Il n'y avait pas de lettre, Lexie.

– Si, murmura-t-elle.

– J'ai passé un mois en Italie. Quand je suis revenu au pays, j'ai déménagé. Et je t'assure qu'il n'y avait pas de foutue lettre.

Son visage s'est déconfit.

– Alors, tu ne sais toujours pas pourquoi j'ai dit non ?

– Non. Mais j'en ai rien à foutre de toute façon.

C'était faux. J'avais besoin d'une réponse, et je me sentais pathétique pour ça. Mon sang bouillait, me réclamant l'explication dont j'avais besoin pour fonctionner normalement.

– Maintenant, je comprends pourquoi tu ne m'as pas contactée...

J'ai remarqué sa maigreur. Elle avait dû perdre au moins cinq kilos. La femme forte et indépendante que j'ai connue était maintenant faible et chétive.

Mais ça ne m'empêchait pas d'être en colère.

– Tu t'attendais à ce que je te contacte ? m'esclaffai-je à l'absurdité de l'idée. C'est toi qui m'as jeté, Lexie. Alors non, je n'avais pas la moindre raison d'essayer de te contacter.

– Et si je te disais que je le regrette ? demanda-t-elle d'une voix faible. Que je suis malheureuse comme les pierres depuis que je t'ai perdu ?

Ses yeux étaient couverts d'une pellicule d'humidité.

– Ouais, t'avais l'air malheureuse avec ton nouveau mec... ironisai-je.

– C'était seulement un rencard... rien de sérieux.

Elle a baissé la tête, honteuse.

Peu m'importait la nature de leur relation. Je détestais ce type.

Lexie semblait toujours nerveuse.

– La fille avec toi... c'était un rencard ?

– C'est ma copine.

Je voulais la faire souffrir. Je voulais lui fracasser le cœur en mille morceaux comme elle a réduit le mien en morceaux. Je voulais lui faire vivre le supplice que j'ai enduré, pour qu'elle comprenne ma souffrance à un niveau intime et profond.

– Oh...

Elle a hoché la tête, mais de façon forcée. Ses mains étaient toujours serrées l'une dans l'autre. Ses paupières ont papilloté, car elle essayait de contenir ses larmes.

– Je vois...

– Tu pensais que j'allais t'attendre ? demandai-je d'une voix dégoulinante de sarcasme. Que je n'ai rien de mieux à faire que pleurer une femme qui ne m'a jamais aimé ?

– Je t'ai aimé, affirma-t-elle. Et je t'aime encore.

Mon pouls s'est accéléré, mais je n'ai pas bougé. Je savais que j'allais regretter ce que je m'apprêtais à faire, mais la curiosité me taraudait. Je ne voulais pas qu'elle sache que je pensais encore à elle, que je me demandais tous les jours pourquoi elle m'a quitté. Je refusais de lui montrer à quel point elle avait du pouvoir sur moi. Mais je ne pouvais pas m'empêcher de poser la question.

– Pourquoi t'es partie comme ça ? demandai-je calmement, comme si ma voix la convaincrait que sa réponse ne m'importait pas vraiment.

– Tu sais ce qui s'est passé entre Jared et moi, chuchota-t-elle. Il m'a trompée Dieu sait combien de fois. Il a trahi ma confiance, il m'a bousillée. Alors on a divorcé.

Elle ne m'apprenait rien. C'était loin dans le passé. Pourquoi remettait-elle ça sur le tapis ?

– Puis mon père a fait la même chose à ma mère… continua-t-elle, sa voix se coinçant dans sa gorge.

Elle a reniflé bruyamment en clignant des yeux plusieurs fois.

– Je pensais qu'ils étaient amoureux, puis il lui a tourné le dos. Il l'a échangée pour une femme plus jeune. Il l'a laissée toute seule, profanant la vie qu'ils ont bâtie ensemble. Et il n'a jamais regardé en arrière. Je ne pouvais pas risquer de revivre cette expérience… je ne pouvais pas me remarier.

Au lieu de comprendre et sympathiser avec elle, j'ai senti la rage exploser en moi. Sans réfléchir, je me suis levé et penché sur mon bureau, les poings serrés. Je voulais l'égorger et la voir crever sur la moquette.

– C'est la pire chose que t'aurais pu me dire, gueulai-je à deux centimètres de son visage.

Elle a soutenu mon regard sans ciller.

– Je croyais que tu fréquentais un autre type et que tu voulais être avec lui. Je pensais que t'avais cessé de m'aimer et que t'avais besoin de changement. N'importe quel scénario aurait été mieux que ça, dis-je en écrasant les poings sur mon bureau, laissant une marque. Mais tu me dis que tu m'as quitté parce que t'avais peur que je sois comme Jared ou ton père ? C'est la chose la plus insultante que j'ai entendue de ma vie, Lexie.

Elle a bronché à mon agressivité.

– Je ne suis pas Jared, et je ne suis certainement pas ton père. Je ne pourrais pas être plus différent d'eux. Le fait que tu puisses douter de moi aussi facilement… putain, je n'ai pas de mots pour le décrire.

– Je sais, Conrad. Je sais que j'ai fait une erreur. J'aimerais pouvoir revenir en arrière.

– Mais tu ne peux pas, dis-je en écrasant les poings sur le bureau de nouveau. J'étais heureux, Lexie. Tu comprends ça ? J'étais heureux avec toi. Je voulais rentrer du boulot tous les soirs et te trouver dans la cuisine. Je voulais qu'on ait des enfants ensemble. Mais j'ai mis un genou à terre et tu m'as rejeté. Tu m'as arraché le cœur et même pas pour une bonne raison. Tu m'as détruit, Lexie. T'as sérieusement ébranlé mon univers. Je me suis perdu, je ne sais même plus qui je suis — et tout ça pour une raison à la con.

Elle retenait à peine ses larmes, serrant ses mains comme si ça lui apportait du réconfort.

– Si t'es venue ici en espérant une fin heureuse, alors t'es vraiment idiote. J'en ai marre de ta gueule et je ne veux plus jamais te voir. Je peux pardonner beaucoup de choses, mais pas ça. J'ai perdu toute confiance. Tout espoir. Je ne peux même pas te regarder sans vouloir te briser la nuque. Dégage de ma vie et ne t'avise surtout pas de te pointer encore ici.

Elle a fermé les yeux et les larmes ont enfin dévalé ses joues. Elle ne pouvait plus les refouler. Des sanglots étouffés se sont fait entendre. Elle a reniflé, puis s'est frotté le nez. Elle s'écroulait devant moi.

– Je t'aime.

Ses mots m'ont troué le cœur, et ça n'a fait que décupler ma colère. Comment pouvais-je ressentir la moindre émotion pour cette femme après ce qu'elle m'a fait ? Comment pouvais-je à la fois lui en vouloir et avoir pitié d'elle ? Comment pouvais-je voir ses traits se déformer par la tristesse et quand même la trouver ravissante ?

– J'ai arrêté de t'aimer il y a longtemps, Lexie. Et je ne t'aimerai plus jamais.

7

ARSEN

– Merci de la garder.

Ryan regardait Abby qui enfilait ses chaussures à côté de la porte.

– Pas de problème. Ça me fait plaisir.

Abby a mis son sac à dos, puis elle est venue vers moi.

– Au revoir, papa.

– Au revoir, ma puce.

Je l'ai serrée dans mes bras et embrassée sur le front.

– Amuse-toi bien avec papi et mamie.

– D'accord, dit-elle en sortant sur le perron.

Ryan m'a regardé une dernière fois.

– Quelle est l'occasion ?

– Je veux seulement passer du temps avec Silke… elle m'en veut encore.

– Avec raison.

Il n'y avait pas de remords dans ses yeux. Ryan m'a toujours soutenu, mais il avait ses limites, et je les avais dépassées.

– Je me disais qu'un dîner lui ferait plaisir.

– Peut-être, dit-il en suivant Abby. Ne va pas trop loin sans moi, gamine.

Elle s'est arrêtée au trottoir.

– À plus, Ryan. Merci.

– Quand tu veux.

Il m'a salué avant de prendre Abby par la main et s'éloigner.

Je suis allé à la cuisine et je me suis mis à cuisiner. Au menu : poulet et riz, et pour dessert, fondue au chocolat avec des rondelles de banane et de la pâte à cookie. J'espérais que ça plairait à Silke.

Elle est rentrée peu après dix-huit heures. Elle travaillait tard le mardi, car ils avaient des réunions d'employés au musée. Elle a posé son sac à main, regardant la chaise où s'asseyait habituellement Abby.

– Elle est où ?

Je suis sorti de la cuisine.

– Ryan la garde ce soir.

– Pourquoi ?

Elle n'avait même pas remarqué ce que je faisais.

– Je me disais qu'on pourrait passer du temps ensemble, dis-je en m'avançant lentement, essayant d'être sexy.

Elle m'a regardé avec amour, mais j'ai perçu la méfiance dans ses yeux.

– C'est sympa...

– J'ai préparé le dîner et de la fondue au chocolat.

– De la fondue au chocolat ? dit-elle intriguée.

– Ouais.

– Miam.

– Il n'y a rien de mieux que le chocolat fondu, n'est-ce pas ? dis-je souriant.

– Rien du tout.

Elle me regardait toujours, mais ne me touchait pas.

– Comment s'est passée ta journée ? demandai-je.

J'ai réduit la distance entre nous et enserré sa taille. J'avais envie de la serrer de toutes mes forces et ne jamais la lâcher.

– Pas mal, répondit-elle en se laissant faire. Et toi ?

– Rien à redire.

Je me suis penché pour l'embrasser doucement sur la bouche. Elle m'a rendu mon baiser immédiatement, comme si elle ne pouvait pas rester fâchée contre moi. J'ai reculé pour ne pas qu'elle se sente bousculée.

– As-tu faim ?

Elle a enfin souri.

– Toujours.

– Alors, mangeons.

Elle s'est servi du vin, et je me suis contenté d'un verre d'eau. Je voulais lui prouver que je ne pensais pas à l'alcool, même si c'était le cas. J'avais le réflexe de refermer les doigts autour d'une bouteille invisible. Ça me faisait bizarre de ne pas avoir quelque chose dans la main. Quand la culpabilité me pesait, je ne pensais qu'à boire. L'alcool était la seule chose qui engourdissait ma douleur.

Quand nous sommes passés à la fondue, elle a trempé une rondelle de banane dans le chocolat, puis l'a fourré dans sa bouche.

– Miam... délicieux.

– Merci, mais je n'ai pas fait grand-chose d'autre que faire fondre le chocolat.

Elle a pouffé.

– C'est quand même délicieux.

Elle a trempé une boule de pâte à cookie ensuite. Elle a gémi en l'enfournant.

– Mmm... encore meilleur.

J'ai trempé un morceau à mon tour.

– T'as raison.

Je ne raffolais pas des sucreries, mais j'ai quand même picoré un peu.

– Tu devrais préparer ça plus souvent.

Elle trempait plusieurs morceaux à la fois.

– Comme tu voudras.

Jusqu'ici, le dîner allait comme sur des roulettes. Silke était détendue et elle appréciait de toute évidence mon geste. Abby était chez ses grands-parents, et je n'étais pas ivre. Je faisais un effort pour regagner sa confiance. Silke en avait marre de mes conneries, et je ne pouvais pas lui en vouloir.

Elle a fini de manger et posé une main sur son ventre.

– C'était délicieux... mais je ne peux pas avaler une bouchée de plus.

– On mangera les restes plus tard.

– Ça serait une bonne collation nocturne.

J'ai souri.

– Abby dort là-bas ? demanda-t-elle.

– Ouais.

Je voulais faire l'amour à Silke en toute liberté. Nous n'avions pas couché ensemble depuis... si longtemps que je ne me rappelais plus la dernière fois.

Elle ne voulait pas de moi lorsque j'étais ivre. Mais mon corps n'aimait pas la pénurie de sexe. J'étais en manque, et elle devait l'être aussi.

– Elle va bien s'amuser là-bas. Comme toujours.

– Ouais, Ryan et Janice l'aiment comme leur propre fille.

Et je savais que ce n'était pas seulement à cause de moi. Ils s'étaient attachés à elle comme je l'ai fait la première fois que je l'ai vue. Aussi ringard que ça puisse paraître, ça a été le coup de foudre.

Silke s'est mise à débarrasser la table et porter la vaisselle à l'évier.

– Je m'en occupe. T'inquiète.

– Ça va, Arsen. Tu as cuisiné, je fais la vaisselle.

Je me suis approché d'elle et je lui ai arraché l'assiette des mains.

– J'ai dit que je m'en occupais.

Rien n'était moins sexy que laver la vaisselle.

Silke a détecté l'autorité dans ma voix et ne s'est pas fait prier.

– Merci pour le dîner, Arsen.

Elle m'appelait rarement par mon prénom, et je n'aimais pas ça.

– Je t'en prie, ma Belle.

Il y avait un avertissement subtil dans ma voix ; elle avait intérêt à ne plus m'appeler comme ça. Je l'appelais très rarement Silke.

Elle n'a pas reconnu son erreur.

– Qu'est-ce que tu veux faire maintenant ? Regarder un film ?

Je l'ai lentement poussée contre l'armoire, plaquant les bras de chaque côté d'elle. J'ai sondé ses yeux, guettant sa réaction. Sa respiration s'est accélérée et ses joues ont rosi. Elle soutenait mon regard d'un air impassible, mais ses lèvres se sont ouvertes, trahissant son désir.

Elle a envie de moi.

J'ai frotté le nez contre le sien, la tenant toujours captive.

– Je t'aime tellement.

– Je t'aime aussi.

J'ai plongé la main dans ses cheveux et je les ai empoignés. J'ai tiré sa tête en arrière, et sa bouche s'est offerte à moi. Elle avait besoin de savoir que j'étais désolé, mais aussi de comprendre qu'elle m'appartenait. J'ai posé les lèvres sur les siennes et je l'ai embrassée langoureusement. Si lentement que c'en était pénible. Sa bouche voulait bouger plus vite, mais je l'en empêchais. Je voulais qu'elle me désire, qu'elle se rappelle pourquoi elle m'a choisi.

Lorsqu'elle s'est mise à haleter dans ma bouche et passer les mains sur mon torse, j'ai su qu'elle n'en pouvait plus.

Cette soirée était pour Silke. J'allais la faire retomber amoureuse de moi, lui rappeler pourquoi j'étais le seul homme pour elle. Je savais que j'avais merdé. J'étais peut-être un peu troublé, mais je la méritais quand même.

Je l'ai soulevée d'un mouvement leste et ses jambes se sont automatiquement enroulées autour de ma taille. Sans rompre le baiser, je l'ai portée à notre chambre, où je l'ai allongée sur le lit. Puis j'ai déboutonné son jean et je l'ai baissé, découvrant la peau claire que j'adorais. J'ai ensuite baissé son string pour révéler sa chatte. J'ai couché avec beaucoup de femmes, mais Silke avait la plus délicieuse des chattes. À la fois sucrée et amère. Étroite, et toujours tellement mouillée. J'adorais la goûter, et la sentir s'étirer lorsque j'étais en elle.

J'ai tiré ses hanches jusqu'au bord du lit avant d'enfouir la tête au creux de ses cuisses. Mes lèvres ont trouvé les siennes et je les ai séparées avec la langue. Elle s'est emparée de mes avant-bras et s'est mise à se tordre sur le lit en arquant le dos comme un chat et poussant des gémissements sexy.

Je voulais me consacrer entièrement à son plaisir, la vénérer toute la nuit. Il n'y avait pas meilleure façon de s'excuser que l'orgasme. Ma langue a encerclé son clito, savouré son goût. Elle mouillait grâce à mes bons soins. Le cunni a toujours été une corvée pour moi, mais j'adorais ça avec Silke. Je ne le faisais pas seulement pour lui procurer du plaisir, mais aussi parce que j'aimais chaque centimètre carré de son corps. Elle était à moi et je la chérissais.

En quelques minutes, elle a poussé un cri de joie en jouissant puissamment. Elle a planté les ongles dans mes avant-bras et m'a tiré vers elle, voulant encore plus de moi alors qu'elle surfait la vague jusqu'à la fin. L'orgasme passé, elle a repris son souffle, sa poitrine montant et descendant profondément.

Je me suis hissé sur elle et mes mains ont trouvé ses cheveux de nouveau. Elle avait un air rêveur, comme si elle était loin. Malgré mes lèvres couvertes de cyprine, je l'ai embrassée. Tendrement et sensuellement, comme tout à l'heure. Je n'étais pas pressé de me retrouver en elle. Je voulais d'abord m'excuser en silence, lui donner une raison de me laisser entrer à nouveau. Je savais que ma stupidité l'avait réellement blessée. Elle a dit que c'était du passé, mais je n'y croyais pas.

Je l'ai fait remonter sur le lit jusqu'à ce que sa tête soit sur l'oreiller. J'ai laissé mes lèvres la caresser partout, embrassant la peau de son cou, ses épaules, puis suçotant ses mamelons délicats. Mes mains se baladaient sur elle en même temps, vouant un culte à son corps comme ma bouche le faisait. J'ai embrassé son ventre mince et son nombril. Puis j'ai fait courir ma langue sur ses hanches, perçevant le goût distant de sa sueur.

Elle a trouvé mon cou et m'a doucement attiré vers elle. Je lui ai fait l'amour assez de fois pour connaître sa position favorite. Elle me donnait des indices subtils, présumant sans doute que je ne l'avais pas découverte par moi-même. Mais je savais exactement ce qu'elle aimait.

J'ai relevé la tête, puis j'ai pris un oreiller et je l'ai glissé sous ses hanches. J'ai écarté ses jambes avec mes bras et je me suis positionné entre ses cuisses. Elle s'est tendue d'anticipation, attendant que je lui étire délicieusement les chairs.

Je me suis lentement inséré en elle, glissant dans sa moiteur abondante. Elle était étroite, ou bien j'étais bien membré. Je me suis enfoncé jusqu'à la garde et j'ai senti sa chatte se resserrer autour de moi. Mon gland brûlait de plaisir. Mais je me suis contrôlé, car ces retrouvailles étaient pour elle.

Elle a enfoncé les ongles dans mon dos en poussant un gémissement satisfait, heureuse d'être remplie comme un homme se devait de remplir une femme. Sans aucun espace restant. Je me suis appuyé sur les bras en me penchant en avant. Puis j'ai commencé à tanguer le bassin lentement, mais avec détermination.

Silke savourait chaque seconde, s'accrochant à mon cou ou passant les mains sur ma poitrine de marbre. Parfois elle se mordait la lèvre inférieure, et parfois elle gémissait de façon incontrôlable. La voir prendre son pied ainsi me donnait envie de la remplir de foutre à ras bord.

La tête de lit cognait le mur à chaque coup de reins, et elle s'est mise à gémir en rythme avec le bruit. Je n'accélérais pas la cadence, car la vitesse ne rendait pas le sexe meilleur. Tout ce qui comptait en ce moment, c'était le plaisir de Silke. Je savais qu'elle aimait que je prenne mon temps, en plongeant les yeux dans les siens.

Je l'ai embrassée doucement en bougeant toujours en elle.

– Ma Belle, soufflai-je.

Le surnom était à la fois sexy et tendre. Je l'utilisais dans les moments les plus romantiques, lorsqu'elle tenait mon cœur et mon âme dans le creux de sa paume.

– Ma Bête.

Elle a pris mon visage en coupe en tanguant le bassin sous moi. Sa respiration s'est hachée, puis coupée, comme si elle retenait son souffle avant l'explosion finale. Lorsqu'elle jouissait, elle gémissait des paroles incohérentes. J'ai réussi à distinguer mon prénom, ce qui me suffisait amplement.

Une fois son extase passée, je me suis laissé aller. C'était un miracle que j'aie tenu bon jusqu'ici. J'étais dans le désert depuis des semaines et Silke était mon oasis. Quand je me suis contracté, j'ai su que j'étais au bord du précipice. Je l'ai embrassée tendrement en déchargeant ma semence en elle, grognant de plaisir tellement c'était bon. Je sentais mon sperme se déverser chaudement en elle.

Silke a passé les doigts dans mes cheveux et m'a embrassé le torse, fiévreuse d'amour et de satisfaction. Ses paupières étaient lourdes, et son regard était serein.

Je suis sorti d'elle et je me suis laissé rouler sur le dos. J'étais trop crevé pour me nettoyer. Aussi je me suis contenté de rester allongé là. Quand Silke s'est blottie contre moi, j'ai su qu'elle me pardonnait toutes mes conneries.

J'ai posé un baiser sur son front, sentant la sueur à la racine de ses cheveux.

– Je t'aime.

– Je t'aime aussi.

Ryan est passé au garage le lendemain.

– On déjeune ?

J'ai relevé la tête.

– Je n'ai pas beaucoup de temps aujourd'hui.

– Le jour de paie, hein ?

J'ai hoché la tête.

– Ouais, mes gars me harcèlent pour leurs chèques aussi. Ils restent au salon jusqu'à ce que je les aie tous signés.

– Je dois vraiment régler le virement direct, mais je n'ai pas encore eu le temps.

Il s'est assis devant moi.

– Alors… comment ça s'est passé hier soir ?

Je n'avais pas de secrets pour Ryan, mais parler de Silke était un peu gênant étant donné que c'était sa fille. Si c'était n'importe qui d'autre, je lui raconterais tous les détails.

– Je crois que je me suis racheté pour les dommages que j'ai causés. Je lui ai préparé le dîner et le dessert et on a parlé.

– Tant mieux. Honnêtement, j'avais peur.

– Moi aussi.

J'ignorais si nous allions nous remettre de cette descente aux enfers.

– T'as l'air beaucoup mieux depuis que je t'ai passé un savon.

J'ai haussé les épaules.

– J'ai l'air mieux, mais je ne vais pas mieux.

Ryan m'a étudié d'un regard vide de jugement.

– Tu devrais peut-être parler à un psy, Arsen. Il n'y a rien de mal à demander de l'aide.

– À quoi bon ?

Je ne voulais pas paraître impoli, mais c'est sorti tout seul.

– Tu n'en sauras rien à moins d'y aller.

Personne ne pouvait m'épauler dans cette épreuve. Ma mère était partie, et je n'ai pas pu retarder l'heure de sa mort. Le regret et la culpabilité tourbillonnaient en moi sans cesse. Je savais que je ne me rétablirais jamais complètement, même avec Silke à mes côtés. Elle était capable de tout régler, sauf ça.

– Très peu pour moi.

– Alors, parles-en à moi, dit-il calmement.

– Il n'y a rien de plus à dire.

– Donc tu vas refouler tes émotions ?

– Refouler mes émotions ? renâclai-je. Je ne les refoule jamais. Elles me rongent jour et nuit. Peut-être que ça changera avec le temps. Peut-être que ça ne deviendra qu'un souvenir douloureux. Peut-être que je finirai par tout oublier.

Ryan n'a pas réagi, mais je pressentais qu'il en doutait fortement.

– Je suis là si tu changes d'avis, Arsen.

– Je sais.

Il s'est levé et penché vers moi.

– Continue sur cette voie, pour Silke. Parce que je te briserai la nuque si tu lui fais du mal encore une fois.

La menace dans ses yeux m'indiquait qu'il ne bluffait pas. Sur ce, il a tourné les talons et il est sorti.

JE SUIS PASSÉ CHEZ LEVI SUR LE CHEMIN DU RETOUR. NOUS n'étions pas proches, et je n'avais pas encore l'impression d'être son frère, mais nous bâtissions la relation.

– Comment tu vas ? demandai-je.

Son regard était assombri par la tristesse. Son état ne s'était pas amélioré du tout. Remarque, le mien non plus.

– Ça va. Toi ?

Il a haussé les épaules pour seule réponse.

Il avait une jolie demeure en ville. Elle n'avait pas de jardin ni de garage, mais c'était un bon investissement immobilier.

– Je vais vendre la maison, dit-il de but en blanc.

– Hein ? Pourquoi ?

– Elle me rappelle trop maman.

– Oh…

Je ne pouvais qu'imaginer.

– Ça fait des semaines, mais… je n'ai pas avancé, dit-il en croisant les bras et s'adossant au mur. Et toi ?

– Pareil.

– Les gens disent que ça s'améliore avec le temps… mais s'ils avaient tort ?

– Peut-être bien.

– J'ai tellement de bons souvenirs dans cette maison, mais ils me suffoquent. Je ne pense pas pouvoir le supporter encore longtemps.

– Alors, vends-la.

– Mais je me sens coupable de vendre l'endroit où j'ai vécu avec ma mère. Il y a encore les marques du feu de cuisson qu'elle a causé dans la cuisine. Et la porte est bosselée par ses coups de pied lorsqu'elle n'arrivait pas à l'ouvrir. Je peux vraiment partir d'ici ?

Je suis resté silencieux.

– Je ne sais pas si j'en suis capable, conclut-il.

– Tu n'as pas à faire ton choix maintenant. Donne-toi du temps.

Levi a pris une bière dans le frigo et me l'a tendue.

Je l'ai considérée avec convoitise, mais j'ai réussi à la refuser.

– Non merci.

Sans poser de questions, il l'a décapsulée pour lui-même.

– Et ta copine ? demandai-je.

– Je n'ai pas de copine, répondit-il. Mais je fréquente quelqu'un.

– Elle est comment ?

– Jolie, drôle... parfaite.

Je me suis assis sur le canapé et j'ai fixé la télé éteinte.

– On dirait qu'elle va bientôt devenir ta copine.

– Peut-être... un jour, soupira-t-il en s'asseyant à côté de moi.

C'était réconfortant de savoir que je n'étais pas le seul à souffrir. Mais à la fois déprimant. J'avais l'impression de m'observer d'un point de vue extérieur. J'avais les yeux cernés, et chaque respiration semblait plus difficile que la précédente.

– Comment ça va avec Silke ? demanda-t-il.

– Ça va.

Je ne lui ai pas parlé de nos emmerdes.

– T'as de la chance de l'avoir. Elle a l'air plutôt incroyable.

– Elle l'est...

– Abby va bien ?

– Ouais. Je fais bonne figure devant elle. Elle a déjà perdu sa mère, alors elle a assez souffert.

Il a hoché la tête.

– Tu veux sortir ?

– Faire quoi ?

– Dîner et prendre un verre.

Je ne voyais pas où était le mal. Levi semblait avoir besoin d'un ami, et j'avais besoin de quelqu'un aussi.

– Ouais, bonne idée.

J'ai sorti mon portable et texté Silke.

Je dîne avec Levi ce soir. Ne m'attends pas.

Je lui disais toujours où j'étais et ce que je faisais. C'était une habitude dont je n'arrivais pas à me défaire.

Amuse-toi bien. Je suis sûre que ça lui fera plaisir.

On se voit à mon retour.

D'ac. Je t'aime.

J'ai souri à son message. Les choses étaient déjà de retour à la normale.

Je t'aime aussi.

Levi a commandé un whisky.

– Et la même chose pour lui.

– Non merci, dis-je si prestement que j'ai eu l'air d'un rustre.

Levi a sourcillé.

– Tu vas me laisser boire tout seul ?

– C'est juste...

Je ne voulais pas parler de mes problèmes personnels.

– Ou tu préfères autre chose ? demanda-t-il. Du gin ?

– Non, j'aime le whisky.

Levi s'est tourné vers le serveur.

– Deux whiskys frappés.

– Non, ce n'est pas ce que je voulais dire.

Je me suis tourné vers le serveur, mais il était déjà parti.

Levi s'est calé dans le box, les épaules voûtées. Son regard a erré dans le vide, et il semblait de nouveau paumé.

– Maman était tout ce qui me restait... Elle aurait dû me parler de son cancer. Même si elle ne voulait pas que je dépense un sou pour elle, j'aurais trouvé les fonds d'une autre façon.

– Je sais... on aurait pu payer moitié-moitié.

Ça aurait coûté les yeux de la tête, mais Levi et moi nous moquions du prix. La vie n'avait pas de prix.

– Mais si elle me l'avait dit, je lui aurais sûrement tourné le dos... parce que je suis un sans-cœur.

Levi ne l'a pas contesté.

– Je suis officiellement orphelin.

– Faut avoir moins de dix-huit ans pour être orphelin.

C'était une formalité que je n'aurais sans doute pas dû mentionner.

– Peu importe, dit-il. Je n'ai pas de parents. Le terme n'a pas d'importance.

En effet.

Le serveur nous a apporté nos verres avant de prendre notre commande.

Quand il est parti, j'ai zyeuté le verre devant moi, mais je n'ai pas bu.

– Je vais passer Noël tout seul... chaque année.

Comme moi dans ma vie d'avant. J'étais toujours seul à Noël — jusqu'à ce que je rencontre Silke.

– Non, tu as Abby et moi.

– Mais ce ne sera plus jamais comme avant. Ce sera toujours vide sans mes deux parents.

– Au moins, t'as eu plusieurs années avec eux. Je n'ai pas eu ce luxe. Et quand j'ai eu la chance de connaître maman... je l'ai repoussée.

Levi a bu une longue gorgée, puis s'est essuyé les lèvres.

– Quand elle m'a parlé de toi, elle s'est mise à pleurer, commença-t-il, les yeux vitreux et le regard lointain. Elle m'a dit qu'elle se détestait pour ce qu'elle a fait. Et qu'elle craignait que tu la détestes aussi...

J'ai regardé la table, car je ne pouvais pas supporter son regard. Cette histoire me brisait le cœur. Elle voulait réellement se repentir de ses fautes. Si seulement je l'avais crue... tout aurait été différent.

– Je ne la détestais pas. Mais je n'ai jamais compris pourquoi elle a fait ça. Je ne l'ai pas connue alcoolique. Elle m'a dit qu'elle s'était prostituée, mais je n'arrivais pas à y croire. Je la connaissais seulement comme la femme au foyer qui préparait le dîner quand je rentrais de l'école. Pour mon anniversaire, elle organisait une chasse au trésor dans la maison... c'était une bonne mère.

Je n'en aurai jamais fait l'expérience.

– Papa était plutôt brut de décoffrage. Maman était chaleureuse et aimante... mais il y avait une tristesse innée chez elle. Je la lisais sur son visage quand elle ne savait pas que je la regardais. Je n'ai jamais su d'où ça venait avant qu'elle me parle de toi. Puis j'ai compris à quoi elle pensait dans ces moments-là.

J'ai regardé les glaçons qui commençaient à fondre dans mon verre.

Levi a descendu le sien, puis il en a commandé un autre.

J'ai réussi à ne pas toucher le mien.

Il était déjà ivre, car il ne buvait que rarement et sa tolérance était faible. Il a parlé en marmonnant.

– Si tu lui avais pardonné, rien de tout ça ne serait arrivé...

Ses paroles m'ont transpercé le cœur comme une flèche. J'en ai eu le souffle coupé un instant. Les mots que je redoutais le plus venaient d'être prononcés.

– Elle aurait pu recevoir un traitement et survivre. Mais elle a gardé le secret parce qu'elle ne voulait pas que tu penses qu'elle voulait seulement ton argent.

Il a fini son deuxième verre, qu'il a poussé au bord de la table comme pour en réclamer un autre.

– Je n'aurais pas perdu ma mère si tu lui avais donné une chance.

J'ai soudain été envahi par un froid glacial, et mon pouls a ralenti comme si mon cœur allait s'arrêter de battre définitivement. Les pensées horribles que j'avais envers moi-même n'étaient pas originales. Levi les avait aussi.

J'ai regardé le whisky devant moi, me sentant vide et creux. Je n'avais plus de raison de vivre. La douleur me dévorait vivant, et je me sentais plus petit que jamais. Ma plus grande peur s'avérait exacte : j'étais un meurtrier.

Ma main a trouvé le verre et je l'ai porté à mes lèvres. Le liquide m'a brûlé le gosier en descendant. La douleur s'est atténuée immédiatement et j'ai accueilli la torpeur familière à bras ouverts.

Tout le reste est flou.

8
THEO

– Où tu vas ?

Dee s'est assise sur le lit, le drap serré autour de la taille. Ses seins magnifiques pointaient et j'avais envie de lui sucer les tétons jusqu'à ce qu'ils soient à vif.

– Dîner avec Conrad.

J'ai enfilé mon jean, puis ramassé ma chemise sur le sol.

– Tu dois y aller ce soir ?

Elle a rampé sur les fesses jusqu'au bord du lit et a commencé à se caresser les seins juste devant moi.

Ma queue a durci même si je ne savais pas comment c'était encore possible. Je l'avais déjà prise deux fois ce soir-là.

– Je vais revenir, Dee. Tu crois que je dormirais ailleurs en sachant ce qui m'attend ici ?

Elle a pressé ses seins ensemble avant de les relâcher.

– Viens avec moi.

– Au dîner ? s'étonna-t-elle.

– Pourquoi pas ?

– Ce n'est pas juste vous deux ?

– Non, tu peux venir. Conrad emmenait ses copines partout.

J'ai fait exprès de pas évoquer nominativement Beatrice ou Lexie. Entendre leurs prénoms était encore trop douloureux pour lui.

– T'es sûre que je ne vais pas vous envahir ?

Je me suis penché sur le lit et je l'ai embrassée.

– Je ne t'aurais pas invitée si je te trouvais envahissante.

– C'est vrai.

Elle a coincé ma lèvre inférieure entre ses dents et m'a mordillé sensuellement.

– T'es toujours aussi insatiable ?

– Non, seulement avec toi.

Elle a promené les mains sur ma poitrine.

Si je ne m'écartais pas d'elle tout de suite, je ne partirais jamais.

– Alors, habille-toi.

– Où va-t-on ?

– Au Roger's.

– C'est un bar.

– Ouais, et alors ?

– T'as dit que tu allais dîner.

– Ils servent à manger.

Elle s'est enfin levée et a commencé à s'habiller.

– Je vais prendre un hamburger bien gras et une grande bière.

– On dirait moi.

Conrad était déjà là quand nous sommes arrivés au bar. Il était assis dans un box, une bière devant lui. Comme toujours, il avait une sale tête. Mais c'était pire que d'habitude.

– Salut, mec.

Je me suis glissé sur la banquette et Dee s'est assise à côté de moi.

– Salut.

Il a immédiatement dardé les yeux vers Dee comme s'il ne s'attendait pas à la voir.

– C'est cool qu'elle soit là, non ?

Il a bu une gorgée interminable.

– Ouais.

Il a posé les coudes sur la table et regardé par la fenêtre.

Peut-être qu'il ne trouve pas ça cool...

Il a consulté la carte avant de détourner le regard de nouveau.

– Tout va bien ?

– Ça va, répondit-il laconiquement. Toi ?

– Bien... Où est Carrie ?

– À la maison.

Je me suis demandé pourquoi il ne l'avait pas emmenée. Ça

semblait sérieux entre eux. Chaque fois que je voyais Conrad, elle n'était jamais loin derrière lui.

– Vous vous entendez vraiment bien, non ?

– Oui, dit-il d'un ton blasé. Elle est plutôt géniale.

Il ne cessait de regarder par la fenêtre.

Le Conrad dépressif n'était pas simple à gérer. J'avais tellement de mal à le déchiffrer.

Dee a changé de position comme si elle était mal à l'aise. Elle devait sentir le climat hostile elle aussi.

– Alors, pourquoi tu voulais qu'on se voie ce soir ? demandai-je.

Il a haussé les épaules et n'a pas répondu.

OK, quelque chose ne va pas du tout.

Dee a compris qu'elle n'était pas la bienvenue.

– Theo, je vais retourner chez moi. Je viens de me rappeler que j'ai oublié de sortir mon chien.

Elle n'avait pas de chien donc j'ai compris son insinuation.

Je n'ai pas protesté, car il était évident que Conrad ne voulait pas qu'elle soit là.

– Tu veux que je te raccompagne ?

Elle a lâché un rire sarcastique.

– Très drôle, Theo.

Elle est partie sans dire au revoir à Conrad.

Il est resté dans la même position, coudes sur la table, l'air contrarié.

– T'avais pas besoin d'être aussi désagréable, dis-je.

Je ne voulais pas l'agresser, mais Dee était ma petite amie depuis peu et je n'avais pas envie de la perdre. J'ai toujours fait en sorte de mettre les copines de Conrad à l'aise, même celles que je n'appréciais pas.

– T'avais pas besoin de l'amener. C'est à toi que j'ai demandé de prendre un verre avec moi, pas à elle.

– Qu'est-ce que ça peut faire ? m'énervai-je. Si j'avais amené Slade, t'aurais rien dit.

– En fait, si. Je t'ai demandé de venir — et personne d'autre.

Les planètes s'alignaient enfin. Il voulait que je sois seul parce qu'il avait besoin de parler d'un problème qui le tracassait. Conrad ne s'était pas beaucoup ouvert. Au début, il était dans le déni. Et quand il s'est enfin autorisé à ressentir les choses, il s'est coupé du monde.

– Excuse-moi. Je n'avais pas compris.

J'ai rétropédalé pour qu'il se confie malgré tout.

Conrad a bu sa bière, regardant de nouveau par la fenêtre.

– Alors, quoi de neuf ? Tout va bien avec Carrie ?

– Carrie est super. Je l'aime bien.

Je l'aimais bien aussi. Elle était douce et décontractée, et elle allait bien avec la personnalité de Conrad. Le fait qu'il entretenait une relation avec cette fille au lieu de baiser n'importe qui était bon signe. Il avait vraiment remonté la pente depuis son arrivée.

– Quelque chose te tracasse ?

Il a serré la mâchoire comme si les paroles à suivre étaient extrêmement pénibles.

– J'ai croisé Lexie par hasard.

Mon cœur s'est arrêté de battre. Littéralement. Le brouhaha du bar s'est soudain assourdi tandis que je pesais ses mots. Je me suis même senti légèrement étourdi. Je ne m'attendais pas à ce qu'il la croise un jour. Ils vivaient dans la même ville, mais il y avait plus de sept millions d'habitants à New York. Les chances de tomber sur elle étaient très faibles.

– Où ?

C'est la première question qui m'est venue à l'esprit.

– Dans un restau. Elle était avec un mec, dit-il d'une voix où pointait l'amertume. Et j'étais avec Carrie.

J'imaginais à quel point ça devait être gênant.

– Que s'est-il passé ?

– On s'est regardés. Puis Carrie et moi sommes partis.

Ça semblait aussi anodin que possible.

– Ça aurait pu être pire.

– Puis elle est venue à mon bureau l'autre jour...

Mon cœur s'est emballé de nouveau.

– Qu'est-ce qu'elle t'a dit ?

– Qu'elle regrette de m'avoir quitté.

J'aurais pensé que l'apprendre réjouirait Conrad, mais ça ne semblait pas le cas. En fait, il semblait encore plus énervé.

– Elle a dit qu'elle m'avait laissé un mot, et comme par hasard, je ne l'ai jamais eu. Elle m'écrivait qu'elle m'avait quitté parce que ses parents venaient de divorcer et qu'elle avait la trouille... dit-il en serrant de nouveau la mâchoire. C'est l'excuse la plus minable que j'ai jamais entendue, putain. (Sa voix est passée de docile à hostile en une seconde.) Comment ose-t-elle me comparer à tous ces connards ? Quand lui ai-je jamais donné l'impression que je n'étais pas loyal envers elle ?

Il respirait fort comme s'il se retenait de hurler.

Être d'accord avec lui m'a semblé plus intelligent.

– Tu as raison. Ça ne justifie pas ce qu'elle a fait.

– Ça fait quatre mois, Theo. Elle pensait vraiment que j'allais lui pardonner aussi facilement ? demanda-t-il en secouant la tête. Elle me croit désespéré à ce point ?

J'ai acquiescé.

– Et ensuite ?

– Je lui ai dit que je ne l'aimais plus et que je ne l'aimerai jamais. Puis je l'ai virée de mon bureau.

Il n'y avait qu'une seule faille dans sa phrase. Il l'aimait encore. C'était flagrant. Il ne m'aurait jamais appelé pour me parler de cet incident à moins que ça ne le ronge. Il n'aurait pas eu deux dépressions graves, d'un style différent, au cours des derniers mois s'il n'était pas fou amoureux d'elle. Et il ne serait pas aussi en colère en ce moment s'il s'était réellement remis de cette histoire.

– Comment tu te sens ?

– Qu'est-ce que tu veux dire ?

– Tu te sens mieux ?

– Non, dit-il d'une voix morte. J'aurais préféré qu'elle m'ait trompé et quitté pour un autre. Au moins, j'aurais compris. Mais ce qu'elle a fait est si... con, putain. Elle m'a vraiment quitté à cause du divorce de ses parents ? Et elle croit vraiment que je vais la reprendre après tout ce temps ? Qu'elle aille se faire foutre.

Je l'ai regardé, sans toucher à ma bière.

– Je la déteste, siffla-t-il entre ses dents. Je la déteste vraiment.

Je ne le crois pas une seconde.

Il a secoué la tête.

– J'ai mis un genou à terre et je lui ai promis de l'aimer toute ma vie... et elle a dit non, déclara-t-il en restant calme. Parce qu'elle a cru que je la tromperais et la quitterais... c'est la raison la plus stupide que j'ai jamais entendue.

– C'est stupide, opinai-je.

Ce n'était certainement pas une raison pour quitter quelqu'un, surtout Conrad. C'était le type le plus droit que je connaissais. Il était loyal et honnête jusqu'à la moelle.

– Ne le dis à personne. Je ne veux pas que quelqu'un d'autre l'apprenne.

– Pourquoi ?

– Je ne veux pas, c'est tout. Tout le monde va me poser des questions et me regarder encore comme si j'étais une bombe à retardement.

C'est une bombe à retardement.

– Carrie est au courant ?

– Non.

– Tu vas lui dire ?

– Je ne sais pas.

J'étais surprise qu'il n'ait pas prévu de lui dire. Ils avaient l'air d'avoir une relation complice. Il avait peut-être peur qu'elle soit jalouse. Je n'en savais rien parce que je ne connaissais pas assez bien Carrie.

– Je lui ai dit que je ne voulais plus jamais la voir. Et j'espère qu'elle m'a cru.

– Je suis sûre qu'elle te laissera tranquille maintenant, Conrad. Elle devrait respecter ton souhait après le mal qu'elle t'a fait.

Je me sentais mal pour elle de l'avoir quitté à cause de ses propres insécurités. J'avais en partie pitié d'elle. Mais je la détestais toujours pour la façon dont elle avait meurtri Conrad. En même temps, c'est moi qui avais trouvé le mot qu'elle lui avait laissé. S'il l'avait lu, peut-être que les choses auraient été différentes. Il lui aurait peut-être pardonné et ils se seraient remis ensemble. Au lieu d'être amer et en colère, Conrad serait peut-être heureux aujourd'hui.

Mais j'ai tout gâché.

Devais-je lui avouer ? Si je le faisais, qu'est-ce que ça donnerait ? Est-ce que ça ne l'inciterait pas à tous nous haïr de nouveau ? Cela changerait-il quelque chose ? Ce qui était fait était fait, et devait rester dans le passé.

– Carrie est ce qu'il y a de mieux pour moi, dit-il. Je vais l'épouser.

Waouh... qu'est-ce qu'il a dit ? J'ai dû mal entendre.

– Pardon ?

– Je dis que je vais épouser Carrie. Pas demain, mais un jour.

Qu'est-ce que j'ai loupé ?

– Tu ne viens pas de la rencontrer ?

– Si, mais c'est la bonne.

– La bonne ? répétai-je incrédule. Conrad, tu la connais à peine.

Il s'est mis sur la défensive.

– Je la connais suffisamment. Elle et moi, on est pareils. Elle a perdu l'homme qu'elle aimait et j'ai perdu celle que j'aimais.

Notre relation est amicale et pragmatique. Elle me donnera des enfants et sera la mère au foyer que je veux.

– Et qu'est-ce que ça t'apportera ?

– Une relation indolore.

Il a bu une grande gorgée.

Alors que je pensais qu'il allait mieux, son état avait en fait empiré.

– Conrad… ça ne marche pas comme ça. Prends le temps de te reconstruire, et quand tu iras mieux, tu trouveras la femme de ta vie. Ne te marie pas avec une fille juste parce qu'elle te semble inoffensive.

– Ne te mêle pas de mes affaires, aboya-t-il.

Cette conversation allait mal finir.

– Je ne fais que veiller sur toi et sur tes intérêts.

– Je ne peux plus tomber amoureux. C'est impossible. Et elle non plus parce que son mari est mort. C'est parfait pour nous.

Son mari est mort ? Elle est veuve ? C'est de pis en pis.

– Peut-être que je l'aimerai un jour… d'une manière amicale. Mais pour l'instant, ça nous convient. On a des bonnes baises et des bonnes discussions. Je n'ai pas besoin d'autre chose.

Je ne voulais pas qu'il retourne avec Lexie, pas après son sale coup. Mais je ne voulais pas non plus qu'il se contente d'un mariage sans amour.

– Tu ne le diras à personne ?

– Je ne parlerai à personne de Lexie.

– Je parlais de Carrie. Ne raconte à personne la nature de notre relation.

Je vais avoir du mal à me taire.

– Theo ? me pressa-t-il.

Peut-être qu'il pensait ça maintenant, mais qu'il changerait d'avis. Peut-être que Carrie disait pouvoir se contenter d'une relation sans amour, mais que ça changerait. Peut-être que je devais laisser les choses se faire jusqu'à ce que Conrad aille mieux.

– Non, je n'en parlerai à personne.

9
BEATRICE

Jared était officiellement mon petit ami, mais rien de concret ne s'était passé.

C'était comme s'il avait fait dix pas en arrière alors que nous nous tournions autour depuis un an.

Mon Dieu, c'est pénible.

Il avait la trouille, et je le comprenais. Il ne se faisait pas confiance, alors que c'était le type le plus fiable du monde. Ça ne faisait aucun doute dans mon esprit : il me serait toujours fidèle et il ne voudrait personne d'autre que moi.

J'aimerais juste qu'il ait la même foi en lui.

Je lui ai envoyé un texto pour l'inviter à dîner.

Dîner ? Je fais du poulet massala.

Il a immédiatement répondu, comme s'il avait attendu près du téléphone toute la soirée.

J'adore ce plat.

Alors, viens chez moi.

Quand ?

Dans trente minutes ?

Il n'y aurait rien à manger, mais il n'avait pas besoin de le savoir.

Je prendrai du vin en chemin.

D'ac.

J'ai lancé mon téléphone sur le canapé et j'ai commencé mes préparatifs. J'ai disposé des dizaines de bougies blanches un peu partout et je les ai allumées. Elles n'étaient pas parfumées afin que ça n'embaume pas tout l'appartement. Puis j'ai passé en revue la lingerie que j'avais achetée dans l'après-midi. Il y avait un ensemble de dentelle noire que je trouvais particulièrement affriolant. Et qui me remontait les seins, les faisant paraître encore plus fermes. Et puis des bas noirs et des escarpins vernis.

Je n'avais fait l'amour qu'avec Conrad, et l'idée d'être avec quelqu'un de nouveau était un peu déconcertante. Conrad avait été mon unique amant, alors naturellement, je le comparerais à Jared. Mais ça ne me rendait pas nerveuse. Jared n'était pas seulement mon petit ami ou quelqu'un à qui je tenais. C'était l'homme dont j'étais amoureuse depuis un an. Grâce à lui, j'ai énormément changé. Il m'a fait baisser mon armure et il m'a décoincée. Au lieu d'être rigide et pince-sans-rire, j'étais devenue relaxe et drôle. Et il me rendait tellement heureuse.

C'est l'homme que je veux.

Parfois, je nous imaginais plus que des amis amoureux. Je nous imaginais mariés et dirigeant notre bar à vin ensemble. Je nous imaginais en lune de miel en Italie, buvant du vin et nous prélassant au soleil. Notre relation amoureuse ne faisait que commencer, mais je n'avais pas besoin de plus de temps pour savoir où elle allait.

Trente minutes plus tard, on a frappé à la porte.

– C'est moi.

– Entre.

Les lampes étaient éteintes, les bougies fournissant la seule source de lumière dans l'appartement. Je me tenais debout en lingerie au milieu du salon, les mains sur les hanches. Ma chevelure noire encadrait ma poitrine.

Jared est entré et a sourcillé en voyant les bougies partout. Il les a accueillies avec perplexité et fascination. Puis ses yeux ont glissé vers moi, et n'en ont plus bougé. Au lieu d'avoir une réaction visible, Jared n'a pas réagi du tout. Il a resserré sa main autour de la bouteille de vin qu'il tenait et a dégluti avec difficulté.

J'ai attendu patiemment qu'il fasse quelque chose, qu'il ait une initiative, prenne les choses de front. Je ne voulais pas qu'on se tourne autour sur la pointe des pieds. Je ne voulais pas qu'il soit doux de peur que je brise comme la porcelaine. Tout ce que je voulais, c'était lui, et lui tout entier.

Jared s'est approché lentement du canapé et il a posé la bouteille sur un coussin. Puis il s'est avancé vers moi, sans jamais quitter mon visage des yeux. Au lieu de me mater comme je m'y attendais, il a croisé mon regard.

J'ai commencé à me sentir nerveuse et stupide.

Je ne l'attire pas ? Je ne suis pas désirable ? J'en fais trop ?

Une fois devant moi, il a passé les bras autour de ma taille. Il a plongé le regard dans le mien, une lueur de désir dans les yeux.

– Je te veux. Mais on n'est pas obligés de faire ça maintenant. On peut attendre.

– Attendre quoi ? murmurai-je.

– Le troisième ou quatrième rendez-vous.

Je ne veux pas attendre.

– Jared, est-ce que tu m'aimes ?

Il a avalé la boule dans sa gorge en me caressant la joue.

– Oui.

– Et je t'aime. N'est-ce pas tout ce qui compte ?

Jared n'avait pas d'arguments à opposer à ça. Il a continué de me fixer en me cachant ses pensées.

– Je veux faire ça bien. J'ai vraiment merdé la dernière fois que j'étais en couple. Je ne pardonnerais jamais si je te faisais souffrir parce que... je crois que je t'aime encore plus.

Mon regard s'est immédiatement adouci à ces paroles touchantes.

– J'ai vraiment merdé la dernière fois que j'étais en couple aussi. Mais j'en suis heureuse. Parce que je me sens bien avec toi. Je me suis toujours sentie bien — depuis le début.

Jared m'a serré la taille doucement, comme s'il approuvait en silence.

– Alors, fais-moi l'amour, Jared. Je veux que tu le fasses.

Il a inspiré à fond comme si ces mots l'avaient touché au bon endroit. Il a pressé son front contre le mien, tout en caressant le tissu de ma tenue du bout des doigts. Puis il m'a lentement guidée vers la chambre au bout du couloir, se rapprochant de moi à chaque pas.

Arrivée sur le seuil, j'ai senti son érection à travers le tissu de son pantalon. Le diamètre était impressionnant et je me suis mise à rêver de le sentir en moi. Je voulais tout de Jared, tout ce qu'il pouvait me donner.

Ses lèvres m'ont effleuré la bouche avec sensualité avant qu'il saupoudre de baisers la peau fine de mon cou. Il a embrassé cette zone érogène tout en douceur, enflammant mes terminaisons nerveuses. Ses mains se sont déplacées autour de ma taille, la caressant délicatement. Ses lèvres ont migré vers mon épaule, puis ma mâchoire. Il m'a embrassée à la commissure des lèvres, puis il m'a écrasé la bouche avec passion. Son agressivité trahissait la force de son désir, et il me voulait tout entière, même s'il devait se contenter de petits bouts pour le moment.

Il a remonté les mains dans mon dos et a dégrafé mon soutif comme s'il l'avait fait des centaines de fois. Il s'est ouvert, mais il ne l'a pas enlevé tout de suite. Au lieu de cela, il m'a plaquée contre lui en continuant de me manger la bouche. Sa main m'empoignait les cheveux, me décoiffant légèrement, mais je m'en fichais à cet instant.

Il a descendu la main vers mon string et a joué avec la dentelle. Puis ses doigts ont glissé sous le tissu et voyagé sur les courbes de mon cul. Ils ont atteint ma fente par-derrière, et il m'a caressé doucement le clitoris, comme s'il ne voulait pas me stimuler trop.

Ses doigts sont fabuleux.

J'aspirais sa lèvre inférieure quand j'ai ressenti une sensation incroyable. J'ai perdu ma concentration et émis un gémissement involontaire. On ne m'avait pas touchée ainsi depuis des années.

Ses doigts se sont enduits de mon humidité et sa respiration s'est amplifiée comme si cette sensation l'excitait. Il a gémi en m'embrassant et sa queue a palpité dans son jean. Cela faisait presque aussi longtemps que moi qu'il n'avait pas fait l'amour. À vrai dire, nous nous sentions un peu comme deux vierges.

J'ai agrippé son t-shirt et je lui ai enlevé, découvrant son torse athlétique. Il avait une poitrine large et une taille fine à force de jouer au baseball avec ses potes. Une petite toison ornait ses pectoraux, mais j'aimais ça. Il était aussi beau que dans mes souvenirs.

Il ne rompait pas le baiser, mais ses lèvres s'immobilisaient par moments quand ses doigts s'aventuraient entre mes plis. Ils étaient lisses et détrempés par la mouille entre mes cuisses. Cela témoignait de manière si manifeste de mon excitation que ça devait le flatter.

J'ai posé les mains sur la ceinture de son jean et je l'ai tiré d'un coup sec. Il est tombé tout seul jusqu'à ses chevilles, puis Jared s'en est débarrassé prestement. Il se tenait debout dans un slip noir dont le tissu moulait la longueur impressionnante de sa queue.

Mon soutien-gorge a glissé sous ma poitrine, et s'est enroulé autour de ma taille. Mes seins étaient dénudés, mais je n'avais pas l'impression d'être exhibée. Jared a cessé de m'embrasser et baissé les yeux vers ma poitrine. Il a respiré à fond avant qu'un râle étouffé ne s'échappe du fond de sa gorge.

M'enhardissant, j'ai saisi l'élastique de son slip et je l'ai baissé. Sa queue a immédiatement jailli à l'air libre, grosse et longue. Je n'ai jamais trouvé les bites attirantes, mais la sienne était vraiment belle. Je l'ai matée en me mordillant involontairement la lèvre.

Jared a inspiré à fond en me contemplant. Puis il a baissé ma culotte, descendant les bas en même temps. Je pensais qu'il voudrait que je les garde, mais non. J'ai ôté mes escarpins et je me suis laissé guider vers le lit, où il m'a allongée avant de se mettre au-dessus de moi.

Sentir sa carrure massive si près était une sensation incroyable. Il était tout en muscle et en puissance, et je mourais d'envie de le sentir en moi. Son gland épais allait m'étirer les chairs comme j'aimais, et sa longue trique allait me procurer un plaisir que je n'avais pas ressenti depuis longtemps.

J'ai enroulé les jambes autour de sa taille et glissé les doigts dans ses cheveux.

Il m'a embrassé le cou et les seins, m'enlaçant la taille d'un bras.

– Bébé, tu es tellement belle, putain.

Il a embrassé la vallée entre mes seins, puis sucé mes mamelons.

J'ai répondu à ces baisers par un long gémissement.

Il s'est positionné au-dessus de moi, en parallèle à mon corps. J'étais souple, aussi j'ai écarté largement les jambes pour lui laisser la place de s'insérer entre elles. Son visage était près du mien au moment où il a placé son gland sur ma fente. Il était gros et turgescent et ne pouvait pas entrer d'un coup. Il l'a poussé lentement en moi.

Il ne m'a pas demandé si je prenais la pilule, même si c'était le cas. Mais aucun de nous ne s'en souciait. Si cette nuit-là avait abouti à une grossesse inattendue, cela ne nous aurait pas désolés. Je savais que c'était la première nuit d'une longue vie ensemble. Et j'étais presque sûre qu'il le savait aussi.

À la seconde où il m'a sentie, il a poussé un nouveau gémissement rauque. Jared n'était pas un homme bruyant — mais là, il était plutôt expressif. Son excitation exsudait de tous les pores de sa peau et il essayait manifestement de se contrôler. Il m'a pénétrée lentement, en respirant fort. Il me faisait penser à un puceau le soir du bal de fin d'année.

J'étais contractée, car je n'avais pas eu de relations sexuelles depuis plus d'un an. J'ai vécu toute ma vie sans ça, mais j'ai pris conscience du temps perdu quand Conrad et moi étions ensemble. Depuis, ça m'avait terriblement manqué. Et là, j'en avais encore plus envie parce que c'était avec Jared, l'homme dont j'étais amoureuse.

Une fois enfoncé entièrement en moi, il n'a plus bougé. La sueur perlait à son front et sa poitrine se soulevait à chaque respiration.

– Merde... t'es tellement bonne.

J'ai écarté les jambes à fond et je l'ai poussé en moi, le sentant m'étirer délicieusement.

– Mon Dieu, tu es bon aussi.

Je savais que la chasteté était plus dure à vivre pour Jared que pour moi. Son célibat rendait la situation mille fois plus difficile.

Il a gémi en me regardant dans les yeux. Il n'avait pas encore fait le moindre mouvement. Il restait en suspens au-dessus de moi et m'embrassait lentement.

– Je veux que ça dure toute la nuit, mais je vais être honnête. C'est impossible.

Il m'a sucé la lèvre inférieure, puis a brossé son nez sur le mien.

– Je me serais branlé avant de venir si j'avais su que tu allais me sauter dessus, ajouta-t-il.

– Je ne veux pas que tu te branles. Je veux que tu prennes ton pied avec moi.

Il a fait un mouvement involontaire et a poussé un râle.

J'ai promené mes mains sur pectoraux, sentant les contours de ses muscles.

Jared a fourré une main entre mes cuisses et m'a frictionné vigoureusement le clitoris. Il faisait un mouvement circulaire avec deux doigts, tout à fait incroyable. Il s'est remis à m'embrasser langoureusement, mais toujours sans bouger en moi. Il voulait juste me donner du plaisir, essayant de me faire jouir avant lui.

Je ne me touchais jamais parce que je ne savais pas le faire. C'était quelque chose qu'on ne m'avait jamais appris, et j'étais encore plus refoulée parce que je ne savais pas me soulager. Jared me caressait comme un expert, et sentir sa queue épaisse en moi m'a fait perdre tout contrôle.

– Oh mon Dieu… oui.

Je ne voulais pas crier de façon si enthousiaste, mais je n'ai pas pu me retenir. J'ai poussé un cri puissant, extasié, en lui enfonçant mes ongles dans la peau.

– Jared... Jared.

Il était mon héros à ce moment-là, mon dieu.

Jared a observé mon visage et continué de me masturber jusqu'à ce que mes cris s'apaisent. Il n'a pas bougé en moi, il restait immobile.

– Putain, tu es sublime.

Quand j'ai fini de jouir, il a retiré sa main et s'est mis à remuer en moi. Il bougeait lentement, savourant chaque sensation. Sa respiration s'est accélérée, et il n'arrêtait pas de s'interrompre, se retenant de jouir.

J'ai pris son visage en coupe et pressé le front contre le sien.

– Jared... laisse-toi aller.

– Je suis plus doué en général...

– J'en suis sûre. Mais laisse-toi aller.

Il a fait plusieurs va-et-vient avant de se tendre. Sa queue s'est contractée en moi, s'est enflée et a épaissi encore. Jared a gémi bruyamment, puis il a pratiquement hurlé en se libérant.

– Beatrice...

Il m'a serrée de toutes ses forces, s'accrochant à moi en déchargeant des litres dans mon ventre.

– Beatrice.

J'ai senti sa semence déborder. Même avec mon peu d'expérience, je me rendais compte que c'était beaucoup. Elle était chaude et épaisse. Mais c'était si bon de savoir que Jared avait joui avec moi, et que nous partagions une expérience érotique et belle.

Jared est resté allongé sur moi, le front pressé contre le mien.

– Je te promets que je suis un super coup au plumard. Mais je n'ai pas baisé depuis… plus d'un an.

– Tu n'as pas besoin de te justifier. Bon ou nul, je m'en fiche.

– Je veux juste que tu saches que je serai meilleur la prochaine fois.

– Je n'en doute pas.

Je l'ai embrassé doucement et j'ai glissé la langue dans sa bouche. Après ce baiser passionné, j'ai senti son sexe durcir en moi de nouveau. Il m'étirait les chairs de manière délicieuse.

– Voilà ta chance de le prouver.

10
CONRAD

Je n'ai raconté à personne ce qui s'est passé avec Lexie, à l'exception de Theo. C'était un miracle que mon père ne l'ait pas vue au bureau. Je n'imaginais même pas ce qui se serait passé. Et heureusement que Skye était en congé de maternité, car ça aurait été un bain de sang.

J'ignore pourquoi je taisais la vérité. Peut-être parce que je ne voulais pas en parler. Ou encore parce que je voulais éluder l'inévitable avalanche de questions. Ma famille se rassemblerait pour en discuter comme si ça les regardait. Ça semblait être leur façon d'approcher tous les problèmes.

Et je n'ai rien dit à Carrie.

Je n'avais aucune raison de lui dissimuler, mais je l'ai quand même fait. Elle m'avait accusé d'être encore amoureux de Lexie, ce qui était faux. J'imagine que je ne voulais plus en entendre parler.

J'en sais rien.

Quand je suis rentré du boulot, Carrie était là. Elle dormait chez moi souvent, et comme elle bossait de la maison, elle restait habituellement au penthouse à taper ses articles sur son laptop. Et elle s'occupait d'Apollo pour moi.

Je suis entré et j'ai accroché mon manteau.

– Salut, bébé.

– Salut, dit-elle en mettant son ordi de côté, puis se levant. Comment a été ta journée ?

– Chargée, dis-je en lui enserrant la taille et l'embrassant.

Elle s'est accrochée à mon cou en me regardant affectueusement.

– C'est tout ?

– J'avais une présentation — et j'ai cartonné.

– Super.

– Et j'ai mangé thaï pour déjeuner.

– Fascinant.

Je lui ai pressé une fesse.

– Tu veux savoir autre chose ?

– Ouais, dit-elle espiègle. Qu'est-ce qu'on mange pour dîner ?

– Quoi ? m'esclaffai-je. Qu'est-ce qui te fait croire que je vais faire à dîner ?

– C'est chez toi, non ?

– Tu restes assise toute la journée. C'est toi qui devrais le préparer.

– Tu ne me l'as pas demandé, alors comment j'étais censée savoir ?

– Ben, maintenant tu le sais, dis-je en lui claquant le cul. Je vais me doucher.

Elle a fait la moue.

– Tu vas me manquer.

– Tu veux m'accompagner ?

– Le sexe dans la douche, c'est pas incommode ?

– Pas avec moi.

Je savais ce que je faisais, contrairement à la plupart des hommes.

– Ooh… tu as piqué ma curiosité.

Je faisais souvent l'amour à Lexie dans la douche. C'était notre refuge. Mais je ne devrais plus y penser — plus jamais.

– Alors, allons-y.

Carrie m'a suivi jusqu'à la chambre.

Mon portable a vibré dans ma poche et je l'ai sorti pour regarder l'écran. C'était un texto de Trinity.

J'ai fait trop de lasagnes. T'en veux ?

Être voisin avec ma frangine avait ses avantages, après tout.

Ouaip. Ramène-les ici.

Je me suis changé avant de retourner au salon. Carrie se séchait les cheveux dans la salle de bain, aussi je me suis joint aux clebs. Dans mon penthouse, je portais habituellement un short et un t-shirt malgré la fraîcheur de l'hiver.

Un toc-toc à la porte a annoncé le dîner. Trinity me livrait les lasagnes en mains propres, et je savais qu'elle ne le ferait pas à moins de s'inquiéter pour moi. En temps normal, elle ne m'en aurait même pas offert. Sans regarder par le judas, j'ai ouvert.

Au lieu de voir Trinity, je suis tombé nez à nez avec une visiteuse indésirable.

Lexie.

Elle portait un jean moulant avec des bottillons bruns, ainsi qu'un caban noir. Ses cheveux ondulés lui encadraient le visage. Elle avait l'air au chaud emmitouflée dans son manteau.

Je l'ai fixée sans bouger, me demandant ce qu'elle faisait là. Comment savait-elle où j'habitais ? Que diable me voulait-elle ?

Instinctivement, je suis sorti et j'ai refermé la porte derrière moi pour ne pas que Carrie m'entende.

– Qu'est-ce que tu fiches ici, bon sang ?

Elle avait eu le culot de se présenter à mon bureau, mais débarquer chez moi était inacceptable. Ma copine était juste à côté. J'espérais qu'elle mette des plombes à se préparer et ne remarque pas sa visite.

Lexie semblait toujours aussi timide que l'autre fois, pratiquement craintive.

– Je veux juste parler.

– On a parlé l'autre jour à mon bureau. T'as oublié ?

Elle se tripotait les mains encore.

– Je pensais que t'étais seulement de mauvaise humeur.

– Je le suis toujours. Va-t'en. Je suis sérieux.

Malgré la peur dans ses yeux, elle n'a pas reculé.

– Je suis désolée. Conrad, je suis désolée.

– Ça ne veut rien dire pour moi.

Je me suis avancé, la dominant avec ma stature. Je voulais l'effrayer et la faire fuir à tout jamais. Je n'étais plus l'homme qui la protégeait. J'étais son ennemi.

– J'aimerais pouvoir revenir en arrière. Ma vie est insupportable sans toi.

– Pas tant que ça, si t'as tenu le coup pendant quatre mois.

– Je pensais bien faire...

– Pour toi ? Ou pour moi ?

– J'en sais rien...

– Lexie, fous le camp. Ma copine est là et je ne veux surtout pas qu'elle te voie.

Lexie n'a pas bougé. Elle a regardé la porte avant de plonger les yeux dans les miens.

– Tu l'aimes ?

– C'est quoi cette question ?

– Tu l'aimes ou pas ? insista-t-elle.

Elle fouillait mon regard comme si elle y trouverait la réponse.

Je voulais répondre oui, pour lui faire mal. Mais je n'y arrivais pas. Je me suis contenté de garder le silence.

– Tu ne l'aimes pas...

L'espoir a brillé dans ses yeux, la première lueur de joie.

– Ça n'a pas d'importance. C'est une relation sérieuse. Carrie est une fille bien et elle me rend heureux. Si tu crois que je vais la quitter et te donner une deuxième chance, alors t'es encore plus idiote que je pensais.

– Conrad, je sais que je t'ai fait du mal. Je le réalise. J'aimerais pouvoir effacer le passé. Je sais que ce qu'on avait était beau et rare... et vrai. Personne ne pourrait comprendre notre amour. Si j'ai été aussi malheureuse sans toi... alors je sais que tu l'as été aussi.

– Ne te fais pas d'idées.

– Je me rappelle la façon dont tu me regardais, murmura-t-elle. Et... je crois voir ce regard encore.

Je détestais qu'elle me lise aussi habilement. Je détestais ne pas pouvoir être aussi hargneux que je le voulais. Je refusais de lui montrer combien elle m'a détruit.

– Quand je te regarde, je pense à du chewing-gum collé sous ma semelle.

Elle m'étudiait toujours, son expression me disant qu'elle ne me croyait pas.

– Tu t'attendais à quoi, Lexie ? Que tu t'excuserais et que je te reprendrais ? Ça n'arrivera jamais. Tu perds ton temps.

Ce qu'elle est bête.

– Je ne m'attends pas à ce que ça arrive du jour au lendemain. Mais je veux une deuxième chance.

– Une deuxième chance ? m'étranglai-je. Je ne te dois rien, Lexie. J'ai mis un genou à terre et je t'ai offert une bague qui m'a coûté le prix d'une maison et t'as dit non. T'as été lâche et t'as glissé une lettre invisible sous ma porte pour m'expliquer pourquoi tu m'as jeté de façon aussi cruelle. J'ai passé quatre mois dans l'incertitude et ça a été un calvaire. Alors non, je ne vais pas te donner une deuxième chance. Tu ne mérites rien.

– La souffrance que tu as ressentie ces quatre derniers mois, je l'ai ressentie aussi. Pire même.

– C'est ça...

Lexie soutenait mon regard, mais des larmes se sont formées dans ses yeux.

– Je t'en prie...

– J'ai une copine. Tu ne piges pas ou quoi ?

La culpabilité lui a tordu le visage.

– Je sais... et je me sens tellement mal. Mais en même temps, non. Parce que je sais que tu ne l'aimeras jamais comme tu m'aimes.

– Comme je t'ai aimée, corrigeai-je sombrement. Au passé.

Elle a penché la tête comme si elle ne supportait pas le choc.

– Je ne mérite pas d'être traité ainsi, continuai-je. Et je refuse de me contenter d'une femme qui m'a traîné dans la boue comme tu l'as fait.

– T'as raison, opina-t-elle. Tu mérites mieux. Mais j'ai changé. J'ai réalisé mes erreurs. Je ne te ferai plus jamais de mal — promis.

Elle est bonne, celle-là.

– Tu m'as fait promettre la même chose et j'ai tenu ma parole. Et c'est comme ça que tu me remercies ?

Elle a ravalé la boule dans sa gorge.

– Je te déteste, Lexie.

Elle a bronché à mes mots.

– Et je n'aimerai jamais quelqu'un que je déteste.

Elle a inspiré profondément, comme pour s'empêcher de pleurer. Sa lèvre du bas a trembloté, mais elle a réussi à la stabiliser.

J'ai entendu des pas résonner dans le couloir, mais je n'ai pas regardé dans la direction du bruit. Je n'avais d'yeux que pour Lexie, la femme que j'aimais plus que tout au monde. Elle commençait à sangloter, et inexplicablement, je voulais la serrer dans mes bras pour la réconforter. Puis j'ai entendu le fracas d'un plat tombant par terre et éclatant en mille morceaux.

– Espèce. De. Salope.

Les flammes dansaient dans les yeux de Trinity, promettant un arrêt de mort.

Lexie et moi nous sommes tournés vers elle, interdits.

Trinity a foncé droit sur Lexie, prête à lui défoncer la gueule.

– Comment oses-tu venir ici ? Laisse mon frère tranquille, sale pute.

J'aurais dû laisser Lexie prendre la raclée qu'elle méritait, mais je n'ai pas pu. Je me suis interposé entre elles, protégeant Lexie avec ma large carrure.

– Trinity, calme-toi.

Elle a essayé de me pousser.

– Conrad, bouge de là. Je m'occupe de cette ordure pour toi.

– Trinity, arrête, dis-je en lui empoignant les bras. Du calme.

– Pas question qu'elle s'en tire comme ça. Comment ose-t-elle te faire ce coup de pute et revenir implorer ton pardon à genoux ? grogna-t-elle avant de tendre le cou pour regarder derrière moi. Tu vas crever, salope.

Je n'avais jamais vu ma sœur dans un tel état.

– Trinity, arrête. Tout de suite.

Elle se débattait toujours.

– T'es enceinte. Tu ne peux pas te battre.

La réalisation l'a ramenée sur terre. Elle a cessé de lutter, mais ses yeux exsudaient toujours la menace de mort.

– T'as intérêt à ne pas la reprendre, Conrad. Je te jure que...

– Je ne la reprends pas, la coupai-je. On ne faisait que parler.

– J'aime Carrie. Ne fous pas les choses en l'air avec elle.

– Promis.

Je parlais d'un ton calme pour la radoucir.

La porte de mon appartement s'est ouverte et Carrie est apparue, constatant la scène. Elle a regardé Trinity, puis posé les yeux sur Lexie, qui se tenait à l'écart, les bras croisés sur la poitrine.

– Est-ce que ça va…?

– Tout va bien. On ne faisait que discuter.

Trinity s'est libérée de mon emprise.

– Appelons les flics. Ça devrait la faire fuir.

Ma sœur avait vraiment perdu les pédales.

– Trinity, rentre chez toi. Je m'en occupe.

Elle n'a pas bougé.

– Tout de suite, insistai-je.

Elle a grommelé avant de s'écarter.

– Si jamais je te revois, Lexie, je t'étrangle de mes propres mains, lança-t-elle avant de se retourner et disparaître au bout du couloir.

Bon, une de perdue.

Je me suis retourné vers Lexie.

– Désolé.

– Ça va, dit-elle tout bas. Je ne lui en veux pas.

Carrie nous observait toujours, mais il n'y avait ni colère ni jalousie dans son regard. Ses yeux passaient d'elle à moi, presque fascinés, à croire qu'elle comprenait la scène mieux que personne.

– Bébé, tu peux nous laisser seuls un moment ? demandai-je.

– Bien sûr.

Elle a fermé la porte, et j'ai entendu ses pas s'éloigner de l'autre côté.

Les yeux de Lexie fixaient l'endroit où s'était trouvée Carrie il y a un instant.

– Elle est jolie...

– En effet.

Quand je l'ai croisée au parc, j'ai tout de suite su que c'était une bombe. Je n'ai jamais eu de préférence pour une couleur de cheveux en particulier, mais après ma rupture avec Lexie, j'ai réalisé que je préférais les brunes.

– Mais tu ne l'aimes pas... dit-elle en se tournant vers moi.

– Quelle importance ? J'aime être avec elle — et c'est tout ce qui compte.

– Conrad, tu ne peux pas me regarder et me dire que tu ne m'aimes plus.

J'ai arqué un sourcil, puis je me suis avancé.

– Je. Ne. T'aime. Plus.

Lexie a soutenu mon regard sans ciller.

– Je me souviens de tout ce qu'on avait... ce genre de sentiments ne disparaît pas du jour au lendemain.

– Eh ben, t'es partie. Tu m'as quitté sans y réfléchir à deux fois.

– J'avais peur...

– Et ça justifie tes actes ? m'énervai-je. Tu ne comprendras jamais ce que j'ai vécu ces quatre derniers mois.

– Je peux, si tu me le dis.

J'ai lâché un rire sarcastique.

– Tu ne mérites pas de le savoir. Tu n'es plus dans ma vie. Je suis avec Carrie maintenant, et je vais l'épouser.

Lexie a écarquillé les yeux, comme aux prises avec une angoisse soudaine. Sa poitrine a monté tandis qu'elle inspirait profondément.

– Quoi ? Tu vas l'épouser ?

– Ouais. Et avoir trois gosses. Et lui acheter une gigantesque maison où on les élèvera ensemble.

– Mais tu ne l'aimes pas.

– Comme je l'ai dit, l'amour ne veut plus rien dire pour moi.

– Alors, tu vas te caser pour te caser ?

– Non, j'ai trouvé une femme qui se soucie de moi et qui ne me fera jamais de mal. Elle et moi on est pareils, deux faces d'une même pièce. Quand je suis avec elle, je suis bien, je n'ai pas envie d'être ailleurs. Je peux être moi-même, lui montrer mes bons comme mes mauvais côtés. Elle m'accepte comme je suis et elle n'essaie pas de me changer. C'est beaucoup plus solide qu'une amourette à la con. Ce qu'on avait, toi et moi, ça n'avait rien de vrai. Sinon, ça ne se serait pas terminé comme ça. Sinon, tu ne m'aurais pas largué aussi facilement. Tu ne m'aurais pas rejeté. Mais maintenant, tu ne fais plus partie de ma vie.

Lexie contenait ses larmes de nouveau. Elles s'accumulaient dans ses yeux et sa lèvre inférieure recommençait à trembloter.

– Ne m'emmerde plus, Lexie. Trouve un autre type. On sait tous les deux que tu peux avoir le mec que tu veux.

– Je veux seulement toi…

Je lui ai souri froidement avant d'ouvrir la porte de mon appart.

– C'est ça, Lexie. Comme tu voudras.

Carrie me guettait de l'autre côté de la table. Elle n'avait pas dit un seul mot depuis qu'elle m'avait vu dans le couloir avec Lexie. Et son silence en disait plus long que ses paroles. Elle attendait que je parle le premier. Cette femme avait la patience d'une sainte.

Nous avions fait livrer de la bouffe chinoise, et je mangeais mon chow mein avec des baguettes. Le silence était assourdissant. Nous n'osions pas parler, même si nous pensions la même chose.

– Lexie est passée à mon bureau il y a quelques jours, dis-je enfin.

Carrie a sourcillé légèrement.

– Qu'est-ce qu'elle a dit ?

– Elle m'a donné une excuse bidon pour expliquer son comportement.

– Quoi donc ?

Je lui ai parlé du divorce de Lexie. Puis j'ai expliqué ce qui s'était passé entre ses parents.

– Elle ne voulait pas se remarier parce qu'elle ne voulait pas revivre ça. Elle a complètement perdu la foi en l'institution. Mais ça m'a énervé encore plus. C'est une excuse minable. Comment elle a pu croire que ça nous arriverait ? Je suis l'homme le plus honnête qu'elle n'aura jamais connu.

Carrie déplaçait ses nouilles dans son plat avec ses baguettes.

– Et qu'est-ce qu'elle a dit ce soir ?

– Les mêmes conneries. Elle veut une deuxième chance, dis-je en secouant la tête. Ça n'arrivera jamais.

Carrie s'est immobilisée et m'a observé en silence.

– Quoi ? demandai-je.

– Pourquoi ça n'arrivera jamais ?

J'ai bien entendu ?

– Pardon ?

– Conrad, on sait tous les deux que t'es encore amoureux d'elle.

– Faux.

Elle a penché la tête d'un côté, presque sarcastiquement.

– C'est faux, insistai-je. Pourquoi je serais amoureux d'une femme qui m'a fait un coup pareil ?

– Pourquoi es-tu tombé aussi profondément amoureux d'elle si ce n'est pas la bonne ? me défia-t-elle.

J'ai plissé les yeux.

– Je ne dis pas que je ne l'ai jamais aimée. Je l'ai beaucoup aimée. Mais ce n'est plus le cas.

– Alors pourquoi tu m'as dit que tu ne voyais pas d'amour dans ton avenir ?

– Je n'en vois pas, c'est tout. J'en ai fini avec l'amour. Chaque fois que je tombe amoureux d'une femme, elle me blesse.

– Ou est-ce parce que tu sais que tu l'aimeras toujours ?

Je n'aimais pas me faire analyser. J'avais l'impression qu'elle était une psy et que j'étais son patient fêlé.

– Non, Carrie. C'est pas ça.

Elle a planté ses baguettes dans son plat en soupirant.

J'ai arrêté de manger aussi, car j'avais perdu l'appétit.

– Conrad, pardonne-lui et soyez heureux.

Sérieux ?

– T'as oublié ce qu'elle m'a fait ou quoi ?

– Je m'en souviens parfaitement, dit-elle. Plus que quiconque, je comprends ce que tu as vécu. Je le vois tous les jours. Si tu ne l'aimais plus, alors je te laisserais tranquille avec ça. Mais de toute évidence, tu l'aimes encore.

Je commençais à en avoir ma claque de cette conversation.

– Conrad, si Scott m'avait fait la même chose, je lui pardonnerais sans hésiter.

– Facile à dire d'un homme mort.

C'était des paroles horribles, et je l'ai regretté immédiatement.

La colère a traversé son regard, mais s'est résorbée.

– Soit tu passes ta vie seul et amer... soit tu lui donnes une autre chance.

– Qu'elle aille se faire voir.

Carrie a baissé la tête en soupirant de plus belle.

Elle a enfin compris ou quoi ?

Elle s'est levée de table, puis est allée chercher son sac à main sur le canapé.

Je l'avais poussée trop loin.

– Bébé, ne t'en va pas. Je suis désolé pour ce que j'ai dit, dis-je en me levant et m'approchant d'elle, l'air contrit.

– Ce n'est pas pour ça que je m'en vais.

– Alors pourquoi ?

– Tu dois être avec elle, Conrad. T'as une autre chance d'être avec l'amour de ta vie. Je ne t'empêcherais jamais de faire ça.

C'est un cauchemar.

– Je ne veux pas être avec elle. Je veux être avec toi.

– Seulement parce que tu as peur.

J'ai détourné le regard.

– Tu sais que tu seras en sécurité avec moi. Que tu ne m'aimeras jamais. Ce sera une relation platonique et sans passion qui te comble à peine. Ça me convenait quand je la croyais partie pour toujours, mais maintenant qu'elle est de retour… je dois me retirer.

– Ne t'en va pas.

C'est tout ce que j'ai trouvé à dire.

– Tu me remercieras plus tard.

Elle a pris mon visage en coupe et m'a regardé tendrement.

– Je ne retournerai jamais vers elle. Ton noble effort aura été en vain.

– J'espère que tu le feras, Conrad. Vraiment.

J'ai agrippé son poignet.

– Ne me quitte pas. Je suis heureux avec toi.

– Non, tu es bien avec moi. Mais tu ne seras jamais vraiment heureux. Il faut être amoureux pour ça.

– Carrie, je ne peux pas lui pardonner. Je ne peux juste pas.

– Tu n'as pas à le faire d'un coup. Un jour à la fois.

J'ai secoué la tête.

Elle s'est penchée et m'a embrassé lentement. C'était un baiser d'adieu, empli de mélancolie. Je savais qu'elle ne voulait pas me quitter, notre relation lui convenait trop pour ça. Mais elle le faisait pour moi, croyant que c'était la meilleure solution.

– Tu sais où me trouver...

Elle s'est retournée et elle est sortie avec Sassy. Quand la porte s'est refermée derrière elle, j'ai su qu'elle était bel et bien partie.

Elle ne reviendra jamais.

11
TRINITY

– Putain de salope de merde !

J'ai claqué la porte derrière moi.

Slade a fait un bond de trois mètres et a renversé un plat qui s'est écrasé au sol et brisé en mille morceaux.

– T'es malade ou quoi ? Qui entre dans une pièce en jurant comme ça ?

J'étais trop énervée pour m'en soucier.

– Je suis descendue pour donner les lasagnes à Conrad...

– Et il t'a traitée de grosse ? dit-il sarcastique. Il a dit que tu devrais refaire tes mèches ?

J'ai plaqué les mains sur mes hanches.

– Non. Lexie était devant sa porte.

Il a poussé un petit cri.

– Lexie ?

– Je ne sais pas de quoi ils parlaient, mais je suppose qu'elle essaie de le récupérer. Cette grosse pute, dis-je en tapant du pied.

Personne ne largue mon frère comme une merde et s'en tire comme ça. Je lui ai dit que si jamais je la revoyais, je lui démolirais le portrait.

Slade était encore sous le choc.

– Lexie ? Elle était là ?

– Oui, je te l'ai déjà dit.

– Waouh... quelle tête faisait Conrad ?

– Furax.

Slade opina.

– Logique.

– Et Carrie était là aussi. Je ne sais pas pourquoi elle n'a pas plaqué cette morue au sol...

– Parce qu'elle a trop de classe pour ça.

– Tu insinues que je n'ai pas de classe ?

Je me suis balancée d'une jambe sur l'autre.

Slade savait qu'il avait dit ce qu'il ne fallait pas dire.

– Non...

– Je ne plaisante pas. Je lui casserai la gueule si elle recouche avec Conrad. Il a enfin relevé la tête et elle n'a pas intérêt à tout foutre en l'air.

Slade a fait le tour du comptoir et m'a saisi par les épaules.

– C'est mignon que tu te soucies de lui et tout... mais il peut gérer. Il ne va pas rechuter parce qu'elle a fait une réapparition. Il va lui dire de se barrer et oubliera l'incident.

Je n'en suis pas si sûre.

– Je dois en parler à mon père, dis-je.

– Hein ? Pourquoi ?

– Il doit le savoir.

– Parce que...?

– Il est inquiet pour Conrad. Il doit savoir ce qui se passe.

– Bébé, je t'aime et tout ça, mais tu dois rester en dehors de cette histoire. Ce sont les affaires de Conrad, et s'il veut que son père le sache, il lui dira.

Mes narines se sont immédiatement évasées.

– Tu fourres ton nez dans les affaires de Cayson tous les jours, putain.

– Mais c'est différent...

– Ce n'est pas du tout différent. Papa et moi, on aime Conrad, et on fera tout ce qu'il faut pour le protéger. Alors, c'est toi qui dois rester en dehors de cette histoire.

Je lui ai donné un coup de poing dans la poitrine et je suis partie. Je ne voulais pas voir mon mari pour l'instant, pas quand il ne prenait pas mon parti. Nous avions un immense jacuzzi dans la salle de bain, alors j'ai fermé la porte à clé et je me suis barricadée à l'intérieur.

UNE PORTE VERROUILLÉE N'ÉTAIT PAS UN OBSTACLE POUR SLADE. Il a utilisé son briquet pour l'ouvrir, et il est entré dans la salle de bain. Il avait l'air en colère.

– Ne t'enferme pas à clé.

Je suis restée dans l'eau.

– Et si tu te blessais et que tu avais besoin d'aide ?

– Je ne suis pas maladroite.

Il s'est assis sur le bord du jacuzzi.

– Je ne plaisante pas, Trin. Laisse la porte ouverte.

– Je savais que tu viendrais.

– Et une porte fermée est censée m'arrêter ?

– Laisse-moi, Slade.

J'ai fermé les yeux pour ne plus avoir à le regarder.

– Je maintiens ce que j'ai dit. Tu ne dois pas te mêler de la vie de Conrad.

Je l'ai éclaboussé d'eau, trempant son jean et son t-shirt.

– Et je maintiens ce que j'ai dit : sors d'ici.

– Ces hormones de grossesse ont de puissants effets, hein ?

Je lui ai jeté un regard noir et je l'ai éclaboussé de nouveau.

Slade a esquivé d'un bond.

– J'attends tes excuses quand tu seras prête à me les présenter.

Il a claqué la porte en sortant, et le son a résonné longtemps après.

Je suis entrée dans le bureau de mon père sans frapper. J'étais en mission et j'avais besoin de lui parler le plus tôt possible.

– Papa, il faut qu'on parle.

Il tapait quelque chose sur son iPad, mais il s'est arrêté immédiatement quand il a réalisé que c'était moi.

– Tout va bien, ma chérie ?

Il a posé la tablette et s'est levé.

– Non.

– Qu'est-ce qui ne va pas ?

Il a fait le tour du bureau, les ténèbres assombrissant soudain son visage. Il s'est tendu, prêt à se battre.

– Lexie.

Ses yeux se sont arrondis.

– Ouaip. Cette salope est revenue.

Il a fallu plusieurs secondes à papa pour comprendre.

– Qu'est-ce que tu veux dire ?

– Je l'ai vue parler à Conrad devant la porte de son appart. Conrad avait l'air furieux et elle semblait s'excuser. Je ne veux pas qu'elle l'embête. Quand Conrad a craqué... j'ai perdu mon frère. Je ne veux pas qu'il revive cet enfer. Je ne peux pas le supporter...

Les larmes me sont montées aux yeux et j'ai eu honte d'être émotive si facilement.

Papa a posé une main sur mon épaule.

– Chérie, calme-toi. Ça va aller. Conrad ne va pas disparaître encore...

– Il peut le faire si elle ne le laisse pas tranquille. Je ne veux plus qu'elle l'approche.

Papa a soupiré et regardé le sol.

– Tu ne vas rien faire ?

– Faire quoi ? demanda-t-il. Parlons d'autre chose. Je ne peux rien y faire.

– Mais si elle continue de l'emmerder ?

– Il est plus que probable que je ne serai pas présent. Donc je ne peux rien faire.

– Tu peux lui faire peur, m'énervai-je.

Papa a secoué la tête.

– Je dois rester en dehors de ta vie privée comme de celle de Conrad. Je ne veux pas intervenir.

J'ai tapé du pied.

– Quoi ? C'est la seule fois où tu es censé intervenir. Et s'il se remettait avec elle ?

– Il ne le fera pas, assura papa. Pas après ce qu'elle lui a fait. Et il a Carrie maintenant. Ils ont l'air heureux ensemble.

– Et si Lexie les séparait ?

– Très peu probable.

– Eh bien, je ne veux rien laisser au hasard, dis-je. Soit tu parles à Lexie, soit tu parles à Conrad.

Papa hésitait encore.

– Je n'ai pas à m'en mêler.

Il a regardé derrière moi à travers la grande cloison vitrée de son bureau. Il a froncé les sourcils comme s'il reconnaissait un visage familier.

– Quoi ?

– Elle est là...

Je me suis retournée et j'ai vu Lexie sortir de l'ascenseur. Elle marchait tête baissée en serrant son sac contre ses côtes. Elle savait qu'elle ne devrait pas se trouver ici. La culpabilité était inscrite sur son visage.

– Oh putain, non.

Je me suis immédiatement précipitée vers la porte.

– Trinity, reste là.

– Non.

J'ai ouvert la porte.

Papa m'a saisi par le bras et m'a immobilisée.

– Je vais lui parler. Ne t'en mêle pas.

J'ai fusillé Lexie du regard sans aucun remords.

Quand papa a réalisé que je resterais là, il est allé à sa rencontre.

Lexie ne voulait clairement pas que mon père la voie parce qu'elle a fait comme s'il n'était pas là. Elle marchait la tête baissée en regardant ses pieds.

Il s'est planté devant elle pour qu'elle ne puisse pas lui échapper.

Lexie s'est arrêtée et recroquevillée devant lui.

Il m'a fallu toute ma force pour rester là au lieu d'aller lui arracher les yeux.

– Lexie, qu'est-ce qui t'amène ici ? lui demanda calmement papa comme s'il ne s'était rien passé.

– Je suis venue voir Conrad, murmura-t-elle d'un filet de voix. Je ne fais que passer.

– A-t-il demandé à te voir ?

– Oui...

Menteuse.

Papa a pensé la même chose.

– Lexie, laisse mon fils tranquille, s'il te plaît.

Il n'a pas changé de ton ni d'expression faciale, mais la menace était implicite.

– Après ce que tu lui as fait, il a besoin d'avoir la paix. Tu n'as pas blessé que lui, tu nous as tous blessés. Si tu as le moindre respect pour notre famille, pars.

Lexie a agrippé son sac et m'a regardée du coin de l'œil.

– Ce que tu lui as fait subir est inhumain, poursuivit papa posément. Tu ne sais pas la moitié de l'enfer qu'il a vécu.

Lexie a inspiré à fond, mais elle n'a rien dit.

– Pars s'il te plaît. Et ne reviens pas.

Papa n'a pas élevé la voix, il ne l'a pas insultée comme il aurait dû le faire. Sans doute parce que c'était une fille — ce qui était totalement sexiste et injuste.

Lexie a reculé et hoché la tête. Puis elle s'est retournée et dirigée vers les ascenseurs. Papa ne l'a pas quittée des yeux, s'assurant qu'elle partait vraiment et n'allait pas tenter de revenir en douce.

Une fois qu'elle est partie, j'ai pu respirer de nouveau.

Slade avait préparé le dîner quand je suis rentrée. Il faisait le ménage et la cuisine depuis que j'étais enceinte. Il faisait même la lessive et les vitres. Après manger, il lavait la vaisselle.

Il m'a jeté un regard froid.

– C'est spaghetti ce soir.

– ça a l'air bon.

J'ai posé mes affaires sur le canapé avant de m'installer à table.

Slade s'est assis en face de moi et m'a regardée manger. Il ne m'a pas embrassée ni serrée dans ses bras comme d'habitude. Il était visiblement encore fâché contre moi à cause d'hier.

– Alors, t'as raconté les derniers potins à ton père aujourd'hui ?

– Oui, et je suis contente de l'avoir fait. Lexie s'est pointée chez Pixel et papa lui a demandé de partir.

– Qu'est-ce qu'elle voulait ?

– J'en sais rien... faire sa pute.

Slade a roulé les yeux tout en mangeant.

– Parfois, on doit protéger ceux qu'on aime. Conrad a besoin d'être protégé. Il est fragile.

– Il *était* fragile. Il va bien maintenant.

– Il est bien plus bousillé qu'il le laisse voir. Je peux te le dire.

Slade s'est fourré un morceau de pain à l'ail dans la bouche.

– Tu vas t'excuser ou quoi ?

– Pourquoi ?

Il a arqué un sourcil.

– C'est bien d'avoir une opinion différente de la mienne, mais c'est mal de m'envoyer chier et de m'engueuler. Je me casse le cul pour toi et le bébé, et je suis un sacré bon mari. Tu n'es pas parfaite, Trinity. Tu dois apprendre à être une meilleure épouse, dit-il avant de se mettre le reste du plat dans la bouche et de laisser son assiette sale sur la table. T'es privée de sexe pour ce soir, ajouta-t-il avant de monter à l'étage. Je serai dans mon repaire. Ne viens pas m'embêter.

Quand il est parti, j'ai réalisé que notre relation était plus tendue que je le croyais. Il m'arrivait de m'emporter sans réfléchir. Slade était plus sensible qu'avant et ça le rendait plus vulnérable. Je savais qu'il fallait que j'arrange les choses. C'était notre deuxième dispute en un mois, et ces statistiques n'étaient pas bonnes.

Slade était assis sur le tabouret, sa guitare électrique à la main. Il avait un casque sur les oreilles, et il écoutait la musique par son ampli. Ses doigts couraient sur les cordes, m'indiquant qu'il jouait une chanson rapide. Je n'entendais rien parce que la musique ne sortait que dans son casque. Je suis resté là jusqu'à ce qu'il me voie.

À la fin de la chanson, il m'a aperçue près de la porte. Il a enlevé son casque.

– Tu as de la chance que j'aie laissé la porte ouverte.

C'était une pique sarcastique, mais je la méritais.

– Qu'est-ce que tu veux ? demanda-t-il méchamment. Au cas où tu n'aurais pas remarqué, je suis occupé.

Je me suis avancée dans la pièce et j'ai examiné les posters rock sur les murs. Led Zeppelin, les Beatles et Jimi Hendrix étaient les musiciens qu'il admirait le plus.

Je me suis approché de lui et j'ai posé les mains sur ses épaules.

Il m'a regardée d'un air méfiant, comme si ma proximité le dérangeait.

J'ai enlevé avec précaution la guitare de ses genoux, puis je me suis assise à califourchon sur ses genoux.

Slade n'a pas bougé. Il me regardait, c'est tout.

J'ai enroulé les bras autour de son cou.

– Je suis désolée.

Il n'a pas bronché.

– Je suis désolée de t'avoir crié dessus… je m'inquiète pour Conrad. Quand il a fait sa dépression, j'étais terrifiée. Terrifiée à l'idée de ne pas retrouver mon frère. On n'est pas super proches, mais… je l'aime tellement. Je ne veux pas le perdre à nouveau.

L'expression dure de Slade s'est adoucie.

– Ça ne justifie pas ce que je t'ai dit. Je le sais bien. Mais… c'est ce que je ressens.

Il a enroulé les bras autour de ma taille et m'a tirée vers lui.

– C'est pas grave, bébé, dit-il en m'embrassant le cou et la mâchoire. Je sais que tu te soucies de lui.

– Oui.

Il m'a embrassé l'autre côté du cou, avant de presser son visage contre le mien.

– Mais ne me parle pas comme ça. Je m'en fous que tu sois enceinte.

– Je ne le ferai plus.

Il m'a embrassée sur la bouche.

– Alors je te pardonne, femme.

J'ai frotté mon nez contre le sien.

– Est-ce que ça veut dire que je ne suis plus privée de sexe ?

Il a finalement souri.

– C'est quoi ces conneries ? Il n'y a pas de privation de sexe ici.

12

SILKE

J'ai regardé l'heure et réalisé qu'il était tard.

Arsen n'était toujours pas rentré.

C'est lui qui bordait Abby d'habitude, mais je ne pouvais plus l'attendre. Je l'ai mise au lit et je lui ai lu une histoire. Quand elle s'est endormie, j'ai texté Arsen.

Tu rentres bientôt ?

Aucune réponse.

J'ai essayé de garder mon sang-froid. Il avait dit qu'il sortait dîner avec Levi. Je trouvais sympa qu'ils passent du temps ensemble. Personne ne connaissait Sherry mieux que Levi, alors c'était une bonne façon pour Arsen de se sentir proche d'elle. Et Levi était un type bien. Du moins, il en avait l'air les quelques fois où je l'ai croisé.

Vers minuit, la porte d'entrée s'est enfin ouverte. J'ai entendu le fracas de son porte-clés lui glissant des mains et s'écrasant sur le plancher de bois.

– Putain de merde, beugla sa profonde voix.

J'ai instinctivement cessé de respirer, refusant d'affronter la vérité. Il était tard et Arsen était bruyant et maladroit. Ça ne voulait dire qu'une chose.

Il est saoul.

Il a ramassé ses clés avant de s'avancer. Ses yeux étaient vitreux, recouverts d'un épais brouillard. Il a titubé même si le passage était libre. Quand il a réalisé que j'étais dans le salon, il a poussé un profond soupir.

– Écoute… tu ne comprends pas, d'accord ?

C'était mauvais signe. Très mauvais signe.

– Tu comprends que dalle, alors ne me juge pas.

Pourquoi ça m'arrivait ? Pourquoi détruisait-il ma vie idyllique ? Hier encore, nous avions passé une soirée passionnée ensemble. Il s'était racheté pour ses fautes et m'avait fait retomber amoureuse de lui.

Mais ce n'est plus qu'un rêve.

– Tout est de ma faute, gémit-il en s'agrippant le crâne. Si seulement j'avais… c'est ma faute. Il me l'a même dit… mon propre frère.

Il a pris une chaise et il l'a lancée contre le mur dans un élan de rage.

J'ignorais de quoi il parlait, mais je savais que je ne pouvais pas le raisonner, pas lorsqu'il était dans cet état. Il était encore pire qu'avant. J'étais à trois mètres de lui et il empestait le whisky jusqu'ici.

– Je me déteste… Levi me déteste… et maintenant, tu me détestes, dit-il en me fixant, en larmes, avant de se frapper la poitrine. Tu me détestes ! Je le vois dans tes yeux. Je ne suis qu'une erreur pour toi.

J'ai gardé le silence, car parler ne ferait qu'empirer les choses.

Il s'est agrippé le crâne de nouveau, respirant profondément.

Je suis restée immobile comme une statue, espérant qu'il oublie ma présence. Je ne pensais pas qu'il me frapperait, mais je pouvais me tromper. Il perdait de plus en plus les pédales. Il avait tout perdu. Qui sait de quoi il était capable ?

– Toi et ta foutue vie parfaite... grogna-t-il en se tournant vers moi.

Non, il ne m'a pas oubliée.

– Ta putain d'enfance parfaite avec tes bouquins Harry Potter, et ton maudit diplôme de Yale...

Je n'ai pas osé le corriger.

– Tu ne comprends pas la vraie vie. Tu n'as jamais connu la souffrance. Tout ce que t'as connu, c'est les arcs-en-ciel et les Bisounours et les conneries du genre. T'es faible, complètement faible.

Je voulais lui foutre mon poing dans la figure. J'en avais l'envie folle. Je voulais lui faire voir trente-six chandelles pour avoir osé me parler ainsi. Le faire souffrir pour m'avoir fait souffrir. Il me traînait dans la boue, me forçant à prendre une voie que je n'aurais jamais dû avoir à prendre. Je ne voulais pas le perdre, mais il ne me laissait pas d'autre choix. C'était sa dernière chance, et il venait de la bousiller. Il était tombé trop bas dans sa dépression pour s'en sortir. Mais je refusais d'en être. Je tenais à lui, plus que les mots ne peuvent l'exprimer. Mais je méritais bien mieux.

– Je te déteste parfois, dit-il en ponctuant sa phrase d'un autre coup de poing retentissant sur sa poitrine. Je te déteste en ce moment. Tu me regardes comme si j'étais un monstre. Comme s'il y avait un truc qui ne tourne pas rond chez moi. Tu ne comprendras jamais ce que je ressens. C'est toi le problème, pas moi.

Je n'allais pas supporter ces conneries une seconde de plus. Je me suis levée et engouffrée le couloir.

– Ne te barre pas quand je te parle !

J'ai continué.

– Ramène ton cul ici !

Sa voix a fait trembler les murs. Impossible qu'Abby ne l'ait pas entendu.

Je me suis retournée en sentant la haine m'embraser. Je savais qu'Arsen était l'homme de mes rêves. Mais en ce moment, ce n'était qu'un pitoyable ivrogne. Faible et pathétique. Il a dit qu'il changerait, mais j'en étais venue à la triste conclusion qu'il ne le ferait jamais. Tout ce que je voulais maintenant, c'était m'éloigner le plus loin possible de lui.

– La ferme, Arsen. J'en ai marre de tes conneries.

– Et j'en ai marre de *tes* conneries, répliqua-t-il en s'approchant de moi, les yeux en flammes. Au lieu d'essayer de me comprendre, t'essaies de me changer.

Ses joues étaient empourprées, et la veine sur sa tempe palpitait.

Je devais mettre fin à tout ça immédiatement, peu importe comment. Comme mon père me l'a appris, je l'ai frappé au menton, là où se trouvait un nerf important.

Arsen a reculé en titubant, sonné par le coup inattendu, et il est tombé le cul par terre. Il avait l'air ahuri, comme s'il ne comprenait pas ce qui venait de se passer. Il n'était pas K.O., simplement étourdi. Avant qu'il puisse réagir, je lui ai écrasé mon poing sur le côté de la tête. Comme si j'avais appuyé sur un interrupteur, il est tombé sans connaissance.

En le voyant affalé sur le plancher, mon cœur s'est serré douloureusement. Je n'étais pas fière de ce que je venais de faire. Mais la fin justifiait les moyens. Et j'étais encore plus mal de réaliser la vérité inéluctable sous mes yeux : Arsen ne changerait jamais. Il avait succombé aux ténèbres et il ne reviendrait jamais dans la lumière. Il était voué à répéter ses erreurs inlassablement, à passer de l'amoureux tendre à l'alcoolique violent.

Mes larmes me brûlaient les yeux comme de l'acide. Ma poitrine se soulevait douloureusement tandis que je haletais, submergée par un maelstrom d'émotions. Nos années passées ensemble ont défilé dans mon esprit comme un éloge funèbre. C'était fini entre Arsen et moi.

Pour toujours.

13

ARSEN

Je me suis réveillé avec une migraine atroce.

– Merde...

Je me suis redressé sur un coude et je me suis frotté la tempe. Ma tête pulsait comme si on m'avait assommé. Mes yeux ont papilloté dans la lumière matinale. Le soleil était étrangement brillant, comme si c'était l'après-midi.

Je me suis assis, nauséeux. J'avais le crâne en feu et besoin d'antalgiques. J'ai cligné quelques fois en regardant le couloir. Je ne me rappelais pas comment j'étais rentré ni ce que je faisais par terre.

Qu'est-ce qui s'est passé hier soir ?

Je suis allé à la cuisine et j'ai pris la boîte d'aspirine dans l'armoire. J'en ai sorti deux comprimés et je les ai avalés à sec. J'ai fermé les yeux pour lutter contre le martèlement dans mon cerveau.

Puis mon regard s'est arrêté sur l'horloge de la cuisinière.

14:38

Putain de merde. Il était presque trois heures de l'après-midi ? C'était de plus en plus étrange. J'ai regardé autour de moi à la recherche d'indices. Étais-je tout seul dans la maison ? Silke savait-elle ce qui s'était passé ?

– Bébé ?

J'ai tendu l'oreille, mais je n'ai rien entendu.

J'ai marché jusqu'à la chambre et je suis entré. Dès que j'ai ouvert la porte, j'ai su que quelque chose clochait. Ça n'allait pas du tout. La boîte à bijoux de Silke avait disparu, et la porte du placard était ouverte. Il n'y avait que quelques chemises à moi à l'intérieur. J'ai commencé à paniquer.

J'ai frénétiquement ouvert les tiroirs de la commode, constatant que ceux de Silke étaient vides. Ses sous-vêtements, ses hauts, ses bas, rien n'était là. Sa brosse à dents n'était plus dans la salle de bain ni ses produits de beauté. Même son parfum ne flottait plus dans l'air.

Oh merde.

Puis ça m'est revenu.

En une rafale d'images, la soirée a défilé dans ma tête. Je me suis rappelé être sorti avec Levi. Je me suis rappelé le whisky qu'il m'a commandé. Puis la façon dont il m'a accusé d'avoir tué notre mère. Il me tenait responsable de ce qui s'est passé.

Alors j'ai bu le whisky.

Mais ce qui a suivi m'échappait. Je n'arrivais pas à me rappeler quoi que ce soit après. J'ai dû débouler à la maison ivre mort et dire des conneries. Silke m'avait averti que je n'avais plus qu'une chance.

Et je l'ai gâchée.

Mon premier instinct a été de me rendre chez Ryan. Elle était sans doute allée se réfugier là-bas.

Je suis arrivé à la porte essoufflé et en nage et j'ai tourné la poignée. Mais elle n'a pas bougé. J'ai dû frapper. J'ai martelé la porte des poings plus fort que je voulais le faire, mais j'étais tellement désespéré que je n'étais pas en contrôle de moi-même.

En entendant le verrou cliquer, j'ai été soulagé de pouvoir enfin m'expliquer. Ma tête m'élançait toujours à cause de la migraine, mais je m'en foutais. Mais quand j'ai vu la personne de l'autre côté de la porte, mon espoir s'est envolé.

Ryan me regardait avec une expression indéchiffrable. Il était en colère et on aurait dit qu'il voulait me défoncer la gueule, mais il n'a pas bougé. La déception et la trahison sur son visage étaient mille fois plus douloureuses que la douleur physique le serait. Sa mâchoire se crispait agressivement et il me regardait comme si j'étais un inconnu. Il a secoué la tête légèrement, presque imperceptiblement. Il ne parlait pas, mais il n'avait pas besoin de le faire.

Je me sens comme une merde.

Il ne s'est pas écarté pour me laisser entrer, et de toute évidence il n'allait pas le faire. Il a croisé les bras en me toisant avec dédain. Ryan m'a toujours donné l'impression d'être égal à lui. Mais là, il me rejetait carrément.

J'ai réussi à trouver ma voix.

– Laisse-moi lui parler.

Il n'a pas réagi.

– S'il te plaît. Je veux m'expliquer.

Il ne bougeait toujours pas.

– Voilà ce qui va se passer : Abby reste ici jusqu'à ce que tu te sois sorti la tête du cul. Quand tu auras l'air mieux, je te la rendrai.

Puis lorsqu'elle sera sous ta garde, je passerai chez toi chaque soir pour m'assurer que tu t'occupes bien d'elle. Sinon, je vais appeler les flics et faire tout en mon pouvoir pour te l'enlever. Compris ?

Il retourne le couteau dans la plaie.

– Je suis un excellent père et je ne mettrai jamais Abby en danger.

– Si tu crois que rentrer complètement bourré en pleine nuit est être un bon père, alors tu délires grave.

– Non, je le fais seulement parce que je sais que Silke est là. Je ne bois jamais devant Abby.

– Et c'est censé me convaincre ? s'énerva-t-il.

– Écoute, je suis un bon père. Je prends soin de ma fille. Je te le promets.

– Silke a peur de la laisser seule à la maison avec toi.

– Je ne lui ferai jamais de mal. J'adore ma fille.

Je me sentais plus bas que terre de devoir avoir cette conversation.

Ryan m'étudiait toujours.

– C'est ce qu'on verra, dit-il en fermant la porte.

– Attends, dis-je en la bloquant du pied.

– Quoi ? Je n'ai pas que ça à faire, Arsen.

J'aimais Silke et je ne pouvais pas la perdre. Elle était tout pour moi.

– S'il te plaît, laisse-moi lui parler.

– Non.

Si Ryan disait non, alors je n'avais aucun moyen de lui parler.

– Je l'aime.

– Ah bon ?

Ça me blessait qu'il doute de moi.

– Oui. Je peux expliquer ce qui s'est passé hier soir. Ce n'est pas ce que vous croyez.

– T'étais saoul ?

– Bien... oui.

– Alors c'est exactement ce qu'on croit.

Je devais me tirer d'affaire.

– Je suis sorti avec Levi parce qu'il avait besoin de compagnie. On est allés au bar, mais je n'ai rien commandé. Il m'a commandé un verre, mais je n'y ai pas touché malgré son insistance. Et après... il m'a dit que c'est ma faute si maman est morte. Il me tient responsable de tout ce qui s'est passé. Je sais qu'il a le droit de m'en vouloir. J'ai... j'ai fait une erreur, c'est tout. Ça pourrait arriver à n'importe qui.

– Pas à n'importe qui, Arsen. Tu l'as déjà fait trois fois.

– Mais c'était pas mon intention. Je te promets que je ne le referai plus jamais.

– Trop tard.

Je voulais lui foncer dessus et le renverser.

– Ryan, allez. C'est moi. T'as toujours eu confiance en moi.

Son regard s'est légèrement adouci.

– Je te promets que ça n'arrivera plus. Je trouverai de l'aide. J'irai voir un psy. Je ferai tout ce qu'elle veut pour que ça marche.

– Je n'y peux rien, Arsen. Elle a fait son choix, et je l'appuie à cent pour cent.

Mon cœur a chaviré dans mon estomac et mes poumons se sont

vidés de leur air. Mon corps me faisait souffrir. J'étais bouleversé d'avoir perdu Silke, mais perdre Ryan, étrangement... était encore pire. C'était mon père, le seul vrai parent que j'aie eu. Il m'avait tourné le dos, et je me retrouvais seul de nouveau. Et savoir que je le méritais ne faisait qu'attiser ma douleur.

– S'il te plaît...

J'étais prêt à le supplier s'il le fallait.

Sa colère a diminué pendant un instant, car il m'a empoigné par les épaules.

– Arsen, écoute-moi.

Je n'avais plus la force de continuer. J'étais brisé, irrémédiablement.

– Arsen, dit-il en prenant mon visage entre ses mains. Tu es toujours mon fils et je t'aime. Mais tu as fait du mal à ma fille et je dois être là pour elle maintenant. Je me fiche de ce que tu représentes à mes yeux. T'as fait du mal à quelqu'un que j'aime et c'est inacceptable. Je sais que tu as fait beaucoup d'erreurs, pour lesquelles tu t'es racheté, mais dans ce cas-ci, je n'ai jamais été aussi déçu. Je me suis porté garant de toi et j'ai dit à Silke de te donner une autre chance. Mais tu m'as fait passer pour un vrai con.

– Ça n'arrivera plus.

– Ça n'aurait jamais dû arriver.

– Je l'aime, dis-je paniqué. J'ai fait une erreur. Merde, donne-moi une chance. Je suis désolé. Je te promets que ça n'arrivera plus. S'il te plaît, Ryan, aide-moi. Je t'en prie... je t'en supplie.

Ses yeux se sont embués, mais il a cligné pour chasser les larmes.

– Je ne peux pas.

– Ryan.

– Je suis désolé. Va-t'en maintenant.

– Laisse-moi lui parler, s'il te plaît.

– Non, dit-il en me bloquant le passage.

J'ai essayé de me faufiler quand même.

Il m'a attrapé par le cou et m'a repoussé.

– J'ai dit non. Essaie encore une fois et je te colle un œil au beurre noir.

J'ai titubé en arrière, encore plus meurtri par son rejet.

– Tu sais que je l'aime. Tu sais que je suis un type bien. S'il te plaît, reste de mon côté. Allez, je n'ai que toi.

Je voyais son conflit intérieur dans son regard. La situation n'était pas facile pour lui et il aimerait que les choses soient différentes.

– Je serai toujours là pour toi, Arsen. Quoi qu'il arrive entre toi et Silke, je suis là. Mais tu lui as fait du mal et je ne vais pas te laisser t'en tirer comme ça. Tu dois lui donner de l'espace. Mais surtout, tu as besoin d'espace pour te ressaisir.

– Je n'ai pas besoin de me ressaisir... j'ai besoin d'elle.

– Ça n'arrivera pas, Arsen. Va-t'en.

– Je pourrai lui parler quand ?

– Quand elle le voudra — si elle le veut.

C'est mon pire cauchemar.

– Arsen, je ne perdrais pas mon temps si j'étais toi. Je connais ma fille. Elle ne changera jamais d'avis.

Non... je ne peux pas le supporter.

– Je te rendrai Abby la semaine prochaine. D'ici là... prends du temps pour toi.

Il a lentement fermé la porte, puis il l'a verrouillée.

Je suis resté planté là, sentant le sol s'ouvrir à mes pieds et m'engouffrer. Mon univers venait de s'effondrer. Je ne savais même plus qui j'étais sans Silke. Comment ai-je pu laisser une telle chose arriver ? Comment ai-je pu merder aussi royalement ?

Comment ai-je pu la perdre ?

14

CONRAD

Mon appartement était vide sans Carrie. Il ne restait plus qu'Apollo et moi. Son rire me manquait. Et son parfum sur les draps. Je voulais qu'elle revienne, mais je savais qu'elle ne le ferait pas. Elle m'a dit de donner une autre chance à Lexie.

Mais ça n'arrivera jamais.

Je ne pourrais pas la reprendre même si je le voulais. Trop de temps s'était écoulé. La souffrance avait élu domicile en moi jusqu'à la moelle. Je ne lui ferai plus jamais confiance ni ne la verrai de la même façon qu'avant.

Alors pourquoi occupe-t-elle mes pensées jour et nuit ?

Pourquoi repassais-je nos conversations dans ma tête ? Pourquoi son parfum m'a-t-il enivré la dernière fois où je l'ai vue ? Pourquoi le fait de la voir pleurer m'a-t-il donné envie de pleurer ?

Putain, j'ai perdu la raison.

Lexie m'a détruit de façon irréversible, et ça me terrifiait. Parce que j'avais le pressentiment qu'elle seule pouvait me réparer. J'ai tout essayé : l'alcool, le sexe, les dépenses excessives.

Rien n'a marché.

Quand j'ai touché le fond, j'ai su que je ne guérirais jamais de ma dépression. Elle faisait désormais partie intégrante de moi, et je devais vivre avec. C'était comme avoir un ami qui me suivait partout.

Et il me suivra toute ma vie.

Des coups frappés à la porte m'ont tiré de mon apitoiement. J'espérais que ce soit Lexie, mais c'était improbable. Après notre dernière conversation, je doutais de recevoir une autre visite d'elle. Tout avait été dit.

Quand j'ai regardé par le judas, j'ai vu mon père. Je me suis demandé ce qu'il faisait là, car il n'y avait pas de match ce soir. Peut-être qu'il voulait aller dîner.

J'ai ouvert la porte.

– Salut, p'pa. Quoi de neuf ?

Il est entré les mains dans les poches.

– Pas grand-chose. Toi ?

– J'allais sortir promener Apollo.

Il était assis dans le salon à regarder curieusement mon père.

– C'est bien, dit papa. On dirait que tu t'attaches vraiment à ce toutou.

– Ouais, il est sympa, dis-je en me dirigeant vers le frigo. Tu veux une bière ?

– D'accord.

Il s'est assis sur le canapé en lorgnant Apollo.

Je suis revenu avec deux bières et je me suis assis à côté de lui.

– Tu veux regarder le tennis ? Je crois qu'il n'y a que ça à la télé.

– Non, ça va, dit-il en prenant la bière, mais ne la buvant pas. En fait, je voulais te parler.

Ce n'était jamais bon signe.

– De quelque chose en particulier ?

– J'ai parlé à Trinity aujourd'hui...

Sale garce. Je n'arrivais pas à croire qu'elle avait ouvert sa grande gueule et tout rapporté à papa. Je ne l'ai jamais caftée. J'allais lui dire deux mots la prochaine fois que je la verrai. J'ai bu une longue gorgée de bière pour me radoucir.

– Elle m'a dit qu'elle a vu Lexie devant chez toi l'autre soir.

La question était implicite.

– C'est vrai, confirmai-je.

Papa a patiemment attendu que je m'ouvre à lui.

– Elle était passée au bureau avant ça. En gros, elle s'est excusée et elle veut une deuxième chance.

Il n'a pas réagi.

– Elle a dit qu'elle m'a quitté parce qu'elle avait peur de se marier... parce que ses parents ont divorcé. Un tas de conneries.

Papa a bu une gorgée de bière.

– Je lui ai dit que ça n'allait jamais arriver et qu'elle avait intérêt à me laisser tranquille.

– Mais elle est passée chez toi après ça ?

– Ouais. Pour me déballer les mêmes conneries.

– Pourquoi elle est revenue ?

Je ne voyais pas ce qu'il y avait de mal à lui dire.

– Elle croit que je l'aime encore.

– C'est le cas ? demanda-t-il doucement.

J'avais de plus en plus de mal à me mentir. Je commençais à réaliser que je l'aimerais aussi longtemps que je vivrais, malgré tout. Quand je l'ai revue, je l'ai trouvée aussi belle qu'avant. J'ai repensé à la façon dont nos corps s'entremêlaient lorsque nous faisions l'amour. Et à combien c'était beau.

– Non.

– Alors, pourquoi elle pense ça ?

– J'en sais rien... elle le pense, c'est tout.

– Carrie est au courant ?

– Ouais... mais elle m'a quitté.

Papa a sourcillé.

– À cause de Lexie ?

Je ne lui ai jamais avoué la nature de ma relation avec Carrie.

– Elle et moi, on n'était pas dans une relation classique, expliquai-je. Elle est veuve, j'ai le cœur brisé. On sortait ensemble parce qu'on était incapables d'autre chose. On avait convenu de nous caser et fonder une famille... dans un mariage sans amour.

Papa m'a regardé tristement.

– Elle m'a dit de donner une autre chance à Lexie... parce qu'elle sait que je l'aime encore. Elle m'a quitté pour ne pas m'empêcher d'être avec l'amour de ma vie. Elle l'a connu avec son mari, mais il est mort. Lexie est toujours en vie...

– C'était noble de sa part.

– Ouais, j'imagine... mais je ne reprendrai pas Lexie.

Papa me faisait habituellement part de son opinion et m'incitait même à faire les choix qu'il jugeait bons par des moyens détournés. Mais cette fois, il n'a rien fait de tout ça. Il se contentait de m'écouter sans me juger.

– Comment tu te sens ?

– Pas très bien, répondis-je honnêtement. Je veux qu'elle me fiche la paix.

– Elle est passée au bureau aujourd'hui.

J'ai tourné la tête vers lui.

– Je lui ai demandé de partir. Trinity m'a dit qu'elle t'embêtait.

Elle n'allait donc pas lâcher prise aussi facilement.

– Tu ferais quoi à ma place ?

Papa a haussé les épaules.

– J'en sais rien, Conrad. C'est ton choix.

J'ai arqué un sourcil, perplexe.

– Mais tu me dis toujours quoi faire.

Il a secoué la tête.

– Je suis ton père et je ne souhaite que ton bonheur. Je veux être là pour toi. Mais c'est mon seul rôle. Je n'influencerai pas ton choix. Tes décisions t'appartiennent.

J'ai souri.

– Waouh… t'as mûri.

Il a pouffé.

– C'est pas trop tôt, hein ?

– T'as vraiment pas d'opinion ?

– Si. Mais je vais la garder pour moi.

Quelle ironie. Habituellement, il me donnait son avis alors que je ne le voulais pas, et maintenant que je le sollicitais, il refusait de le partager.

– Tu te connais mieux que personne. Tu es le seul à pouvoir faire ce choix. Si tu l'aimes vraiment et que tu veux être avec elle malgré tout, c'est ta décision. Si elle t'a fait tellement souffrir que tu ne peux pas lui pardonner, c'est ta décision aussi.

– Je ne peux pas lui pardonner...

Papa fixait sa bière.

– Je ne peux pas... elle m'a fait vivre un calvaire. À l'entendre, ses actes sont justifiés parce qu'elle avait peur. On a tous la trouille à un moment ou un autre. Ce n'est pas une excuse. Et ça fait quatre mois. C'est vachement long.

– En effet. Et tu en as bavé.

– Elle ne peut pas faire comme si de rien n'était.

Papa a secoué la tête.

– Mais... je sais que je n'aimerai aucune femme comme je l'ai aimée. C'est tout simplement impossible. Elle m'a pris mon cœur, papa. Et elle le trimballera toujours avec elle.

Il a soupiré difficilement avant de passer le bras autour de mes épaules.

– Je sais, fiston.

– Je n'oublierai jamais le jour où je suis tombé amoureux d'elle. On dansait dans le salon et on se marrait... et je n'oublierai jamais ses cheveux qui engorgeaient le siphon de la baignoire. Quand elle se brossait les dents, elle mettait de l'eau partout sur le miroir. Et elle me faisait de la tarte quand je ne me sentais pas bien...

Mes yeux se sont embués, et je me suis senti nase d'éprouver ces émotions après tout ce temps. J'ai inspiré profondément pour contenir les larmes.

– Laisse-toi aller, Conrad, murmura papa. Ça va. C'est moi.

– Je me souviens de la fois où je vous l'ai présentée à maman et toi... vous l'avez aimée tout de suite. Et elle vous aimait, dis-je en sentant les larmes remonter. Le soir dans notre lit, elle me massait le dos jusqu'à ce que je m'endorme parce qu'elle savait que j'étais endolori. Et ce collier que je lui ai donné, elle ne l'a jamais enlevé. Ses yeux scintillaient quand elle me regardait. Elle me manque encore... même après tout ce temps. Et je crois qu'elle me manquera toujours.

J'ai reniflé, puis je me suis essuyé les yeux avec le bras.

– Je me souviens, Conrad. Vous vous aimiez réellement.

– Et quand elle m'a quitté... j'étais complètement paumé. Mon cerveau s'est éteint et tout s'est arrêté. La douleur était trop intense. Trop insupportable. Alors... j'ai fait tout ce que j'ai pu pour me protéger. J'ai sauté sur tout ce qui bouge et blessé les gens que j'aimais pour oublier ma souffrance. Elle m'a fait perdre la tête, papa. Elle m'a vraiment bousillé.

Il m'a frotté le dos doucement en m'écoutant.

– Comment je peux ressentir la même chose après quatre mois ? chuchotai-je. Pourquoi mon cœur se serre encore chaque fois que je la vois ? Pourquoi ça me brise le cœur de la voir pleurer ?

– Parce que tu l'aimes, Conrad. Tu l'aimes encore.

J'ai fermé les yeux, me sentant encore plus mal que tout à l'heure. Le fait que je me soucie encore d'elle, que je l'aime encore, me disait que j'étais foutu à vie. Elle me tiendrait toujours par les couilles et je n'y pouvais rien.

– Maman et toi n'avez pas rompu à une époque ?

– Si... mais c'était très différent.

– Tu voulais une famille, mais pas elle, c'est ça ?

– Oui... mais je ne l'ai pas demandée en mariage. Et on s'est séparés quelques mois seulement. Elle m'a fait mal quand elle est partie, mais pas comme Lexie t'a fait mal. Les situations ne sont pas comparables.

– Pourquoi tu l'as reprise ?

– Je l'aimais. Je l'aimais encore.

J'ai hoché la tête.

– Et elle était enceinte de Trinity, alors je ne pouvais pas l'abandonner. Mais à vrai dire, c'était juste une excuse pour la reprendre sans me sentir coupable.

– Et on connaît la suite ?

– Exact.

Ça ne m'a pas réconforté comme je l'espérais.

– Conrad ?

– Hum ?

– Si tu l'aimes, pourquoi tu ne lui donnes pas une autre chance ?

– Tu crois que je devrais ? demandai-je tout bas.

– Je n'ai pas dit ça, dit-il prestement. Je pose juste une question.

Je détestais la part de moi qui voulait la reprendre.

– Je ne lui fais pas confiance. Et j'ai trop mal pour reprendre les choses là où on les a laissées. C'est impossible. Mon cœur bat toujours pour elle, mais chaque fois que je la vois, j'ai envie de la massacrer. T'as pas idée de la rage qui s'empare de moi.

Il avait toujours le bras autour de mes épaules.

– Alors, pourquoi tu n'arranges pas les choses avec Carrie ?

– Elle ne veut pas me reprendre.

– Et c'est la seule raison pour laquelle tu ne le fais pas ?

Non, je connais la vraie raison.

– Ouais.

JE SUIS SORTI DE CHEZ PIXEL, MON SAC DE SPORT SUR L'ÉPAULE. Maintenant que le taf était fini, je pouvais enfin me rendre à la salle de sport faire de la muscu et du cardio. J'essayais de diversifier mes entraînements pour rompre la monotonie.

Sur le trottoir, je suis tombé nez à nez avec la blonde qui faisait fondre mon cœur. Nous nous sommes fixés, nos yeux en disant plus long que nos bouches. Son expression était repentante, désespérée. J'ignore quelle émotion j'affichais.

– Là, c'est carrément du harcèlement.

– Ton père m'a demandé de ne plus venir au bureau.

– Alors tu campes devant l'immeuble comme un SDF ? lançai-je.

– Je suis désespérée, dit-elle tout bas. Et je ne vais pas prétendre le contraire.

Je l'ai toisée sans bouger.

– Est-ce qu'on peut parler ? Aller prendre un café ou quelque chose ?

– Parler de quoi ? T'as dit ce que t'avais à dire. Si tu vas te répéter, j'ai mieux à faire, dis-je avant de la contourner.

– Conrad.

Je me suis arrêté même si je ne devrais pas.

– S'il te plaît.

Je me suis retourné.

– S'il te plaît quoi ?

Elle a pincé les lèvres.

– S'il te plaît quoi ? répétai-je. Reprends-moi ? Ça n'arrivera pas.

– Est-ce qu'on peut aller dîner ensemble ou quelque chose ?

Pourquoi elle ne démord pas ?

– Lexie, pourquoi tu me suis partout ? J'ai dit non. J'ai tourné la page. Tu pensais que j'allais te pleurer à tout jamais ?

– Mais tu n'as pas tourné la page.

– Euh... et Carrie ? Tu l'as oubliée ?

Nous n'étions plus ensemble, mais ça n'avait pas d'importance.

– Tu me regardes comme avant.

– Alors peut-être que je te haïssais autant avant que maintenant.

– Non, je sais que tu m'aimes encore. Je le vois. Il y a de l'espoir.

Elle s'est rapprochée, très près de moi. Ses cheveux blonds lui tombaient sur les épaules et ses yeux brillaient comme des émeraudes. Je me rappelais la façon dont ils s'enflammaient durant l'amour. J'avais du mal à être devant elle sans avoir une folle envie de l'embrasser. Puis elle a fait quelque chose d'inattendu. Elle a posé le front contre ma poitrine en enroulant les bras autour de ma taille. Elle a pris une grande inspiration comme si elle tentait d'inhaler mon odeur. Elle s'accrochait à moi comme à la vie.

Je l'ai laissée faire, même si je ne devrais pas. Sans lui rendre son affection, je l'ai laissée s'éterniser.

– Je suis tellement désolée...

Je voulais lui enserrer la taille et ne jamais la lâcher. Je voulais la ramener au penthouse et l'y enfermer pour qu'elle ne m'échappe plus jamais. Je voulais passer la nuit avec elle à la tenir dans mes bras, au chaud et en sécurité. Mes lèvres mouraient d'envie de toucher les siennes, et mes oreilles rêvaient d'entendre les soupirs qu'elle poussait lorsqu'elle était heureuse. J'en avais besoin comme d'un organe vital.

Mais je ne peux pas l'avoir.

Je me suis éloigné, sentant ses bras glisser à mes flancs.

– On ne pourra jamais retrouver ce qu'on avait, Lexie. Je suis désolé.

– Peut-être qu'on peut repartir de zéro... revenir à la case départ.

J'ai secoué la tête.

– Conrad, je ne veux que toi. J'ai essayé de passer à autre chose, mais j'en suis incapable. Et je sais que je suis la seule femme que tu désires.

J'ai détourné le regard, car je savais qu'elle lirait la vérité dans mes yeux.

– S'il te plaît... laisse-moi arranger les choses.

– Tu ne peux pas. Le mal est fait.

Elle s'est remise à se triturer les mains.

– S'il te plaît... à petits pas.

– Non.

– Conrad...

– Toute ma famille te déteste, Lexie. Chacun d'entre eux. Ils sont toute ma vie, et je ne pourrais jamais être avec une femme qu'ils méprisent. Même si je voulais te donner une autre chance, je ne pourrais pas. Lexie, t'as royalement merdé quand t'es partie.

Mais tu as fait ton choix. Accepte les conséquences et tourne la page.

Elle a inspiré profondément et ses yeux se sont voilés.

– Je sais que j'ai eu tort. Je sais que j'ai merdé. Je ne te mérite pas, pas après ce que j'ai fait. Je devrais te laisser tranquille...

– Alors pourquoi tu ne le fais pas ?

– Parce que tu es l'amour de ma vie. Je veux qu'on se marie et qu'on vive dans une ravissante maison en dehors de la ville. Je veux qu'on ait des enfants, des fils qui te ressembleront comme deux gouttes d'eau. Je veux qu'on m'appelle Mme Preston. Je veux dormir dans tes bras toutes les nuits et te faire le petit déjeuner le matin. Je veux retrouver l'amour qu'on avait, la relation passionnée qui rendait tout le monde jaloux. Maintenant que je l'ai perdue, je réalise que je ne peux pas vivre sans, dit-elle, reniflant bruyamment et battant des paupières. Je ferai n'importe quoi... n'importe quoi pour te récupérer.

Mon rêve où je rentrais du boulot m'est revenu en mémoire. Lexie portait un tablier rose et l'odeur d'une tarte aux myrtilles flottait dans l'air. Deux petits garçons couraient dans la maison, déguisés en superhéros. Mon cœur s'est serré au fantasme qui ne deviendrait jamais réalité.

– T'as pas idée de ce que tu m'as fait subir...

– Alors, dis-le-moi.

Nous étions sur le trottoir et les piétons nous contournaient prestement. Mon père et mon oncle allaient sortir d'une minute à l'autre et se rendre au parking. Ils l'avaient sans doute déjà fait. Le monde continuait à tourner, mais je le remarquais à peine.

– J'ai pété les plombs tellement la douleur était insupportable...

D'autres larmes lui sont montées aux yeux.

– J'ai foutu le camp en Italie, où j'ai fait un plan à trois chaque soir pendant un mois.

Lexie a baissé la tête à mes mots.

– Je me suis envoyé en l'air et défoncé la gueule comme si j'avais encore vingt ans. Je suis seulement revenu à New York quand mon père m'a ramené par la peau du cou. De retour en ville, ça a empiré. J'ai acheté un penthouse où j'ai organisé des tonnes de partouzes. J'ai levé des nanas dans les bars et les clubs. J'ai même eu une aventure avec une femme mariée. J'étais bas à ce point-là. Et j'ai été un salaud avec tous mes potes, je les repoussais alors qu'ils essayaient seulement de m'aider. J'ai vraiment touché le fond du puits.

Sa respiration s'est accélérée alors qu'elle tentait de réfréner ses larmes.

– Puis j'ai fait une dépression grave. J'ai enfin reconnu mes émotions, mais étrangement, c'était encore pire. J'ai adopté un chien pour me tenir compagnie et j'ai passé mes journées à me morfondre. Puis j'ai croisé Carrie à Central Park. C'est une veuve qui cherche une relation sans amour. Elle veut un mariage et des gosses, mais pas l'histoire d'amour passionnée et dévorante qu'on avait. Alors, on a décidé d'être ensemble. C'était sympa. C'était comme avoir une amie avec qui je peux coucher.

Lexie buvait mes paroles.

– Tu parles au passé…

– Parce qu'on n'est plus ensemble.

L'espoir a relui de plus belle dans son regard, et la tristesse qu'elle ressentait devant mon récit s'est mise à se dissiper.

– Tu l'as quittée…

– Non, c'est elle qui m'a quitté.

– Pourquoi ?

J'ai hésité un instant.

– Ça n'a pas marché.

Lexie m'étudiait d'un regard intelligent. Elle savait que je dissimulais quelque chose, mais elle n'a pas insisté.

– Je suis désolée pour tout... j'aimerais que tu n'aies jamais vécu ça.

– Mais c'est arrivé, répliquai-je froidement. Et aujourd'hui, je suis un homme différent à cause de cette expérience.

– Je peux te réparer, chuchota-t-elle. Laisse-moi me racheter.

– Tu ne comprends pas, dis-je d'une voix blanche. Tu ne peux rien réparer. Je ne te fais pas confiance, Lexie. Tu prétends que tu m'aimes, mais comment je peux le croire après ce que tu m'as fait ? Comment je peux croire ce que tu dis maintenant ?

– Je t'aimais et je t'aime toujours, Conrad.

– Notre relation était merveilleuse. Même la douleur la plus atroce du monde n'y changera jamais rien. Mais c'est fini. C'est fini, Lexie.

– Non, ce n'est pas fini. On peut se remettre ensemble.

– Non, on ne peut pas.

Avant, je croyais que Lexie ne me ferait jamais de mal. Mais désormais, mon cœur s'alarmait dès qu'elle s'approchait de moi. Comment pouvais-je lui livrer mon âme alors qu'elle était si fragile ? Et comment pouvais-je le faire alors que ses mains tremblaient autant ?

– Lexie, j'ai écouté tout ce que tu avais à me dire — plusieurs fois. Laisse-moi tranquille maintenant.

Les larmes se sont déversées sur ses joues.

– Je ne peux pas...

– Si tu m'aimes, cesse de m'embêter.

Elle s'est mise à sangloter.

– Je t'aime... je ne veux pas vivre sans toi. J'ai fait une erreur. J'ai eu la trouille et j'ai fait une erreur... s'il te plaît, donne-moi une autre chance.

– Lexie, arrête.

– Je n'abandonnerai pas, dit-elle en se réfugiant dans mes bras de nouveau.

Dès que je l'ai sentie contre moi, ma résolution s'est affaiblie. J'avais soif de ce contact depuis des mois. C'est ce qui m'a manqué pendant tout ce temps. Lexie était mon autre moitié. Elle s'est hissée sur la pointe des pieds et elle a pressé les lèvres sur les miennes.

Puis je l'ai sentie. Cette chaleur passionnée et irrépressible. Mon corps a réagi comme il l'a toujours fait. J'ai trouvé du réconfort dans l'étreinte, un réconfort que je cherchais depuis toujours. J'ai embrassé et baisé des tonnes de femmes, mais aucune n'était comparable à Lexie.

– Je t'aime, murmura-t-elle dans ma bouche en m'embrassant.

Si je ne m'écartais pas maintenant, je ne m'en sortirais pas. J'allais me laisser engouffrer par les ténèbres encore une fois. Mon cœur était trop vulnérable. J'ignore où j'en ai trouvé la force, mais j'ai reculé.

– Ne. Me. Touche. Pas.

J'ai dû me faire violence pour parler d'un ton agressif.

Elle a reculé, meurtrie par le rejet.

– Laisse-moi tranquille, Lexie. Je suis sérieux.

Cette fois, je me suis retourné avec l'intention de ne jamais regarder derrière. Elle pourrait crier mon nom des centaines de fois que je ne me retournerais pas. Je devais la fuir. Cette femme m'a détruit, et je ne pouvais pas la laisser recommencer. J'étais trop fragile. Je ne pouvais pas me permettre d'encaisser un autre chagrin.

Parce qu'une blessure de plus et c'est fini.

15
LEXIE

Je ne me suis jamais autant détestée.

Jared m'a meurtrie de façon permanente, et Conrad était le seul homme qui ait réussi à me sortir de ma torpeur. En retour, je l'ai détruit. Je lui ai brisé le cœur. En fait, j'ai tout foutu en l'air.

Pourquoi a-t-il fallu que je fasse ça ?

Je ne pouvais pas me remarier. Après avoir vu mon père jeter ma mère sans le moindre remords, j'ai su que je ne pouvais pas épouser Conrad — ni aucun autre homme. Un jour, il me ferait la même chose et je me retrouverais seule.

Puis j'ai réalisé que j'étais seule de toute façon.

J'avais quitté le restaurant et erré dans les rues de la ville, le visage ruisselant de larmes. Je m'en voulais à mort. Je ne m'attendais pas à ce que Conrad me demande en mariage. Ça aurait dû être un moment heureux, mais au contraire, ça a été la pire soirée de toute ma vie.

Il ne devrait pas me le pardonner.

Je ne mérite pas une deuxième chance.

Mais je l'aimais. Profondément. Je pensais à lui jour et nuit, et j'avais passé les quatre derniers mois cloîtrée dans mon appartement à pleurer toutes les larmes de mon corps. Maman et Macy étaient là pour moi, mais elles ne pouvaient rien devant mon chagrin.

J'avais glissé une lettre sous la porte de Conrad pour m'expliquer, mais il dit ne jamais l'avoir reçue. J'ignore ce que j'espérais accomplir. J'imagine que je voulais qu'il comprenne pourquoi j'ai dit non. Une autre partie de moi aurait souhaité qu'il me pourchasse et me convainque que nous étions différents de tous les autres, que notre mariage serait heureux.

Mais il n'aurait pas dû avoir à me convaincre.

Il l'avait déjà prouvé — des centaines de fois.

J'ai gâché la plus belle chose qui me soit jamais arrivée.

Il me rembarrait sans cesse, me disait qu'il ne me donnerait jamais une autre chance. Mais je n'ai pas pu m'empêcher de remarquer la lueur d'empathie dans ses yeux quand il m'a vue pleurer. Son corps a frémi de désir quand j'ai pressé les lèvres contre les siennes. Encore aujourd'hui, il me contemplait avec subjugation. Quand je l'ai croisé au restaurant, j'ai vu l'ancien Conrad. Celui qui, il fut un temps, me souriait lorsque je me réveillais dans ses bras le matin.

Il existe toujours.

Je savais qu'il m'aimait encore. Je le voyais dans ses yeux. Même quand il était avec Carrie, ses sentiments pour moi persistaient. Certes, il était aigri et furieux, plus sombre que jamais, mais il y avait toujours une place dans son cœur pour moi.

Je devais le récupérer. Je devais arranger les choses.

Mais comment ?

Avais-je attendu trop longtemps ? La situation était-elle irréparable ?

Même après tout ce temps, je le connaissais bien. Il n'allait pas me reprendre, parce qu'il était blessé et terrifié. Et l'opinion de sa famille comptait pour beaucoup. Si je voulais le reconquérir, j'allais devoir reconquérir toute sa famille. Je devais leur prouver que j'étais désolée et que j'aimais réellement Conrad malgré mes actes.

Si j'y arrive, ce sera un miracle.

J'ai croisé Mike l'autre jour et c'était tendu. Il ne m'a pas engueulée ni insultée comme je le méritais, mais la situation était quand même gênante. Il refusait de me laisser approcher Conrad, ce qui révélait l'ampleur de sa hargne.

Évidemment qu'il me déteste.

Mike m'a accueillie dans la famille dès le début. Je considérais Cassandra et lui comme mes deuxièmes parents, et voir l'amour qu'ils se vouaient me redonnait confiance en l'institution du mariage — ainsi que ma relation avec Conrad. Mais leur tendresse envers moi s'est évaporée comme une goutte d'eau dans le désert. Comme si elle n'avait jamais existé.

Or je devais absolument les affronter. Conrad était proche de Mike. Ils se sont beaucoup rapprochés lorsqu'il a commencé à bosser chez Pixel. J'ai vu leur relation s'épanouir de mes propres yeux. Pour arranger les choses, j'allais devoir réparer les pots cassés avec Cassandra et lui.

La neige recouvrait le sol lorsque je suis arrivée. L'hiver avait pointé le bout du nez tôt cette année, et le froid aigu me mordait les os. Le sel de la chaussée a crissé sous mes pneus alors que je roulais dans la rue résidentielle. Une fois arrivée devant leur maison, je me suis garée et je l'ai fixée un long moment. Des souvenirs de Noël et Thanksgiving me sont revenus à l'esprit. Conrad était au comble de la joie durant les fêtes, entouré des gens qu'il aimait le plus au monde.

Ça me manque.

Après m'être mentalement préparée, je suis descendue de ma voiture et j'ai marché vers la porte. Un silence de mort régnait dans la rue. Les Preston étaient connus pour leur isolement. Ils préféraient la compagnie de leurs proches et ils se méfiaient des étrangers. J'étais l'une des rares personnes ayant infiltré leur cercle.

J'ai ôté mon gant, puis j'ai frappé à leur somptueuse porte. Le bruit a résonné fort, se répandant dans toute la maison. J'ai retenu mon souffle en attendant, mais ça n'a fait qu'accélérer mon pouls.

Quand la porte s'est ouverte, j'ai eu droit à l'accueil glacial que j'attendais.

Cassandra ne me regardait plus comme si j'étais son autre fille. Elle me toisait comme un intrus, quelqu'un qu'elle détestait. Il n'y avait pas un soupçon de chaleur dans ses yeux. Son visage était une dalle de marbre, lisse et impassible.

– Bonsoir...

Mon premier instinct a été d'abandonner la mission, mais j'ai tenu bon. Je ne pouvais pas renoncer aussi facilement, pas avec un enjeu aussi crucial. Si je voulais retrouver Conrad, j'allais devoir faire mes preuves. Ils ne me pardonneraient pas du jour au lendemain, et ils m'en voudraient longtemps, quel que soit mon repentir.

– Comment ça va ? couinai-je.

Elle a croisé les bras sur sa poitrine.

– Qu'est-ce que tu veux ?

C'était un côté de Cassandra que je ne connaissais pas. Elle avait toujours été tendre avec moi. Mais maintenant, elle était froide et vindicative.

– J'espérais pouvoir te parler.

– Qu'est-ce qui te fait croire que tu mérites mon temps ?

Aïe.

– Je...

– C'est qui ? demanda la voix de Mike à l'étage.

Ses pas lourds ont descendu l'escalier.

– Personne, répondit Cassandra sans me lâcher des yeux.

Mike est apparu derrière elle, et son regard s'est glacé lorsqu'il m'a aperçue.

Ils me haïssent tous les deux.

Maintenant, j'avais vraiment envie de déguerpir. Je voulais tourner les talons et me réfugier dans ma voiture. Je voulais partir d'ici et ne plus jamais revenir. Mais mes pieds sont restés ancrés au sol. Je devais affronter les conséquences, et je savais que je méritais leur fiel.

– J'espérais pouvoir vous parler à tous les deux.

– On n'est pas intéressés, dit Cassandra.

J'ai encaissé sans réagir.

– Je voulais m'excuser pour ce qui s'est passé avec Conrad.

– Ce n'est pas à nous que tu dois présenter tes excuses. Tu perds ton temps, dit-elle avant de refermer la porte.

Sans réfléchir, je l'ai retenue avec mon bras.

– Attendez, s'il vous plaît.

Cassandra a écarquillé les yeux, insultée.

– Dégage de ma propriété. Tout de suite.

– Laissez-moi vous parler, je vous en prie, insistai-je. Je veux que vous sachiez combien je m'en veux. S'il vous plaît. Donnez-moi quelques minutes. Si vous refusez de me parler aujourd'hui, je reviendrai demain. Je ne baisserai pas les bras.

C'était effronté à dire, mais j'étais désespérée.

Elle a ouvert un peu plus grand, me bloquant toujours le passage.

– Fais-la entrer, dit Mike en se dirigeant vers le salon.

Au moins, j'avais réussi à me faire inviter à l'intérieur. Une fois dans le salon, je me suis assise sur le canapé. Ils ne m'ont pas offert à boire, ce qui était inhabituel. J'avais le dos droit et j'essayais de ne pas succomber à la terreur.

Mike et Cassandra se sont assis ensemble sur l'autre canapé et m'ont toisée.

– J'ai fait une erreur, commençai-je tout bas. J'aurais dû dire oui.

– Mais tu as dit non, répliqua Mike. Tu as dit non.

– Je sais... et vous ne comprendrez jamais à quel point je le regrette.

– On avait préparé une fête de fiançailles surprise à la maison, dit Cassandra. Tout le monde était là. Mais Conrad ne s'est jamais présenté, parce que sous le coup de la panique, il a quitté le pays. Il t'a offert une magnifique bague et tu t'es enfuie. Et maintenant, tu nous dis que tu le regrettes ?

Sa voix dégoulinait de mépris.

Ils étaient tous les deux redoutables.

– Oui, plus que tout au monde.

– Lexie, pourquoi tu nous dis ça ? demanda Mike. Quel est ton but ?

– Je veux que vous me croyiez, répondis-je.

Mais j'avais le pressentiment que ça n'arriverait jamais.

– Pourquoi donc ? s'enquit Cassandra.

– Parce que j'aime Conrad et je veux le récupérer, dis-je la voix chevrotante. Et ça n'arrivera pas tant que je n'aurai pas obtenu le pardon des siens. C'est la seule façon qu'il me donne une autre chance.

– C'est un plan idiot, dit Cassandra. Si tu crois vraiment que mon mari et moi allons balayer ça sous le tapis, tu te berces d'illusions. Mon fils est trop bien pour toi. Tu ne le mériteras jamais.

J'ai baissé les yeux, blessée par ses mots.

– Bébé, baisse d'un cran, lui murmura Mike.

– Non, s'énerva-t-elle. Si elle croit qu'elle aura une fin de conte de fées après ce qui s'est passé, elle se fourre le doigt dans l'œil jusqu'au coude. Tu as fait vivre l'enfer à Conrad. Tu l'as changé. Tu l'as détruit.

Mes yeux se sont embués malgré moi.

– Je sais… Je sais.

– Non, tu ne le sais pas, rétorqua-t-elle hargneuse. Il est tombé tellement bas. Il s'est perdu pendant très longtemps. Et depuis qu'il a retrouvé ses esprits, il est une version amoindrie de lui-même. Conrad n'est plus Conrad. Par ta faute. Alors ne me dis pas que tu aimes mon fils.

Les larmes me montaient toujours aux yeux.

– Je me déteste pour ce que j'ai fait…

– Et je te déteste, riposta-t-elle.

Mike a posé la main sur la sienne.

– Bébé.

Elle n'a pas semblé navrée.

– J'ai eu peur, dis-je en pleurs. J'ai été divorcée, et je ne voulais pas revivre ce cauchemar. Et quand j'ai recommencé à croire au mariage, mon père a divorcé de ma mère pour une femme deux fois plus jeune qu'elle. Je... je ne voulais pas vivre ça et j'ai paniqué. J'ai pris une décision idiote et j'aimerais pouvoir revenir en arrière. Je ferais n'importe quoi pour me racheter...

Les yeux de Mike se sont attendris de pitié.

Cassandra n'a pas réagi.

– Je ne mérite pas Conrad et je le sais, continuai-je en m'essuyant les yeux d'un revers de main. Mais je veux le retrouver plus que tout au monde. Et je sais qu'il m'aime encore. Même après tout ce temps, ses sentiments n'ont pas changé.

– Il ne t'aime plus, affirma Cassandra.

Elle ne le connaissait pas aussi bien que moi.

– Si, il m'aime. Il pourrait passer le reste de sa vie à essayer de m'oublier qu'il n'y arriverait pas. Et je ne pourrai jamais l'oublier. S'il avait vraiment tourné la page, je le laisserais partir. Mais je sais que ce n'est pas le cas.

J'ai relevé la tête, espérant voir une autre expression que l'hostilité.

Ils étaient stoïques.

– Alors pourquoi ne te reprend-il pas ? demanda-t-elle d'un ton méprisant. S'il t'aime vraiment ?

– Parce qu'il a peur — je le comprends. Et il ne me fait plus confiance. Il souffre encore de mon erreur. Une telle chose ne s'oublie pas de sitôt.

– Et tu crois que t'attirer nos bonnes grâces y changera quelque chose ? demanda Mike.

– Je sais que ça aiderait. Si tout le monde croit que je suis réellement désolée et que je l'aime, ça peut faire une différence.

– Tu n'obtiendras rien en nous léchant les bottes, dit Cassandra. On ne sera jamais de ton côté.

Mike lui a pris la main.

– Bébé, elle a compris.

Honnêtement, je m'attendais à ce qu'il soit le plus venimeux des deux. Il était très protecteur avec ses enfants. Il s'est tourné vers moi de nouveau.

– Mais Cassandra a raison. C'est les affaires de Conrad et nous n'interférerons pas, positivement ou négativement. On ne va pas se mouiller pour toi, Lexie. Désolé.

– Je veux seulement que vous croyiez que je suis désolée. J'aimerais vraiment pouvoir revenir en arrière. J'aime votre fils. Malgré ce que vous pensez... je l'aime de tout mon cœur.

Les sanglots ont jailli du fond de ma gorge et je n'ai pas pu les retenir. J'ai inspiré profondément pour les refouler, en vain. Gênée, je me suis couvert le visage et j'ai cédé aux larmes.

Mike s'est assis à côté de moi et il a enroulé le bras autour de mes épaules.

– Je te crois, Lexie.

J'espérais que Cassandra s'asseye de l'autre côté, mais elle ne l'a pas fait.

– Ça va aller, dit Mike en me frottant le dos.

J'ai fini par sécher mes pleurs et reprendre mon souffle. J'aurais aimé ne pas m'être effondrée devant ses parents, mais j'étais une bombe à retardement.

Cassandra n'éprouvait aucune sympathie. Son expression était aussi glaciale que tout à l'heure. Sans mot dire, elle s'est levée et elle est montée à l'étage, la tête haute. Je ne valais rien à ses yeux. J'étais un insecte à écraser.

Mike est resté avec moi.

– J'ai la réputation d'être un père surprotecteur. Mais Cassandra est bien pire que moi.

– J'ai remarqué, chuchotai-je.

Il s'était radouci, mais il n'était toujours pas aussi chaleureux qu'avant.

– Je maintiens ce que j'ai dit. Cassandra et moi n'allons pas influencer Conrad d'une façon ou d'une autre. C'est sa décision. Et tu as beau être désolée, n'oublie pas ce que tu as fait. Tu l'as traumatisé, Lexie. Je sais qu'il t'aime, mais parfois l'amour ne suffit pas.

Ce n'est pas ce que je voulais entendre. Je voulais des paroles optimistes, qu'il me dise que Conrad et moi allions surmonter les obstacles et nous retrouver malgré tout.

– S'il me pardonne, accepteras-tu sa décision ?

– J'accepterai n'importe quelle décision pourvu qu'il soit heureux. Cassandra, par contre... je n'en suis pas si sûr.

Elle m'abhorrait, et je savais que ce serait toujours le cas.

– Merci... d'être gentil avec moi. Je ne le mérite pas.

– Ça va. Je vois le remords dans tes yeux. Je sais que tu le regrettes vraiment. Et je ne suis pas rancunier.

– Alors, tu crois que j'ai une chance de retrouver Conrad ?

Il a haussé les épaules.

– Mon fils est l'un des célibataires les plus en vue du pays. Il est beau, brillant et il a un cœur d'or. Il pourrait avoir n'importe quelle fille, quelqu'un qui ne foutrait pas tout en l'air. Je pense qu'il mérite quelqu'un qui n'aurait pas attendre de faire une erreur aussi monumentale pour réaliser qu'elle l'aime vraiment. Mais je pense aussi que Conrad mérite d'être avec la femme qu'il aime. Si tu es cette femme... alors, oui.

J'ai parlé d'un filet de voix.

– Je suis cette femme.

– Alors, tu as ta réponse.

16

SKYE

Cayson a fini de pelleter la neige du porche de derrière, puis il a planté la pelle sur le côté. La zone autour du brasero était maintenant dégagée et prête à servir.

– Bébé, je ne sais pas si c'est une bonne idée... il fait vraiment froid.

– D'où l'intérêt du brasero.

J'étais emmitouflée dans une veste chaude.

– Je ne veux pas que tu tombes malade.

Il est venu à côté de moi, vêtu seulement d'un t-shirt et d'un jean. Le froid n'avait aucun effet sur lui. Sa respiration faisait de la vapeur, mais il semblait en pleine forme.

– Ça va aller, Cayson.

Il s'est toujours inquiété pour rien.

– N'oublie pas que tu as un petit là-dedans...

– Il est au chaud.

– Je vais m'assurer que vous ayez bien chaud tous les deux. Je vais aller chercher des couvertures supplémentaires.

Il s'est approché du brasero et a allumé le gaz. Puis il a posé les biscuits, le chocolat et les chamallows sur la table avec les piques en fer pour les faire griller.

– Je vais faire des margaritas pour réchauffer tout le monde.

– Des margaritas ? s'étonna-t-il. Il n'y a pas de glace dedans ?

– Mais l'alcool donne chaud.

– Crois-moi, les gars voudront un whisky ou de la bière, rien d'autre.

Une fois que tout était prêt, nos invités sont arrivés. Enveloppés dans des manteaux et des écharpes, ils nous ont rejoints sur le patio. Les flammes montaient haut et dégageaient assez de chaleur pour que tout le monde soit bien. Il y avait des amuse-gueules sur la table, et nous avons commencé à rôtir nos brochettes.

– T'as assez chaud bébé ? demanda Slade à Trinity, assise sur ses genoux.

– Ça va, dit-elle en piquant un chamallow et en le plaçant sur le feu. J'aime quand il est brun et croustillant.

Slade a continué de l'examiner comme s'il n'était pas sûr que son manteau et ses bottes suffisent. Puis il a ôté sa veste et a enveloppé sa femme dedans, restant en t-shirt.

– Slade, j'ai assez chaud, protesta Trinity.

Il a boutonné le devant, surtout au niveau du ventre.

– J'ai assez chaud aussi, alors garde-la.

J'ai souri en le regardant ; Slade avait tellement changé ces dernières années. Il était devenu attentionné et tendre, faisant toujours passer sa famille en premier.

Clémentine était assise à côté de Ward.

– Est-ce que Silke vient ?

Slade s'est tourné vers moi.

– Elle vient ?

– Je l'ai appelée, mais elle n'a pas répondu.

Je lui ai envoyé un texto aussi, sans plus de succès.

– Elle fait peut-être un truc avec Arsen ce soir, dit Slade. Et mes parents font du babysitting.

– J'espère pour eux qu'ils ne font pas un truc où on se gèle le cul, dit Clémentine en s'approchant de Ward pour se réchauffer.

Theo tenait Dee sur ses genoux. Elle n'avait d'yeux que pour lui et pressait les lèvres contre son oreille pour lui chuchoter des secrets. Puis ils pouffaient avant de s'embrasser. Même si leur relation était récente, ils avaient l'air d'être amoureux.

Roland et Heath étaient sur leur petit nuage eux aussi. Leurs alliances brillaient à la lueur du feu. Roland a retiré un chamallow chaud de la pique et l'a étalé sur la bouche de Heath.

Heath a souri, puis l'a léché.

– Alors les amis, vous vous mariez ce week-end. Nerveux ? demanda Slade.

– Nan, répondit Ward comme si cette idée ne faisait que le réjouir.

– Et toi ? demanda Slade à Clémentine.

– J'ai hâte d'en finir.

Ward lui a lancé un regard noir.

– Pour que tu puisses enfin te détendre, lui dit-elle en lui renvoyant son regard.

Nous avons tous ri de sa réponse.

Ward aussi — après un temps d'hésitation.

– T'as de la chance d'être belle et de m'avoir fait un beau bébé.

– Il me manque... gémit Clémentine, le visage contracté par l'émotion.

– On le retrouvera dans quelques heures, dit Ward.

– Comment va se dérouler le mariage ? s'enquit Trinity. Il y aura des demoiselles d'honneur et tout le bastringue ?

– Non. Ça va être très simple, juste un barbecue familial. Mais je porterai une belle robe. Ça, pour être belle, elle l'est.

Ward a niché le visage dans son cou.

– Tu vas être sublime, darling.

– Où allez-vous partir en lune de miel ? demanda Cayson.

Il a drapé une couverture sur une chaise pour que je m'y installe, puis il m'a enveloppée dedans si étroitement que je ne pouvais pas bouger les bras.

– En Jamaïque, répondit Ward en improvisant un hula.

– Le hula se danse à Hawaï, corrigea Slade.

– Peu importe. On dansera quand même le hula.

– Ward junior vous accompagne ? demandai-je.

– Non, soupira tristement Clémentine. Je ne sais pas comment je vais pouvoir vivre sans lui pendant une semaine.

– Mes parents vont le garder, dit Ward. Ils sont ravis de passer autant de temps avec lui à New York. Ils vont rester chez nous.

– C'est sympa, dis-je. Je suis sûre que ce sera un mariage magnifique.

– Je me fiche qu'il soit magnifique, dit Clémentine. L'important est qu'on soit tous ensemble.

Ward a souri, puis frotté le nez contre le sien.

Cayson se tenait à côté de moi, un bras sur mes épaules. Il tenait une bière dans l'autre main.

Slade s'est tourné vers Trinity.

– Tu te rappelles quand Sean et Scarlet ont renouvelé leurs vœux et que c'était super chiant ?

Trinity a lutté pour ne pas lever les yeux au ciel.

– Oui...

– Je veux le faire un jour, dit Slade en lui enlaçant la taille. Tu sais, dans quelques années.

Trinity l'a regardé avec les yeux de l'amour.

– Trop mignon...

Slade a haussé les épaules.

– N'en fais pas tout un plat.

Theo a toussé dans sa main.

– Chochotte.

– Ne traite pas notre guitariste de chochotte, dit Dee.

Theo a toussé de nouveau.

– Grosse chochotte.

– Ta gueule, aboya Slade. T'es mené à la baguette plus que moi.

Conrad est arrivé de l'intérieur de la maison. Il a dû passer par la porte de devant et nous trouver dehors.

– Salut.

Il tenait une bière et il avait l'air renfrogné, comme s'il était à moitié endormi.

Trinity l'a regardé d'un air triste, puis s'est levée des genoux de Slade pour l'embrasser.

– Salut, tu veux des chamallows rôtis ?

Conrad s'est immédiatement écarté d'elle.

– Non, c'est bon.

Il s'est assis à côté de Theo, mais n'a discuté avec personne.

Theo l'a regardé d'un air inquiet.

– C'est quoi le problème ? demandai-je à Trinity.

Elle a soupiré avant de me raconter l'histoire avec Lexie. Apparemment, elle voulait que Conrad revienne et avait débarqué plusieurs fois à l'improviste. Ses narines frémissaient comme si ça la mettait vraiment en rogne.

– Cette salope est revenue ? chuchotai-je.

Trinity a roulé les yeux.

– Elle pense qu'elle a une chance. Putain, jamais de la vie.

Mon sang s'est mis à bouillir rien qu'en y pensant. Lexie ne pouvait pas bousiller Conrad, puis s'excuser comme si de rien n'était. Ce que j'ai fait à Cayson était moche, mais il n'y avait pas de comparaison possible.

– Il ne va pas retourner avec elle, hein ?

– Non. Il est avec Carrie maintenant. Et je l'aime beaucoup.

– Moi aussi.

– Lexie finira par disparaître. Et si ce n'est pas le cas, je la ferais disparaître, crois-moi.

Conrad était comme mon frère, et je comprenais le côté protecteur de Trinity. C'était l'un des gars les plus gentils que je connaissais, hormis ces quatre derniers mois, et je ne resterais pas les bras croisés à regarder Lexie l'embobiner.

– Alors… comment ça va ? demanda Theo à Conrad.

Il a haussé les épaules et bu sa bière.

– Carrie et moi, on a rompu.

Trinity s'est immédiatement enflammée.

– T'as pas intérêt à retourner avec cette putain de salope. Je vais lui arracher les yeux et lui enfoncer dans le…

Slade a levé la main pour la faire taire.

– Du calme, bébé. Cool.

Trinity a croisé les bras sur sa poitrine et maugréé.

– Non, Lexie et moi on ne se remettra pas ensemble, dit Conrad d'une voix lasse. Mais Carrie est partie quand même.

Personne n'a posé de questions, ne sachant pas s'il avait envie de répondre.

– Je vais bien, déclara Conrad. Mais je ne veux pas parler de Lexie. Il n'y a rien à dire de toute façon.

Nous avons respecté sa requête et n'avons plus parlé d'elle. Mais l'ambiance s'est tendue. L'air était lourd de non-dits.

– Vous voulez jouer à un jeu ? demanda Slade.

– Non, dis-je immédiatement. On ne jouera pas au strip-poker.

– Beurk, dit Slade. Pourquoi je voudrais jouer à ça ? Tout le monde est moche ici à part Trinity.

Elle a biché.

– Et surtout on est cousins... ajouta Cayson en regardant Slade d'un air hésitant.

Slade ne l'a pas entendu.

– Deux vérités et un mensonge. Vous connaissez ce jeu ?

Cayson a opiné.

– Ouais.

Je n'y avais jamais joué.

– C'est quoi ?

– OK, voici la règle, expliqua Slade en se penchant en avant. Chacun dira deux vérités et un mensonge, et tout le monde devra deviner quel est le mensonge. Le but du jeu, c'est de piéger les autres. Alors quand vous inventez un bobard, faites-en un qui pourrait être vrai.

Fastoche.

– Je commence, déclara Slade en se frottant les mains.

– Ça ne m'étonne pas de toi, dit Theo sarcastique.

– La première fois qu'on m'a fait une pipe, j'avais douze ans.

Hum... vrai ou faux ? Comme c'est Slade, c'est crédible.

Il a levé deux doigts en l'air.

– Deuxième affirmation : j'ai piqué la caisse de mon père quand j'avais onze ans pour aller rejoindre des étudiantes dans une fête.

Ça ressemblait aussi à une chose que Slade ferait. J'ai échangé un regard avec Cayson, et son expression m'a indiqué qu'il ignorait si c'était vrai ou faux.

– Et dernière affirmation, dit Slade en levant trois doigts. Quand j'avais seize ans, un agent artistique m'a arrêté sur le trottoir et dit que je devrais faire du cinéma. Je ne l'ai jamais appelé parce que je lui ai déclaré que j'allais devenir rock star.

Merde, elles sont toutes crédibles.

– Alors, d'après vous ? demanda-t-il. Laquelle est un mensonge ? Vous devez vous concerter et décider en groupe.

Nous nous sommes tous tournés vers Trinity pour avoir la réponse.

Elle a haussé les épaules.

– Honnêtement, je n'en sais rien.

– Je me suis fait sucer pour la première fois à treize ans, alors à douze ans pour Slade, c'est possible, dit Conrad.

– Et je sais que Slade n'a rien contre le vol de voiture, déclara Cayson en croisant les bras.

– Slade a été abordé par des agents de mannequins lors de mon défilé de mode, dit Trinity.

On est donc de retour au point de départ.

Roland s'est gratté la tête.

– Pourquoi des étudiantes voudraient-elles faire la fête avec un môme de onze ans ?

– C'est vrai, acquiesça Heath.

– Et Slade est un beau mec alors ça ne m'étonnerait pas qu'un agent le remarque, dit Clémentine. Et il s'est probablement fait sucer à la seconde où sa bite a commencé à durcir.

– On part donc sur le vol de voiture ? déduisit Conrad.

– Ouais, confirma Theo. Je pense que c'est le bobard.

Slade nous a tous regardés.

– C'est votre dernier mot ?

– Ouais, dis-je.

Il a secoué la tête.

– Nan. Vous vous trompez.

– Quoi ? glapit Trinity. T'as vraiment fait la tête avec des étudiantes quand tu avais onze ans ?

– Hé, se défendit Slade. J'étais grand pour onze ans. Elles ont cru que j'en avais quatorze.

– C'était des thons ? demanda Cayson.

– Nan, elles étaient chaudes...

Slade a réalisé sa gaffe et jeté un coup d'œil à Trinity.

– Je veux dire, chaude... ment emmitouflées et... grosses.

Trinity a esquissé un sourire.

– Alors quel est le mensonge ? demanda Cayson.

Slade a haussé les épaules.

– Vous n'avez pas trouvé, alors je ne suis pas obligé de vous le dire.

– Ça veut dire qu'il n'a pas eu de pipe, dit Conrad. Et que cet agent l'a bien abordé dans la rue.

Slade n'a pas répondu.

– C'est ce qui semble le plus logique, dit Clémentine.

Nous nous sommes tournés vers Slade pour avoir la réponse.

Il s'est retenu d'éclater de rire.

– Encore faux.

– Hein ? s'étonna Trinity. Personne ne t'a proposé de faire du cinéma ?

– Bien sûr que non ! C'était pourtant facile. Je n'arrive pas à croire que vous n'avez pas trouvé. Vous êtes tous nuls… sauf ma femme, évidemment.

Trinity a souri de nouveau.

Slade a fait un signe à Cayson.

– À toi.

– Je n'ai pas dit que je jouais.

– Ne fais pas ta pute et joue, dit Slade.

J'ai roulé les yeux.

– Une façon très subtile de convaincre quelqu'un, Slade.

– On s'en fout, dit-il en prenant une autre bière. Je l'ai fait, donc il doit le faire aussi.

– Laisse-moi réfléchir.

Le regard de Cayson s'est perdu au loin comme s'il réfléchissait.

– C'est bon, je l'ai. Première affirmation : la première fois que j'ai vu les nichons d'une fille, c'est quand je suis allé à l'infirmerie au lycée et que l'infirmière m'a fait des avances.

C'est vrai ?

– Deuxième affirmation : le premier jour à l'université, je suis allé à mon premier cours. Psychologie 101. Mais au bout de quelques minutes, j'ai réalisé que j'étais dans un cours de dessin de nu. Je suis resté jusqu'à la fin parce que la modèle était mignonne.

J'ai essayé de ne pas être jalouse.

– Et après le cours, on a couché ensemble, précisa-t-il en prenant une bière. Affirmation numéro trois : quand le labo de chimie du lycée a pris feu, c'était moi le responsable... mais je ne l'ai jamais dit à personne.

Slade s'est frotté le menton.

– Merde... c'est dur. Je ne sais vraiment pas laquelle est un mensonge. Tu le sais toi ? dit-il en se tournant vers moi.

– Pas du tout. Tout pourrait être vrai.

– Je n'avais pas réalisé que tu niquais autant, Cayson, dit Roland.

Cayson a haussé les épaules.

– Je ne suis pas du genre à m'en vanter.

– Je n'imagine pas Cayson provoquer un incendie dans un labo, dit Clémentine.

– Mais il est super intelligent et sans doute en train de nous berner, dit Conrad.

Cayson a gardé un visage impassible.

– Allez, Skye, m'interpella Slade. Tu devrais connaître la réponse.

– Trinity ne connaissait pas la tienne, rétorquai-je.

– Je pense que c'est l'histoire de l'infirmière, dit Theo. Je ne vois pas Cayson coucher avec une responsable au lycée.

Slade a claqué des doigts.

– C'est vrai.

– Bien vu, dit Trinity. Cayson est trop fayot pour ça.

– On est tous d'accord ? s'enquit Roland. C'est le cours de dessin ?

– Ouais, dit Slade. Je pense que c'est des bobards.

J'espère que c'est des bobards.

Cayson a balayé le cercle du regard.

– C'est votre dernier mot ?

– Oui, confirma Theo.

Cayson a secoué la tête.

– Vous vous trompez. C'est vrai.

– Quoi ? glapis-je. Tu as vraiment fait ça ?

Cayson a opiné.

– T'as vraiment couché avec un modèle de nu ? s'émerveilla Slade. C'est de la balle.

Cayson a avalé une gorgée de bière.

– Alors quel est le mensonge ? demanda Conrad.

– L'histoire de l'infirmière ? avança Theo.

– Merde, dit Slade. Il nous a bien eus. Le coup de l'incendie est le mensonge en fait. Il savait qu'on penserait qu'il essayait de nous rouler.

– Quel nase, siffla Clémentine.

– C'est le mensonge ? glapit Slade. L'histoire de l'incendie ?

– Ouaip, confirma Cayson. Comme si j'avais fait un truc pareil. Vous êtes tellement naïfs.

– Hé, m'offusquai-je.

Il m'a embrassée sur le front.

– Sauf toi.

Ça m'a fait fondre comme du beurre.

– À toi, bébé, dit Slade à Trinity.

– OK, je suis prête. Voici les trois affirmations : la première fois que je me suis fait peloter, j'avais quatorze ans. La première fois que j'ai sucé un mec, j'avais seize ans et c'était dans le vestiaire des hommes. J'ai essayé d'avaler, mais ça m'a fait gerber. Et enfin, quand le proviseur Snyder m'a convoquée dans son bureau pour discuter du premier et seul B de ma vie, il a posé la main sur ma cuisse et a essayé de remonter ma jupe. Alors, quel est le mensonge ?

Je n'en suis pas sûre.

Slade avait l'air furax. Ses narines étaient évasées et on aurait dit qu'il voulait arracher le brasero et le jeter dans l'océan.

– Ce jeu est nase. On n'y joue plus. C'est fini.

Trinity a roulé les yeux.

– Du calme, vieux, dit Conrad. Tu sais que Trinity a eu d'autres mecs avant toi.

– Eh bien, je ne veux pas en entendre parler. Je ne veux pas savoir quel est le mensonge. Alors, faisons griller des chamallows et taisons-nous.

Il a avalé une grande gorgée de bière.

Conrad a secoué la tête.

– Quelle mauviette...

– Ta gueule ! Quand tu te marieras, tu comprendras. En attendant, ferme-la.

Sa gaffe monumentale nous a tous fait tressaillir.

Conrad a soutenu son regard sans réagir, mais nous savions tous que Slade avait vraiment loupé l'occasion de se taire.

Il a fini par réaliser sa bourde en sentant la tension dans l'air.

– Ce n'est pas ce que je voulais dire… je n'aurais pas dû dire ça. Excuse-moi.

Conrad a posé sa bière sur la table et est rentré dans la maison. Personne ne lui a couru après, car nous savions qui voulait être seul. Nous avons tous regardé Slade d'un air outré.

Il s'est passé les doigts dans les cheveux.

– Désolé, dit-il. J'ai parlé sans réfléchir.

– Ouais, tu n'as même pas réfléchi du tout, le tança Theo.

Nous n'avons pas débarrassé après le départ de tout le monde parce que nous étions trop fatigués. Nous avons décidé de tout ranger dans la matinée, quand il ferait jour. J'étais prête pour aller au lit, mais mon cerveau ruminait grave.

– Tu t'es amusée ? demanda Cayson en se déshabillant pour se coucher.

– Ouais.

J'ai tiré sur ma chemise de nuit, puis je me suis glissée sous les draps.

– Moi aussi. J'espère juste que Conrad va bien, dit-il.

– Il va bien, seulement il va lui falloir un peu de temps pour se remettre de ce qui s'est passé.

Cayson a éteint la lampe de son côté, puis m'a rejointe au lit.

Je n'étais pas d'humeur à faire l'amour, et je savais pourquoi. Je n'arrêtais pas de penser à la fille du cours de dessin. J'étais jalouse d'un fait qui s'était produit dans le passé, ce qui était totalement stupide.

Cayson s'est approché de moi et a commencé à m'embrasser le cou et les épaules.

Je ne pouvais pas m'y résoudre.

– Pas ce soir, je suis crevée.

Cayson a tressailli comme si je l'avais giflé. Il a sondé mon regard dans la pénombre comme s'il ne me croyait pas.

– Qu'est-ce que tu as dit ?

– J'ai sommeil.

J'ai tiré la couette jusqu'au menton.

– Depuis qu'on est ensemble, tu n'as jamais dit ça. Qu'est-ce qui ne va pas ?

– Rien du tout.

Je ne voulais pas l'avouer tellement c'était stupide.

Il a insisté.

– Skye, j'ai travaillé toute la journée, puis j'ai dégagé la neige dans la cour pour que tout le monde puisse s'installer. Je suis allé au supermarché acheter la bière et la bouffe. Alors tu vas faire l'amour avec moi que ça te plaise ou non.

Je détestais quand il était autoritaire, mais ça m'allumait. Je trouvais excitant qu'il me donne des ordres.

– Ou alors, tu me dis ce qui te contrarie.

Je me suis tournée de l'autre côté.

– Un truc bête.

– Si c'est bête, alors pourquoi tu es énervée ?

– J'en sais rien... ce qui est encore plus bête.

Il m'a saisie par le bras et m'a retournée.

– Parle-moi. Tu ne m'as jamais rien caché avant.

– Ben, en général, je ne m'énerve pas pour des bêtises.

– Dis-moi, c'est tout.

Il a pressé son corps contre le mien et m'a regardé dans les yeux.

– Je suis... jalouse.

– Jalouse ?

– De cette fille du cours de dessin. Le modèle nu avec qui tu as couché.

Au lieu de se fâcher, Cayson a failli éclater de rire.

– Sérieux ? T'es jalouse d'un truc qui s'est produit il y a six ans ? Avant même que tu me remarques ?

– Je t'ai dit que c'était bête.

– Skye, on est mariés. De quoi es-tu jalouse ?

– Je ne sais pas... J'imagine cette fille exotique et audacieuse, qui se laisse peindre nue par des inconnus. Je n'ai jamais été libre comme ça.

– Tu penses que je voudrais que tu sois comme ça ? demanda-t-il avec un sourire amusé. C'est le genre de fille avec laquelle on s'amuse pour avoir une expérience. Pas le genre de fille qu'on épouse.

– Eh bien, je veux être le genre de fille avec qui on s'amuse parce que...

Il m'a enlacée, ses lèvres frôlant les miennes.

– Crois-moi, il n'y a pas de comparaison possible. Je ne me souviens même pas de son nom. Mais je n'oublierai jamais le tien, Skye Preston, murmura-t-il en m'embrassant doucement sur la bouche. Ne sois pas jalouse d'anciennes aventures insignifiantes. Je t'ai épousée parce que tu es la seule femme avec qui je peux vivre. Tu es plus précieuse que n'importe quelle autre fille au monde. Alors, ne sois pas jalouse.

Difficile de lui en vouloir encore après ces mots doux. J'ai passé un bras autour de son cou et j'ai effleuré ses lèvres.

– Je sais que tu as eu des mecs, mais je n'y pense pas. Ils me détestent tous parce que je t'ai épousée. Je suis le seul à pouvoir te garder, dit-il en remontant ma chemise de nuit pour m'embrasser le ventre. Je suis le seul à fonder une famille avec toi.

J'ai glissé les doigts dans ses cheveux et j'ai senti mon entrejambe s'enflammer. Plus ma grossesse approchait du terme, plus mes hormones s'affolaient. J'avais tout le temps envie de Cayson, et le moindre contact m'allumait. J'étais toujours mouillée pour lui, sans aucun attouchement.

Il s'est hissé sur moi et m'a pénétrée de sa longue queue épaisse. C'était bon chaque fois. Au lieu d'être embarrassée par mon ventre, je me sentais belle avec Cayson. Il n'a jamais montré le moindre signe de désagrément à ce sujet. En fait, il semblait encore plus attiré par moi.

– J'ai hâte que notre fils vienne au monde, dit-il en s'enfonçant lentement en moi. Puis, je te remettrai direct en cloque.

L'idée qu'il me mette enceinte m'a excitée. J'ai senti mon entrejambe dégouliner de cyprine. J'ai posé la main sur son torse, caressé ses puissants pectoraux.

Je lui ai agrippé le cul pour l'enfoncer plus loin en moi.

– Oui... je veux un autre bébé, gémis-je. Et un autre après ça.

J'AI INVITÉ MES PARENTS À DÎNER, ET J'APPRÉHENDAIS UN PEU CE QUI allait se passer. Cayson prétendait s'être réconcilié avec mon père, mais l'avait-il vraiment fait ? L'ambiance serait-elle tendue à table ? Stressais-je pour rien ?

Cayson est rentré à la maison juste après dix-sept heures, comme d'habitude.

– Salut, bébé. Ça sent bon.

– Steak et patates.

– Oh... miam, dit-il en m'enlaçant et m'embrassant. J'ai vu Laura aujourd'hui. On avait une réunion, puis elle est partie. On ne s'est rien dit d'autre.

Il m'informait chaque fois qu'une rencontre se produisait. Je ne lui posais pas de question, mais je voulais savoir quand il la voyait.

– D'accord.

Il a frotté son nez contre le mien.

– Je vais prendre une douche avant le dîner.

– J'aime bien quand tu sens la transpiration.

– Je sais, s'esclaffa-t-il.

Il m'a embrassée à la commissure des lèvres avant de s'éloigner.

– Mes parents viennent dîner.

– Oh... alors je me dépêche.

Ça n'a pas eu l'air de le perturber.

Je me suis attablée avec mes parents tandis qu'ils goûtaient le vin.

– Il est bon, dit maman. Où l'as-tu trouvé ?

– Dans la réserve. Je pense que c'était un cadeau de mariage.

J'ai siroté mon jus de pomme ; l'amertume du vin rouge me manquait.

Papa m'a souri d'un air entendu.

– Encore quelques semaines et tu pourras boire autant que tu veux.

– Elle ne pourra pas boire autant qu'elle veut, dit maman. Elle a un fils à élever.

– Toi et moi on buvait comme des trous et les enfants ont bien tourné, la taquina papa.

Maman a levé les yeux au ciel, mais elle a souri en même temps.

– Comment se passe la fin de ta grossesse ? demanda papa.

– J'ai de plus en plus de mal à me déplacer. Je me dandine lourdement et je grignote des gâteaux toute la journée. Chaque fois que Cayson rentre, la boîte est vide.

– Je mangeais beaucoup de sucreries quand j'étais enceinte, dit maman.

– Au moins, je ne suis pas la seule à être gourmande dans la famille.

– Excitée par le mariage ce week-end ? demanda papa.

– Super excitée. Je suis heureuse qu'ils se passent enfin la bague au doigt.

– Cortland est ravi, dit papa en avalant une autre gorgée de vin.

J'étais contente que mon père et mon beau-père s'entendent de nouveau. Ils avaient été amis depuis aussi loin que remontaient mes souvenirs.

Cayson est finalement entré dans la cuisine, les cheveux humides.

– Désolé d'avoir été si long. Je voulais être sûr de ne pas puer pendant le dîner.

Maman a pouffé.

– On apprécie ta prévenance, dit-elle en se levant pour lui faire la bise. Merci de nous recevoir.

– Merci d'être venus.

Puis Cayson a salué mon père. Il y a eu un instant de gêne tandis qu'ils se regardaient. Cayson a semblé se rappeler toute la peine que mon père lui avait causée. Mais la gêne a vite disparu, remplacée par l'affection nouvelle qu'ils avaient forgée ensemble. Ils se sont étreints.

– Merci pour ton hospitalité, dit papa. Ce vin est excellent.

– Je vais devoir te croire sur parole.

Cayson a pris le siège à côté de moi, mais il ne s'est pas servi de vin. Il ne buvait que dans les soirées entre amis, pas avec sa famille ou moi.

– Comment s'est passée ta journée ? s'enquit maman.

– Bien remplie, comme toujours.

Cayson a coupé sa viande et commencé à manger sans attendre.

– C'est bon bébé, merci.

– De rien.

J'ai senti mes joues rougir, je ne savais pas pourquoi.

– Une flambée de virus à surveiller ? s'enquit papa.

– Pas aux États-Unis.

Cayson ne parlait pas la bouche pleine, mais dès qu'il a fini sa phrase, il a pris une nouvelle bouchée.

– Demain, je vais jouer au golf avec des amis, dit papa. Tu veux venir avec moi ?

– Avec plaisir. À condition que tu ne sois pas mauvais perdant quand je te bats.

J'ai souri parce que tout me semblait à nouveau normal.

Papa a ri.

– Garde tes provocations pour le green.

Maman a souri pour la même raison en échangeant un regard complice avec moi.

La terre tournait de nouveau dans le bon sens et tout était redevenu comme avant. Nous formions une seule grande famille et mon mari ne détestait plus mon père. Nous n'avions pas dîné ensemble depuis si longtemps que j'appréciais vraiment ce moment.

Je ne tiendrai plus jamais ces petits bonheurs pour acquis.

17

ARSEN

Une semaine s'est écoulée sans que je parle à Silke. Je suis allé au musée tous les jours en espérant la croiser à sa sortie du boulot, mais elle n'était jamais là. Je l'ai appelée plusieurs fois par jour aussi, mais elle n'a jamais répondu.

Abby m'a été rendue et à mon grand soulagement, elle ne semblait pas avoir remarqué que quelque chose clochait. Silke, Ryan et Janice avaient joué le jeu et fait comme si tout allait bien. Quand il l'a déposée chez moi, Ryan affichait toujours le même regard déçu.

– Je te surveillerai.

– Je n'ai pas bu.

Je n'avais fait que me morfondre et penser à comment j'allais me sortir de ce merdier. Je dormais et mangeais à peine.

– Je passerai quand même, dit-il avant de se retourner pour partir.

Je me suis avancé vers lui.

– Ryan, attends.

Il s'est retourné et m'a lancé un regard vide.

– Comment elle va ? demandai-je.

– Bien.

Il n'allait pas me donner plus de détails.

– Ryan, s'il te plaît.

– À ton avis ? rétorqua-t-il froidement. Elle est profondément malheureuse.

– Pas autant que moi.

Ryan s'est retourné et est sorti.

– S'il te plaît, laisse-moi lui parler.

– Laisse-la tranquille, Arsen.

– Elle n'est pas allée travailler.

– Elle bosse de la maison, répondit-il d'une voix blasée. Parce qu'elle sait que tu te pointeras au musée.

J'avais besoin de cinq minutes pour m'expliquer — seulement cinq minutes.

– Ryan, je l'aime. Laisse-moi lui parler, s'il te plaît.

Il m'a toisé.

– Si ma fille ne veut pas te parler, alors elle ne veut pas te parler. Cesse de me harceler avec ça.

Il a descendu les marches et s'est dirigé vers le trottoir.

Je me suis adossé au chambranle en me retenant de hurler. Ma vie s'écroulait et je ne pouvais rien y faire.

JE ME LANGUISSAIS DE LUI PARLER. JE CRAIGNAIS D'ATTENDRE TROP longtemps et qu'il soit trop tard. Et si elle m'oubliait et qu'elle commençait à sortir avec un autre ? Et si elle me détestait au point de ne jamais me pardonner ?

C'était mal et je savais que Ryan allait me tuer pour ça, mais ça m'était égal. J'ai crocheté le verrou de sa serrure jusqu'à ce qu'il cède. La porte s'est entrouverte, mais une chaîne m'empêchait d'entrer. J'ai sorti une paire de pinces et je l'ai coupée. La porte s'est ouverte en grinçant.

J'ai immédiatement cherché Silke des yeux en entrant. Je l'ai vite repérée à la table de la cuisine, l'air anormalement mince et maladive. Elle avait les joues creuses et le regard éteint.

Nous nous sommes fixés en silence pendant un moment.

Son laptop était ouvert devant elle et de la paperasse était éparpillée autour. Elle travaillait sans doute, et mon intrusion l'avait interrompue. Elle ne semblait pas heureuse de me voir. Bien au contraire.

– Mon père ne sera pas très heureux de voir ce que tu as fait.

– Mais il comprendra pourquoi je l'ai fait.

Je me suis approché de la table, doucement pour ne pas l'effrayer.

Elle m'a scruté attentivement.

– Silke, laisse-moi t'expliquer.

– M'expliquer quoi ? dit-elle d'une voix lasse, comme si cette conversation ne lui faisait ni chaud ni froid.

– La semaine dernière. Ce n'est pas ce que tu crois.

– Non, c'est exactement ce que je pense, dit-elle froidement. Tu es rentré ivre mort. Je doute que tu t'en souviennes.

Elle avait raison. La majeure partie de la soirée m'échappait.

– J'ai fait une erreur et ça n'arrivera plus. Quand je suis allé dîner avec Levi, il m'a tenu responsable de la mort de maman. Il m'a fait sentir comme une merde et...

– Et il t'a forcé à boire au point de tenir à peine debout ? répliqua-t-elle.

– Non... mais j'ai sombré dans les ténèbres. C'était une connerie, et ça n'arrivera plus jamais.

– Tu aurais pu m'appeler. Tu aurais pu appeler Ryan. Tu aurais pu demander l'aide de tellement de gens. Mais non, Arsen. Tu as pris ta décision. Je t'ai donné trois chances de te reprendre en main, mais tu les as toutes grillées. Je t'ai averti. T'aurais peut-être dû me croire.

– Silke, dis-je en m'asseyant à côté d'elle. Je m'excuserai mille fois s'il le faut. Je ferai une thérapie pour régler mes problèmes émotionnels. J'irai à des rencontres d'alcooliques anonymes pour la picole. Je ferai absolument tout ce que tu veux pour me racheter.

Je n'avais pas trop d'orgueil pour l'implorer à genoux. J'avais perdu la femme la plus extraordinaire du monde. Je devais la récupérer — à tout prix.

– Ça aurait été utile avant ton dernier épisode.

– Silke, je t'en prie, dis-je en lui prenant la main et la pressant. Je t'aime et tu m'aimes. On peut surmonter cet obstacle. Tu n'as qu'à me donner une autre chance. Une seule.

– Je t'ai déjà donné une dernière chance, dit-elle tout bas. Tu avais promis de ne plus me faire de mal, mais tu l'as quand même fait.

– Et je m'en excuse profondément, dis-je doucement, même si j'avais envie de hurler à pleins poumons. Mais il m'est arrivé des trucs dingues. Ma mère est revenue dans ma vie, puis elle est morte du cancer. Silke, sois compréhensive.

– Je l'ai été. J'ai été très compréhensive.

J'ai porté sa main à mon cœur.

– Sois-le un peu plus. Je t'en supplie, dis-je en soutenant son regard. Je suis là et je suis prêt à tout pour te rendre heureuse. Tu dois me croire.

– Je t'ai donné une dernière chance. Tu aurais dû me croire.

Ses mots étaient glacials, sans le moindre signe de chaleur. Je l'avais poussée trop loin. Je ne pouvais pas l'atteindre là où elle était maintenant.

– Je sais que je t'ai fait du mal. Je m'en veux à mort pour ça. J'ai traversé une sale période, mais c'est fini maintenant. Je suis là et je suis prêt. Prêt à être l'homme que tu mérites. Bébé, s'il te plaît.

Elle a retiré sa main.

– Je suis désolée, Arsen. Je ne te fais pas confiance.

Mon sang n'a fait qu'un tour.

– J'arrangerai les choses. Donne-moi du temps.

– Puis tu foutras tout en l'air encore, s'énerva-t-elle. Au début, je pensais que ton comportement était inhabituel. Puis j'ai réalisé que c'était compulsif. Quoi que papa et moi fassions pour toi, tu nous repousseras. Tu t'isoleras pour t'apitoyer sur ton sort. Arsen, j'ai mes problèmes. Je ne peux pas m'occuper de tes émotions quand t'es constamment à fleur de peau. Je ne peux pas profiter de nos bons moments en sachant qu'une crise peut surgir n'importe quand. La prochaine fois qu'on aura des ennuis, tu me repousseras comme tu le fais toujours.

Elle s'est levée de table et éloignée.

– Peu importe à quel point je t'aime. Peu importe qu'on soit des âmes sœurs. Je ne peux plus endurer ce supplice, et je dois trouver un homme sur lequel je peux compter.

Elle a croisé les bras et reculé davantage. La douleur brûlait dans ses yeux, et les larmes les faisaient luire.

C'est la cata. Oh putain, c'est la cata.

– Tu as raison, Silke. C'est ce que tu mérites.

Elle m'a regardé curieusement.

– Et je serai cet homme, continuai-je. Je te donne ma parole.

– Tu m'as donné ta parole la dernière fois.

Elle n'allait pas démordre.

– Silke, je t'en supplie. Je ne peux pas vivre sans toi. Et je sais que tu ne peux pas vivre sans moi non plus. Arrangeons les choses ensemble. Je ferai tout ce que tu me demandes. Je me casserai le cul pour te rendre heureuse. Crois-moi, s'il te plaît.

– Peu importe que je te croie ou pas.

Pourquoi a-t-il fallu que je boive ce whisky ? Pourquoi a-t-il fallu que je sorte avec Levi ?

– Silke, je ne suis pas parfait. Je n'ai jamais dit que je l'étais. Perdre ma mère m'a profondément ébranlé. Je reconnais que j'aurais pu mieux gérer mes émotions, mais s'il te plaît, aie un peu de compassion.

Ça n'a fait qu'attiser sa colère.

– Tu avais toute ma compassion, Arsen. T'aurais pu être déprimé pendant des années et j'aurais compris. S'il y avait des moments où tu n'avais pas envie de parler, je l'aurais accepté. Mais ce n'est pas ce qui s'est passé. Tu m'as rejetée et t'as trouvé du réconfort dans une bouteille de whisky. Tu t'es transformé en monstre et tu m'as dit des choses impardonnables. Tu as négligé ta fille. C'est inacceptable, peu importe à quel point tu souffres.

– Je sais, m'empressai-je de dire. Mais ça n'arrivera plus. J'ai appris la leçon.

– Pourquoi j'ai dû t'apprendre cette leçon ? Pourquoi toutes ces erreurs ?

– Tu en fais aussi, me défendis-je. T'as pété un plomb à cause de l'institutrice d'Abby alors qu'il ne se passait rien entre elle et moi. Tu ne m'as pas fait confiance et t'as fait une montagne d'une taupinière. T'as été puérile, mais je ne t'en ai pas tenu rigueur parce qu'on sait tous les deux que t'es la seule femme pour moi. Et je suis le seul homme pour toi. T'as beau essayer de me larguer et me repousser, ça ne durera pas. Tu m'aimes moi, seulement moi.

Elle était toujours stoïque, voilant ses pensées.

– Ça n'arrivera plus, Silke, répétai-je.

– Donc si je comprends bien, tu me dis que je devrais supporter tes conneries parce que je t'aime à la folie ?

Les flammes dansaient dans ses yeux.

– Non, ce n'est pas ce que je dis, répondis-je en levant les mains. J'ai été idiot et irresponsable, mais je ne répéterai plus ces erreurs. Tu as le droit de m'en vouloir. C'est parfaitement légitime. Mais je serai différent dorénavant.

Pendant un instant, j'ai cru voir son regard s'adoucir. Ses yeux n'étaient plus embrasés, son corps s'est détendu. Puis la colère est revenue au galop.

– Je t'ai donné trois chances. Et tu les as toutes gâchées.

Pourquoi était-elle aussi à cheval là-dessus ?

– Silke, les relations ne fonctionnent pas comme ça. On ne peut pas donner trois chances à quelqu'un, puis le mettre au rancart.

– Je crois que tu ne comprends pas l'ampleur des conneries que tu m'as fait endurer. Arsen, je ne te fais plus confiance. Avant, je te voyais comme quelqu'un qui ne me ferait jamais de mal. Maintenant, je vis dans la peur constante de ta prochaine crise. C'est intenable.

Je ne pouvais pas la perdre. Je ne le pouvais tout simplement pas. Silke était la seule femme que j'aie aimée, et je savais que ça ne changerait jamais. Je passerais le restant de ma vie dans la solitude. Abby n'aurait jamais de belle-mère et je n'aurais jamais personne avec qui partager ma vie.

– Je regagnerai ta confiance, affirmai-je.

Elle a levé les bras en l'air, exaspérée.

– Arsen, ça ne marchera jamais entre nous. Tu te rappelles quand t'es allé en taule et que tu m'as dit de partir ? Ou l'alcool t'a fait oublier ?

J'ai baissé les yeux, honteux.

– C'est fini, Arsen. Va-t'en.

J'ai essayé de ne pas paniquer.

– Ça ne sera jamais fini.

– Oh si, rugit-elle en tapant du pied. Je ne changerai pas d'avis, alors pars.

Je n'acceptais pas cette décision.

– Je ne partirai jamais. Je ne baisserai jamais les bras.

Là, on aurait dit qu'elle voulait me frapper.

– Je serai toujours là pour Abby si elle a besoin de moi. Ryan sera toujours là pour toi. Si c'est ce qui t'inquiète, ne t'en fais pas. Notre rupture ne change rien à ça.

– Il n'y a pas de rupture.

Je savais que j'avais merdé grave et que je ne la méritais pas, mais je l'aimais de tout mon être. Silke était mon âme sœur.

– Ma Belle, tu es à moi et je suis à toi. Tu peux me repousser pour prendre du temps pour toi, mais ça ne change rien à notre relation. On s'en sortira.

Elle a secoué la tête lentement.

– Arsen, quand quelqu'un dit que c'est fini, c'est fini.

– Pas avec nous.

Elle s'est mise à faire les cent pas, trop fâchée pour rester immobile.

– J'ai envie de te buter en ce moment.

Je me suis rapproché, gardant les bras à mes flancs.

– Cogne-moi. Frappe-moi. Gifle-moi. Tout ce qui te fera du bien. Je te jure que rien ne peut me blesser plus que le mal que je me suis fait moi-même.

Elle s'est arrêtée de marcher, mais elle ne s'est pas approchée de moi.

– Je le mérite pour la façon dont je t'ai traitée, insistai-je.

Mais Silke n'oserait pas me toucher. Elle était trop bonne et aimante pour ça.

– Va-t'en.

Je suis resté figé sur place.

– Sors ou j'appelle mon père.

Je ne voulais pas décevoir Ryan encore plus.

– Tu sais où me trouver.

– Ne reviens pas, Arsen.

Penaud, je suis retourné vers la porte en tentant de ne pas m'effondrer. J'étais rempli de haine et de mépris envers moi-même. Si je perdais Silke pour toujours, je ne me le pardonnais jamais. Elle semblait déterminée à me larguer, alors comment allais-je la convaincre de rester ?

– Dégage !

Je me suis forcé à sortir de l'appart et fermer la porte derrière moi. Mais dès que je me suis retrouvé seul dans le couloir, j'ai été paumé. J'ignorais où j'étais et qui j'étais.

Je suis foutu.

18
———

CONRAD

Après un entraînement intense à la salle de sport, je suis rentré chez moi. Apollo avait besoin de sortir et moi de manger. J'étais d'humeur grincheuse depuis la soirée autour du feu chez Skye. Les paroles de Slade avaient réveillé une vieille blessure. Je ne lui en voulais pas de les avoir dites. À l'évidence, il ne l'a pas fait exprès.

Mais je me sens mal quand même.

J'ai pris l'ascenseur jusqu'à mon étage et je suis sorti dans le couloir. Je portais mon sac de sport sur l'épaule et mes muscles étaient endoloris par la séance d'haltères. Je marchais en regardant mes pieds et ce n'est qu'en arrivant devant ma porte que je l'ai vue.

Lexie était assise par terre, un plat sur les genoux. Elle a levé des yeux hésitants vers moi, comme si elle avait peur que sa présence ne réveille ma colère.

Je l'ai fixée d'un regard vide, ignorant pourquoi elle était là. Je ne savais même pas quoi lui dire.

Elle s'est relevée lentement, tenant toujours le plat.

– Trinity a fait tomber les lasagnes la dernière fois, alors tu ne les as pas mangées. J'ai pensé que je pourrais t'en apporter pour me racheter...

Je suis resté sans voix à la fixer.

– Elles sont encore chaudes...

Mon regard vide la rendait nerveuse ; elle ne savait pas quoi faire ni quoi dire.

J'ai maté le plat, ne sachant quoi faire.

Une longue minute de silence s'est écoulée, semblant se prolonger indéfiniment.

– Euh...

Lexie était de plus en plus mal à l'aise.

– Ben, merci.

Je ne savais pas quoi dire d'autre. J'ai sorti les clés de ma poche et ouvert la porte.

Elle est restée plantée dans le couloir.

Je suis entré et j'ai laissé tomber mon sac au sol. Puis je lui ai pris le plat des mains.

– Merci. Je les mangerai plus tard.

Elle n'a pas franchi le seuil, mais elle n'est pas partie non plus.

En fait, elle n'a pas bougé.

– Passe une bonne soirée.

J'ai saisi la poignée pour refermer la porte.

– Je peux dîner avec toi ?

Est-ce pour cela qu'elle m'a cuisiné un plat ? Une ruse pour passer du temps avec moi ? Manifestement, elle n'allait pas renoncer — jamais.

– Si tu veux.

J'en avais marre de la repousser. J'avais beau la jeter, elle revenait comme un boomerang.

Elle s'est précipitée dans l'appartement presque en courant, puis elle a commencé à mettre la table.

Je l'ai observée, remarquant à quel point la scène me semblait familière. J'avais rêvé de ce moment banal des centaines de fois. C'était bizarre de le voir se réaliser.

– Je vais prendre une douche.

– D'accord, dit-elle joyeusement. Je vais passer les lasagnes au four pour qu'elles soient bien chaudes.

Je me suis dirigé vers la salle de bain et je suis entré sous la douche. Une fois sous l'eau, j'ai pensé au fait que Lexie était dans mon appartement, sur le point de dîner avec moi. J'avais beau lui demander de me laisser tranquille, elle n'en faisait rien. Elle était collée à mes basques comme un chewing-gum. Pourquoi elle n'avait pas fait ça il y a des mois ? Pourquoi elle n'avait pas tout bonnement accepté ma demande en mariage ?

Après m'être séché, je l'ai rejointe dans la cuisine. Elle était déjà assise à table, reprenant ses marques.

J'ai pris place en face d'elle et je me suis tout de suite senti mal à l'aise. Nous étions réellement en train de dîner ensemble comme un couple normal. Lexie était exactement comme avant, pourtant elle avait l'air très différente.

Elle a rempli nos assiettes, puis attaqué ses lasagnes.

J'ai mangé les yeux baissés, ne voulait pas croiser son regard.

– Tu as bien travaillé ? demanda-t-elle.

– Ouais

Je ne parlais pas beaucoup ces temps-ci, encore moins avec elle.

– Et ta séance d'entraînement ?

– Bien.

J'ai continué de manger, puis j'ai jeté un œil à Apollo assis à côté de ma chaise.

Lexie ne s'est pas vexée de mon manque de coopération.

– T'as un chien ?

– Il s'appelle Apollo.

– Il est mignon.

– Beatrice me l'a donné.

– Oh...

La peur a immédiatement traversé son regard, la jalousie aussi.

Je n'ai pas pris la peine d'exposer la nature platonique de notre relation. Je me fichais que Lexie souffre.

– Il me tient compagnie. J'aime bien l'avoir près de moi. Il m'aide à dormir la nuit.

– C'est sympa, dit-elle doucement. Il a l'air si calme et bien élevé.

– C'est un chien policier.

– Cool.

Lexie n'a pas posé de questions au sujet de Beatrice. Elle savait probablement qu'elle n'avait pas le droit de me demander quoi que ce soit. Elle a changé de sujet.

– Tu vas regarder le match ce soir ?

– Probablement.

Je n'avais rien d'autre à faire.

– Je doute que les Yankees se qualifient pour les éliminatoires, déclara-t-elle. Ils se sont relâchés cette saison.

– Je n'y crois pas beaucoup non plus.

Elle parlait sans doute de sport parce qu'elle savait que c'était un sujet sans danger.

– Mes recherches avancent, dit-elle. Je viens de publier un autre article.

– Intéressant.

En réalité, ça ne m'intéressait pas. Je n'étais plus son copain, alors je n'avais plus à faire semblant.

– Et j'ai commencé à suivre des cours d'aérobic. Ça m'aide à soulager mon stress.

– Cool.

J'ai fini mon assiette et je me suis resservi. La cuisine de Lexie a toujours été bonne. J'avoue que ça me manquait. Je mangeais dehors parce que je n'avais pas de femme pour me faire la cuisine. Carrie la faisait de temps en temps.

Lexie avait fini son assiette et m'observait terminer la mienne.

– Quoi ? demandai-je.

Elle a tourné la tête quand elle s'est rendu compte qu'elle me fixait.

– Pardon.

– Pourquoi t'es venue ?

Je ne voulais plus la voir, mais en même temps, l'idée qu'elle disparaisse encore m'effrayait.

– J'ai pensé que je pourrais t'apporter le dîner…

– Je peux me débrouiller seul, Lexie. Je le fais depuis quatre mois.

– Je sais... mais je veux prendre soin de toi.

J'ai fixé mon assiette et senti mon cœur battre douloureusement. Peu importe ce qu'elle m'avait fait, notre relation était précieuse pour moi. Même si elle m'avait poignardé en plein cœur, je l'aimais toujours. C'était pathétique et imbécile. Je devrais lui hurler dessus, mais je ne trouvais pas en moi la colère pour le faire.

– Comment tu imagines les choses ? Tu vas cuisiner pour moi jusqu'à ce que je te pardonne ?

– Je n'essaie pas de me faire pardonner.

– Alors qu'essaies-tu de faire exactement ?

– Je veux juste... te voir.

La sincérité brillait dans ses yeux plus fort que toutes les étoiles du ciel.

– Je veux juste... être près de toi, même si tu m'en veux.

J'ai bu un verre d'eau pour masquer mon expression.

Lexie fixait la table comme si elle avait trop honte pour croiser mon regard.

– Je ne suis jamais allée en Italie. C'est comment ?

– Magnifique. De la bonne bouffe, des belles filles et une vue magnifique sur la mer.

C'était la meilleure façon de décrire ce pays.

– Je te crois sur parole...

– Et évidemment, leur vin est sublime.

– Je m'en doute.

– Je suis resté à la villa tout le temps, alors je n'ai pas fait de tourisme.

Elle a hoché la tête, mais ne m'a pas interrogé sur mes activités, probablement parce qu'elle savait exactement ce que je faisais.

– Qu'as-tu fait depuis quatre mois ? demandai-je.

– Dormi, travaillé, et dormi… je dors beaucoup.

Je ne pouvais pas dormir. Je me retournais dans mon lit toute la nuit parce qu'elle n'était plus là.

– Comment va ta famille ?

– Pas de changement, dit-elle. Papa a épousé sa bimbo…

J'ai avalé une gorgée d'eau.

– Maman va mieux… elle s'est mise au tricot et à la couture. Ça l'occupe.

– Elle devrait donner des cours de cuisine.

– Peut-être. Ça lui plairait sûrement.

– Je m'inscrirais, dis-je. Je mange au restau tous les jours, on s'en lasse.

La tristesse a assombri son visage.

J'ai fini mon assiette, repu. Je ne pouvais plus rien avaler.

– Merci pour les lasagnes.

J'ai mis la vaisselle dans l'évier et rangé le plat au frigo. Le dîner était terminé, Lexie allait devoir partir.

– Je te raccompagne à la porte.

Elle n'a pas bougé de table.

– Je peux regarder le match avec toi ?

Qu'est-ce qu'elle essaie de faire ?

– Lexie, tu espères quoi ? Tu crois que je vais passer du temps avec toi et finir par oublier ce qui s'est passé ? Tu penses que je vais manger tes lasagnes et te pardonner ?

– Non... je veux seulement être avec toi.

Si elle était quelqu'un d'autre, je l'aurais attrapée par le coude et jetée dehors. Mais je n'ai pas pu le faire. Qu'est-ce qui n'allait pas chez moi, bordel ? Je n'aurais pas dû accepter de dîner avec elle.

Lexie m'a regardé, m'étudiant comme elle le faisait avant.

– Laisse-moi rester, s'il te plaît. J'ai été séparée de toi trop longtemps. Je veux juste être avec toi... même si on ne se parle pas. Je souffre atrocement, mais quand je suis avec toi... j'ai moins mal.

– Et tu crois que je ressens quoi ?

Elle a soutenu mon regard sans ciller.

– Je pense que tu ressens la même chose que moi — même si tu refuses de l'admettre.

Je me suis assis sur un canapé et elle s'est posée sur l'autre. Nous avons regardé le match ensemble, dans un silence pesant. J'étais constamment conscient de sa présence, même si elle ne disait pas un mot. Par moments, je sentais son regard sur moi, chaud et aveuglant.

Le match a duré longtemps, et j'ai fini par m'enfoncer dans le canapé, les pieds sur la table basse. Je portais un survêtement et un t-shirt, tenue que je mettais quand j'étais seul.

Lexie était la première femme à entrer dans cet appartement sans que je couche avec elle. Nous n'étions pas amis et nous ne serions plus jamais amants ; elle appartenait à une catégorie qui lui était propre. Même si je détestais l'admettre, c'était agréable qu'elle soit là... d'une manière vraiment compliquée.

Une fois le match fini, j'étais résolu à la voir partir. Je ne voulais pas qu'elle le prenne pour une invitation à rester pour la nuit. La dernière chose que je souhaitais, c'était d'aller au-delà de cette soirée embarrassante.

– Bon, eh bien, bonne nuit, dis-je en me levant.

Je me suis immédiatement dirigé vers la porte et je l'ai ouverte.

Elle a essayé de cacher sa déception, mais c'était impossible. Elle a pris son manteau sur le dossier du canapé et l'a enfilé. Puis elle a marché lentement jusqu'à la porte, quasiment en traînant les pieds.

– Merci de m'avoir laissée entrer...

– Ouais.

J'ai attendu qu'elle parte.

Elle n'a pas tenté de m'embrasser ou de me toucher. Elle a maté ma poitrine comme si elle rêvait d'y blottir son visage, puis elle est sortie en s'emmitouflant dans son manteau. Il était onze heures du soir et je culpabilisais de la laisser rentrer chez elle seule dans la nuit. Mais je savais que je ne devais pas m'en soucier — pas après ce qu'elle m'avait fait. Une fois qu'elle a franchi le seuil, j'ai refermé la porte et je suis retourné sur le canapé.

L'angoisse m'a étreint la poitrine. Et si quelqu'un l'attaquait ? Et si quelqu'un lui faisait du mal ? Et si elle se faisait violer ou enlever ? Les scénarios qui défilaient dans mon esprit me terrifiaient.

Elle n'était pas ma femme, et le fait qu'elle rentre chez elle à pied la nuit n'était pas mon problème. Sa vie ne me concernait pas, point barre. Mais mon cerveau me jouait des tours et mon cœur battait douloureusement.

Je ne peux pas rester assis là.

Même si je détestais me l'avouer, je mourrais s'il lui arrivait malheur. Elle m'a fait terriblement mal, mais je ne pouvais pas supporter l'idée de la voir souffrir. Chaque fois que je la voyais pleurer, j'avais envie de chialer aussi.

J'ai attrapé ma veste et je suis parti à sa poursuite.

Arrivé sur le trottoir, j'ai tourné en direction de son appartement. Après avoir couru quelques minutes, je l'ai aperçue. Elle était devant moi, les mains dans les poches de son manteau. Elle marchait seule au milieu des nappes de vapeur qui s'élevaient des grilles d'égout.

Je ne voulais pas qu'elle sache que je la suivais. Je ne voulais pas qu'elle sache que je l'aimais encore. Elle s'en servirait contre moi et me manipulerait pour que je la reprenne. Alors, j'ai ralenti et marché à bonne distance derrière elle. Elle ne s'est jamais retournée, aussi elle ne m'a pas repéré.

Je l'ai suivie jusqu'à son immeuble et je l'ai vue sortir sa carte magnétique pour entrer dans le hall. Elle a secoué plusieurs fois la porte pour la débloquer. C'était un bâtiment ancien et pas toujours coopératif. J'ai attendu dans l'ombre, près des poubelles, qu'elle ouvre la porte.

Un clochard s'est approché pour fouiller dans une poubelle. J'étais habitué aux clodos comme les Californiens le sont aux mouettes. Je l'ai ignoré et continué d'épier Lexie.

– Dégage, mec, maugréa-t-il.

Le clochard m'a donné un coup de coude et poussé sur le côté. Ça m'a dégoûté qu'il me touche.

Lexie a immédiatement tourné la tête en direction du bruit, et ses yeux ont croisé les miens. Son visage a exprimé la surprise, remplacée très vite par l'émotion. Elle m'a regardé les yeux brillants de larmes imminentes.

Merde, elle m'a vu.

Elle a continué de me regarder, comprenant que je la suivais pour qu'elle rentre chez elle saine et sauve. Ce n'était pas un geste anodin pour elle.

Maintenant, elle savait exactement ce que je ressentais. Mon comportement ne laissait place à aucune équivoque. C'était une confession de mon amour éternel, du fait que j'aimerais cette fille aussi longtemps que je vivrais.

Incapable de supporter la vérité, j'ai tourné les talons et je suis parti.

J'ÉTAIS ASSIS À MON BUREAU EN TRAIN DE PRÉPARER UNE RÉUNION quand j'ai repensé à la soirée avec Lexie. Elle est restée à l'appartement et a regardé le match avec moi après le dîner. Elle s'est assise sur un canapé et moi sur l'autre, et nous n'avons pas parlé du reste de la soirée. Pas une seule fois elle n'a tenté un rapprochement physique. Et pas une seule fois elle s'est excusée et m'a demandé de la reprendre.

Je ne comprends pas ce qui se passe.

J'avais une réunion avec un fournisseur de Californie, mais je n'avais pas envie de rester assis à parler pendant une heure. Chaque fois que j'étais en costume et représentais Pixel, je devais porter un masque. J'avais le devoir d'incarner le leadership et la puissance de la société, et je ne pouvais pas me permettre de laisser quiconque douter de mon autorité.

C'est beaucoup d'efforts.

Papa est entré et a redressé sa cravate avant de s'asseoir.

– Prêt ?

– Je suis toujours prêt, papa.

– Je sais. Je demande ça par automatisme.

Il me lançait des regards étranges ces derniers temps, comme s'il avait vu quelque chose qui m'échappait. Ses yeux étaient toujours rivés à mon visage comme s'il cherchait des informations.

– Tout va bien ?

– Oui... globalement.

C'était une façon détournée de dire non.

– Quoi de neuf ?

Il a soupiré.

– Lexie est venue la semaine dernière.

– Au bureau ?

Elle avait l'habitude de passer.

– À la maison, en fait.

Quoi ? Elle est allée chez mes parents ?

– Pourquoi ?

– Elle voulait s'excuser auprès de ta mère et moi... pour t'avoir fait du mal.

Je suis resté sans voix.

– Ta mère n'a pas été cool avec elle. Elle est devenue une vraie maman ourse. Mais... je crois qu'elle est vraiment désolée de ce qui s'est passé.

J'étais encore en train de traiter la première révélation.

– Elle est vraiment allée chez vous ? Elle croit que je vais la reprendre si elle vous lèche le cul ?

– Non, je ne pense pas que c'est ce qu'elle essaie de faire.

– Alors qu'est-ce qu'elle essaie de faire ?

– Elle sait qu'elle n'a aucune chance si elle n'obtient notre pardon — à tous.

– Ça ne changera rien, dis-je froidement. C'est moi qu'elle a blessé, pas vous.

– Elle a dit que tu lui avais affirmé… que ta famille la détesterait toujours.

– Ce serait normal. Bon, Trinity est un peu extrême à ce sujet, mais elle a le droit d'être en colère. Je lui en voudrais si elle avait des sentiments différents. Si jamais Slade lui faisait du mal, je le tuerais. Lexie n'est pas idiote. Elle savait ce qu'elle faisait quand elle m'a planté dans ce restaurant, et elle savait qu'on ne s'en relèverait pas. Elle peut en assumer les conséquences.

– Alors, tu ne lui donneras pas une autre chance ?

J'ai secoué la tête.

– Non.

Papa n'a pas débattu avec moi comme il le ferait d'habitude.

– Tout est différent maintenant… elle ne voulait pas de moi.

– On dirait qu'elle te veut maintenant.

– Eh bien, je ne suis pas un jouet avec lequel elle peut s'amuser à sa convenance, sifflai-je. Je suis un mec bien et je mérite mieux.

– Entièrement d'accord sur ce point.

Je fixais mon écran d'ordinateur, bien que rien n'y était affiché.

– Elle arrêtera de venir au bout d'un moment, affirma-t-il. Donne-lui du temps.

J'ai émis un rire sarcastique.

– J'en doute fort. Elle est venue hier soir et m'a fait à dîner.

Papa m'a regardé, mais a caché sa surprise.

– Donc elle est venue dîner chez toi ?

– Non, elle m'a fait des lasagnes et on les a mangées ensemble. Elle ne voulait pas partir, et j'en ai marre de la virer. Alors on a regardé le match, puis elle est rentrée chez elle.

J'ai omis la partie où je l'ai suivie chez elle et me suis fait surprendre.

– Alors... vous sortez ensemble maintenant ?

– Non, m'offusquai-je. Pas du tout. Elle a juste apporté à bouffer... et je voulais bouffer.

– Puis elle est rentrée chez elle toute seule ? demanda-t-il sans m'accuser de quoi que ce soit.

– Euh... pas exactement.

Il a levé un sourcil.

– Je me sentais mal de la laisser rentrer seule chez elle, alors je l'ai suivie pour m'assurer qu'elle était bien arrivée.

N'était-ce pas l'excuse la plus minable du monde ? Je savais que mon père allait me faire chier pour ça, alors j'ai dégainé avec lui.

– Je sais, c'était stupide et je ne devrais pas me soucier d'elle après ce qu'elle m'a fait. Crois-moi, je sais...

– Ce n'est pas du tout ce que je pense.

Est-ce pire ce qu'il pense ?

– Tu as bien fait de la raccompagner chez elle. Ça montre ta force de caractère. Je ne pourrais pas être plus fier de toi.

– C'est vrai ?

Il a opiné d'un signe de tête.

– Quand on aime quelqu'un, on l'aime quoi qu'il arrive, même s'il t'a fait du mal. Il faut être un vrai homme pour agir comme ça. Si tu étais un gamin immature, tu lui aurais tourné le dos. Le véritable amour est désintéressé. Et tu es désintéressé, Conrad.

J'étais toujours heureux quand mon père disait qu'il était fier de moi. Son avis comptait énormément pour moi. On se prenait la tête de temps en temps, mais je le respectais plus que n'importe qui.

– Tu ne trouves pas nul que je ne puisse pas arrêter d'aimer une femme qui m'a trahi ?

– Pas du tout. Je pense que c'est incroyable que tu aimes encore une femme après qu'elle t'ait fait du mal. La plupart des gens ne s'en remettent jamais.

– Mais ce qu'elle a fait était terrible...

– Oui, admit-il. Mais elle ne t'a jamais menti ou trompé. Elle a eu peur et s'est enfuie. Techniquement, elle ne t'a pas trahi.

Je savais maintenant ce que mon père ressentait pour Lexie.

– Tu penses que je devrais la reprendre.

– Je n'ai jamais dit ça, s'empressa-t-il de dire. Fais ce que tu veux, Conrad.

– Mais tu le penses ?

Papa a soupiré et détourné le regard.

– Je te le demande vraiment, insistai-je.

– Mon opinion n'est pas pertinente, mon fils.

– À moi si.

Il s'est frotté la joue avant de parler.

– J'aimais encore ta mère après qu'elle m'ait quitté, et je savais que je n'aimerais jamais plus personne d'autre. Elle m'avait mis hors de moi, mais ça n'avait pas vraiment d'importance. Mon cœur lui appartenait et elle le savait. Tu vis la même chose avec Lexie. Il est préférable de ne pas le combattre.

– Ah bon ?

– Tes sentiments pour elle changent-ils constamment ?

– Non...

– Alors quel choix as-tu ?

– Mais elle m'a fait tellement souffrir.

– Laisse faire le temps. Il n'y a aucune raison de se précipiter. Mais ne lutte pas contre tes sentiments.

Chaque fois que je fermais les yeux, je pensais à Lexie. Son absence m'a tellement affecté que je ne pouvais pas fonctionner normalement sans elle. Je souffrais constamment, aspirant à la seule femme dont je ne pouvais pas me passer.

– Merci...

– Je t'en prie.

Je promenais Apollo dans le parc quand j'ai aperçu un visage familier.

Sassy a immédiatement couru vers Apollo et a commencé à le renifler.

Apollo l'a explorée en retour.

Carrie a souri quand elle m'a vu.

– Je pense qu'ils se manquent...

– On dirait, oui.

J'ai regardé les chiens se renifler mutuellement. Je savais que je finirais par tomber sur Carrie, mais j'ai été surpris de constater que ce n'était pas embarrassant.

– Comment vas-tu ?

Elle s'est rapprochée de moi et a ignoré les chiens.

– Bien. Toi ?

J'ai haussé les épaules.

– Toujours ténébreux et taiseux, hein ?

– Quelque chose comme ça.

Elle m'a emboîté le pas, marchant à côté de moi.

– Lexie est déjà revenue dans ta vie ?

– Non.

Elle m'a regardé en soupirant.

– Conrad, qu'est-ce que tu attends ?

– Je ne sais pas… mais c'est trop tôt. Je ne peux pas oublier des mois de chagrin du jour au lendemain.

– Bien sûr, mais plus vite tu accepteras que Lexie revienne dans ta vie, mieux tu iras.

– Tu fais de drôles de suppositions.

– Non, dit-elle doucement. J'ai su tout de suite ce que j'avais besoin de savoir au moment où je vous ai vus vous regarder tous les deux. Ça m'a tellement rappelé Scott et moi que j'ai eu l'impression de vivre dans le passé. Un tel amour n'arrive pas à tout le monde, Conrad. Ce que vous avez tous les deux est unique. Ne laisse pas cette chance te glisser entre les doigts.

– C'est elle qui l'a laissée lui glisser entre les doigts…

– Pardonne-lui et oublie. Plus vite tu le feras, plus vite tu seras à nouveau heureux.

– Je suis peut-être rancunier, mais ce n'est pas si simple pour moi.

Carrie a soupiré comme si je l'agaçais.

– Tu aurais pu me garder pour toi, dis-je. Tu serais heureux en ce moment.

– Mais tu ne le serais pas. Je t'aime, Conrad. Je veux que tu aies ce que tu mérites.

– Et tu penses que Lexie me mérite ?

Elle a continué de marcher.

– Je pense qu'elle a fait une erreur. On fait tous des erreurs, Conrad.

– Une erreur de taille, m'énervai-je. Tout ce qu'elle avait à faire était de dire oui au lieu de non.

– Elle a eu peur, la défendit Carrie. Lâche-lui un peu la bride.

Je me suis arrêté de marcher et je l'ai regardée fixement.

– Pourquoi tout le monde prend-il son parti ? J'en ai ras le bol.

– Parce qu'on sait qu'elle t'aime, dit-elle simplement. L'amour vainc la haine.

– Je ne la déteste pas... je ne lui fais pas confiance.

– Ta confiance reviendra.

– Et si ce n'est pas le cas ?

– Elle reviendra, affirma-t-elle avec fermeté. Tu dois lui donner une autre chance, car tu ne peux pas arrêter de l'aimer.

– Je n'ai pas besoin de faire quoi que ce soit.

– Quelle est l'alternative ? demanda-t-elle. Penser à elle chaque fois que tu couches avec moi ? (Il n'y avait ni colère ni jalousie dans son ton.) Crois-moi, je sais quand un homme pense à une autre femme. Ça se voit.

J'ai détourné le regard parce que j'avais honte.

– C'est bon, Conrad. Je fais juste une remarque.

J'ai continué de marcher en tenant Apollo en laisse.

– Elle m'a apporté à dîner l'autre soir... et on a mangé ensemble.

– Il s'est passé autre chose ?

– Non. On a juste regardé la télé puis elle est partie. Je ne voulais pas qu'elle rentre seule dans la nuit, alors je l'ai suivie. Mais elle m'a repéré avant d'entrer dans son immeuble. Maintenant, elle sait que je me soucie d'elle.

– Elle le savait déjà avant, Conrad.

– Mon père pense que je devrais lui donner une autre chance. Ma mère pense le contraire.

– Ton père semble assez sage.

– Mais j'ai le sentiment que ma mère et ma sœur la détesteront toute leur vie.

– Et alors ? Si Lexie est la femme que tu aimes, tu dois être avec elle.

J'ai souri.

– Quand es-tu devenue si sage ?

– J'ai toujours été sage. Seulement tu ne m'écoutes jamais.

– Je n'écoute pas beaucoup de gens.

Carrie a passé un bras dans le mien en marchant à côté de moi.

– Pourrait-on rester amis ? Tu me manques vraiment.

Je me suis tourné vers elle et j'ai vu le sourire sur son visage.

– Tu me manques aussi. J'adorerais qu'on soit amis.

– Tu penses que ça dérangera Lexie ?

– Lexie n'est pas ma petite amie, donc ça n'a pas d'importance.

– Pourtant…

– Je me fiche que ça la dérange, pas après ce qu'elle m'a fait.

Elle m'a serré le bras.

– Alors on peut être des amis de promenade des chiens.

– Ça va plaire à Apollo et Sassy.

– Ouais, je pense aussi.

19

ARSEN

J'ai pleuré la nuit dernière avant de m'endormir.

J'étais allongé dans le lit que je partageais autrefois avec Silke pendant qu'Abby dormait dans sa chambre. L'odeur de Silke était encore sur les draps, et j'avais froid de ne pas l'avoir à mes côtés. Une sensation soudaine de solitude et de regret m'a traversé comme une tornade. Fou de chagrin, j'ai sangloté dans l'oreiller, me détestant un peu plus chaque seconde.

Je l'ai perdue.

J'étais assis à mon bureau au garage et je ne faisais rien. J'étais le plus souvent absent, mais je devais faire acte de présence aujourd'hui. Il fallait remplir de la paperasse de merde et payer les employés.

J'ai caché mon visage dans mes mains et je me suis concentré sur ma respiration. Quand je sentais la déprime monter, je devais m'arrêter et contrôler mes émotions. J'ignorais comment, mais je réussissais à avoir l'air normal devant Abby. Bien sûr, elle m'a demandé pourquoi Silke ne vivait plus avec nous. Je lui ai dit qu'elle avait besoin d'être seule.

Je ne pouvais pas lui avouer notre rupture. C'était tout simplement impossible.

La porte du bureau s'est ouverte, mais je n'ai pas ôté les mains de mon visage.

– Quoi ?

Je n'avais aucune idée de qui était là ou de ce qu'on me voulait et je m'en foutais.

Des pas se sont approchés de mon bureau.

– Allons déjeuner.

C'était la voix de Ryan. Il venait tous les jours à la même heure, donc je ne devrais pas être surpris.

J'ai baissé les mains et je l'ai regardé.

– Je n'ai pas faim.

Ryan s'en fichait royalement.

– Allons-y.

Je n'avais pas l'énergie de protester. Tout m'indifférait.

Nous nous sommes dirigés vers la pizzéria et avons passé commande au comptoir. Puis nous nous sommes assis à table et avons mangé en silence.

Ryan me regardait avec une inquiétude paternelle, comme toujours.

C'était difficile d'être avec lui parce qu'il me rappelait Silke. Comme elle, il ne se laissait pas baratiner. Mais c'était aussi réconfortant de le voir. Il ne m'a pas laissé tomber même si Silke est partie. Il se souciait de moi comme avant… même si je l'ai déçu.

Il a évité le sujet brûlant.

– Comment tourne le garage ?

– Bien.

Je n'avais pas envie de parler.

– Abby ?

– Elle va bien. Je l'ai emmenée au zoo hier.

Je l'avais fait juste pour nous sortir de la maison. Ce lieu était hanté. Le fantôme de Silke était présent partout.

– Quel est son animal préféré ?

– L'hippopotame, répondis-je sans hésiter. Elle trouve qu'il est doux et câlin... même si c'est l'un des animaux les plus meurtriers de la planète. Mais je vais continuer de la laisser vivre dans un conte de fées.

– Laisse-la y vivre le plus longtemps possible.

J'ai regardé la deuxième tranche de pizza, sans y toucher.

– Silke a repris son travail.

Entendre son nom m'a fait beaucoup de peine.

– Ouais ? Elle va mieux ?

Il a haussé les épaules.

– Elle va bien compte tenu des circonstances.

– J'ai décidé de lui laisser un peu d'espace pour se calmer, mais... c'est dur.

– Je sais, dit-il avec sympathie.

– Elle me manque... terriblement.

Je regardais la table parce que je ne pouvais pas croiser son regard. J'avais peur de craquer et de chialer devant tout le monde.

– Je le sais aussi.

– Je lui ai demandé de m'accorder une autre chance, et elle a refusé... mais je ne peux pas imaginer ma vie sans elle. Je ne peux pas imaginer sa vie sans moi.

Ryan m'a regardé, mais n'a rien dit.

– Ryan, s'il te plaît, aide-moi. Aide-moi à la faire revenir.

Il a soupiré comme si cette requête l'agaçait.

– Tu sais que je ne peux pas le faire, Arsen. Silke a pris la bonne décision et je la soutiens.

– Tu penses qu'elle a pris la bonne décision...?

Je n'ai pas pu m'empêcher de ressentir une trahison, une douleur en plein cœur.

– Elle m'a tout raconté avant d'atteindre sa limite. Je lui ai dit que si tu continuais de la faire souffrir, elle devrait partir. Mais je lui ai aussi dit de te donner un avertissement et te demander de changer d'abord. Mais tu n'as pas changé...

– J'ai changé maintenant. Je suis différent.

– Pourquoi a-t-il fallu que tu la pousses à bout pour changer ? Silke est une femme incroyable. Elle est trop intelligente pour son propre bien, elle est belle, et elle est altruiste. Elle a fait preuve avec toi d'une patience que tu ne méritais pas. Elle a été une mère pour ta fille et elle t'a toujours épaulé. Arsen, on sait tous les deux qu'elle ne méritait pas d'être traitée comme ça. Et on sait tous les deux qu'elle peut trouver mieux.

J'ai fermé les yeux, car ses paroles me blessaient.

– Je suis navré d'être dur, Arsen. Mais c'est la réalité.

– Je serai meilleur pour elle. Je serai tout ce qu'elle veut.

Il a secoué la tête.

– Tu as eu ta chance et tu l'as gâchée.

J'ai tapé du poing sur la table.

– Merde, ma mère est morte. Tu ne comprends pas ça ? Tu ne piges pas ? Comment tu peux être si froid ? Le chagrin fait faire n'importe quoi, mais aucun de vous ne veut le comprendre.

– Et ça te donne le droit d'abandonner tes responsabilités de conjoint et de père ? Ça te donne le droit de rentrer ivre mort tous les soirs ? Ça te donne le droit de hurler sur Silke juste parce qu'elle est là quand tu passes la porte ? Non, Arsen. Ça ne te donne pas le privilège d'être un connard.

J'ai serré le poing.

– Quoi ? dit Ryan, plus du tout amical, mais le corps toujours détendu. Tu vas me frapper ? Fais-le. Si tu oses. Je pense que tu as besoin d'un bon coup de pied dans le cul de toute façon.

J'ai réussi à me calmer et mon poing s'est ouvert.

Ryan a bu une gorgée de soda.

– Sage décision.

– Janice m'aidera peut-être...

Ryan a lâché un rire sarcastique.

– Elle ne te porte pas vraiment dans son cœur en ce moment. Après tout ce qu'elle a fait pour toi, elle le prend comme une gifle.

Ai-je vraiment tout gâché à ce point ?

– Si je te déçois tellement, pourquoi t'es encore là ? Pourquoi tu déjeunes avec moi ? Pourquoi tu vérifies que je vais bien ?

– Tu ne le sais vraiment pas ?

J'ai secoué la tête.

– Je t'aime, Arsen. C'est aussi simple que ça.

– Mais j'ai fait du mal à ta fille…

– Et ça ne me réjouit pas. Mais tu n'as pas levé la main sur elle et tu ne l'as pas trompée. Donc je ne te tuerai pas.

– Mais tu approuves sa décision de me quitter.

Il a haussé les épaules.

– Ce n'est pas vraiment ce que tu as fait qui justifie son départ. C'est le fait qu'elle n'est plus heureuse. Je ne veux pas qu'elle soit malheureuse.

– Je peux la rendre heureuse à nouveau.

Ryan a pris une autre part de pizza.

J'ai posé mes coudes sur la table et j'ai soupiré.

– Tu sais que je l'aime. Aide-moi, s'il te plaît.

– Non.

– Ryan, s'il te plaît.

– Je suis venu chez toi et je t'ai prévenu, dit-il en me lançant un regard menaçant. Je t'ai dit d'arrêter tes conneries et la picole. Je t'avais prévenu que ça arriverait. Mais t'as continué quand même.

– J'ai dérapé parce que Levi m'a dit la chose la plus cruelle que j'ai jamais entendue. N'importe qui aurait fait pareil. Ça ne fait pas de moi un mec horrible.

Ryan a secoué la tête et a mordu dans la pizza.

– Tu sais que je l'aime, n'est-ce pas ?

Il a longuement mâché avant de répondre.

– Oui, je le sais.

– Tu le crois vraiment ?

– Bien sûr.

– Et tu sais qu'elle m'aime ?

– Je ne pense pas qu'elle pleurerait toutes les nuits si elle ne t'aimait pas.

Je me sens encore plus mal.

– Alors, aide-nous à nous retrouver.

Il a baissé les yeux vers son assiette.

– Je ne le ferai pas. Je suis désolé, Arsen. Tu es seul pour cette fois.

Tout le monde se retournait contre moi. Et Silke ne m'écouterait pas. Comment allais-je arranger les choses ?

Ryan m'a lancé un regard soucieux avant de continuer à manger. Mais il n'a rien dit de plus sur le sujet.

Je me sens encore plus seul maintenant.

―――

– Sors si t'es un homme !

La voix de Slade a traversé la porte et flotté jusqu'à mes oreilles, dans le salon.

Abby l'a entendu aussi.

– Papa, pourquoi oncle Slade crie ?

Je pensais le savoir.

– Reste ici, ma chérie. Je reviens tout de suite.

J'ai fait comme si tout allait bien, alors que tout allait mal.

J'ai ouvert la porte et je suis sorti immédiatement.

– Baisse d'un ton. Abby...

– Espèce d'enfoiré, jura-t-il en me poussant la poitrine, me faisant trébucher en arrière. Tu as fait du mal à ma sœur, et je vais te le faire regretter.

J'ai fermé la porte, et marché jusqu'au trottoir pour qu'Abby n'entende rien.

– J'essaie d'arranger les choses avec Silke.

– Je ne veux pas que tu les arranges, sale connard.

Il m'a poussé de nouveau.

Je n'ai pas contre-attaqué parce que c'était le frère de Silke. Je ne pouvais pas le toucher.

– Tu te prends pour qui ? La traiter comme ça ?

– Je traversais une sale passe et j'ai perdu la tête... Je le regrette terriblement. Tu peux me frapper tant que tu veux, je ne ressentirai pas la douleur. Je suis déjà à l'agonie à cause de Silke. Il n'y a rien que tu puisses faire pour me mettre encore plus mal, mais je t'en prie, donne-t'en à cœur joie.

Slade a eu l'air encore plus désireux de me frapper.

– Qu'est-ce qui débloque chez toi, Arsen ? Après tout ce que mon père et Silke ont fait pour toi, être dégueulasse à ce point ?

J'en avais marre que tout le monde m'accuse d'être un monstre. Oui, j'avais fait une erreur, mais je n'étais pas l'incarnation du mal.

– C'est toi qui dis ça, Slade ? T'as traité Trinity comme de la merde pendant des mois, et quand elle a voulu se marier, tu t'es barré. J'ai peut-être fait des choses pas très sympas, mais ce n'est rien en comparaison de tes erreurs.

La colère de Slade est retombée comme un soufflé, remplacée par la honte et la culpabilité.

– La seule personne irréprochable que je connais, c'est ton père. C'est un putain de saint. Mais vous autres, vous êtes tous coupables de choses bien plus terribles. Ma mère est morte et je ne l'ai pas supporté, alors j'ai un peu trop picolé. J'ai retenu la leçon et je me suis excusé. Arrêtez tous de me traiter comme un criminel. J'ai conscience de ne pas avoir été correct avec Silke. Je ne répéterai pas la même erreur. Mais tu n'as aucun droit de venir ici, où vit ma fille, et de me balancer des insultes alors que tu es pire que moi. Va te faire foutre, Slade.

Il n'a pas serré les poings ni frémi de colère. Il m'a fixé d'un regard vide, comme s'il revivait des souvenirs d'une autre époque.

– Ça ne fait pas du bien, hein ?

Je commençais à me défouler sur lui.

Slade a reculé.

– Mes torts et mes erreurs n'ont rien à voir avec ta relation avec Silke. Ils ne justifient pas ton attitude.

– Je sais. Mais tu n'as aucun droit de venir ici et de proférer des menaces. Je m'efforce de sauver ma relation avec Silke et je la récupérerai... un jour ou l'autre. Je sais qu'elle m'aime malgré tout ce qui s'est passé.

– Je n'en suis pas si sûr...

– Elle m'aime.

Je ne pouvais pas penser autre chose, car j'en perdrais la raison.

– Je sais que tu te soucies d'elle et que tu veux la protéger, mais...

– Tu lui as déjà brisé le cœur une fois. Je ne supporterai pas de le voir se reproduire.

– Je sais... je vais arranger les choses.

Slade m'a scruté pensivement comme s'il se demandait s'il allait me balancer son poing dans la gueule ou partir.

– Fais ce qu'il faut, Arsen. J'ai beaucoup merdé avec Trinity, mais j'ai réussi à me reprendre en main quand j'ai compris que c'était la femme de ma vie. Je suis convaincu qu'on peut changer parce que je l'ai fait. Mais tu dois te donner à fond, comprendre que tu ne peux plus faire la moindre erreur. Parce que sinon, ce sera fini. Pour toujours. Tu m'as bien compris ?

– Oui.

– Bonne chance.

– Slade, attends. Tu peux lui parler pour moi ?

Il a froncé les sourcils et son regard m'a transpercé.

– Non, Arsen. Je te laisse vivre. C'est déjà beaucoup.

J'AI ATTENDU DEVANT LE MUSÉE, ET QUAND JE L'AI VUE SORTIR PAR la grande porte, j'ai marché vers elle.

Elle portait un manteau à pois avec un pantalon noir. Des boucles lui encadraient le visage, et elle était magnifique. Sa tristesse n'était perceptible que dans ses yeux. Ils ne brillaient plus comme avant.

Arrivé près d'elle, je l'ai enlacée par la taille et attirée vers moi. La chose indéniable depuis toujours, c'était notre chimie. Dès que je la touchais, son corps répondait à mon contact. Je misais tout là-dessus à ce moment précis.

Elle a frémi quand je l'ai prise dans mes bras, mais s'est détendue en voyant que c'était moi.

Une bonne réaction.

Je l'ai serrée contre ma poitrine et j'ai posé les lèvres sur sa bouche, puis je l'ai embrassée doucement et sensuellement.

Elle a répondu à mon baiser, mais de façon hésitante. Quand elle a réalisé ce que je faisais, elle m'a repoussé.

– Arsen, ne fais pas ça.

Il y a un espoir.

Elle m'a laissé l'embrasser, même brièvement.

– Et ne m'attends pas devant mon boulot comme un harceleur.

– Où préfères-tu que je t'attende ?

– Nulle part.

Elle a resserré son manteau autour d'elle comme pour cacher son corps.

– Je t'attendrai quelque part. Alors, autant me donner un endroit.

– En enfer ?

Son insolence était à fleur de peau.

– Je t'ai laissée tranquille. Mais j'ai besoin de te parler maintenant.

– On s'est parlé la semaine dernière.

– J'ai encore des choses à te dire.

Je me suis rapproché lentement d'elle, content de voir qu'elle ne s'enfuyait pas comme je le redoutais.

– Il n'y a plus rien à dire, Arsen.

– Je t'aime. Ça vaut la peine d'être dit.

Son regard s'est adouci pendant une microseconde. Puis sa dureté a resurgi.

– Laisse-moi tranquille, Arsen. Si tu crois que des belles paroles vont me faire changer d'avis, tu te trompes. Tes actes pèsent plus lourd que tes excuses.

J'ai remis les mains sur sa taille, désirant la toucher encore.

– Tu es l'amour de ma vie et je t'appartiens corps et âme, ma Belle. Je sais que je t'ai déçu et que tu es encore fâchée contre moi. Mais ce qui nous unit est éternel. Je m'excuserai autant de fois que tu voudras m'entendre le faire. J'ai appris de mes erreurs et je ne recommencerai pas. Ryan me surveille tous les soirs. Il peut se porter garant de ma sobriété.

– Je t'ai demandé d'arrêter de boire et tu ne l'as pas fait. Ce n'est qu'après mon départ que tu as réalisé à quel point c'était important pour moi.

– J'ai arrêté, protestai-je. Mais ensuite, j'ai eu une terrible soirée. Ne m'en veux pas pour ça, s'il te plaît.

– Difficile de ne pas t'en vouloir de m'avoir hurlé dessus et insultée.

– Encore une fois, je m'en excuse. Je n'ai pas bu une goutte d'alcool depuis que tu m'as quitté, mais j'irai quand même voir un spécialiste si tu le souhaites. Je suis prêt à faire tout ce que tu veux. Je t'en prie, vois ma sincérité.

J'ai cru qu'elle allait flancher, mais elle a changé d'avis.

– Non. Je suis navrée.

– Pourquoi es-tu si froide ?

– Froide ? Pourquoi étais-tu si froid quand je t'ai supplié d'arrêter ? Quand je t'ai demandé de te confier à moi ?

– Je n'avais plus toute ma tête. Silke, tu n'imagines pas la douleur de perdre quelqu'un. Si tu perdais ta mère, on sait tous les deux que tu serais une épave.

– Évidemment. Mais je ne te traiterais pas comme de la merde.

– Qu'en sais-tu ? Tu n'as jamais eu une seule journée difficile dans ta vie. Je ne dis pas ça pour être méchant. Je le dis parce que c'est vrai.

Elle s'est retournée comme si elle allait partir en courant.

Je l'ai saisie par le bras et l'ai tirée vers moi.

– Reste avec moi.

J'ai glissé la main dans ses cheveux et je l'ai embrassée, me donnant à elle corps et âme.

– Je ne peux pas vivre sans toi, Silke. Tu comprends ? lui soufflai-je dans la bouche.

J'ai senti les larmes rouler sur ses joues. Je les ai essuyées du pouce puis je l'ai regardée dans les yeux.

– Silke, donne-moi une dernière chance. J'ai tellement mûri ces derniers mois. S'il te plaît, ne jette pas notre amour.

Elle a respiré fort, puis fermé les yeux.

– S'il te plaît, bébé.

– C'est toi qui nous as jetés, dit-elle en me baissant violemment les mains. Pas moi.

Tout mon corps s'est figé.

Elle a tourné les talons et s'est éloignée, me laissant seul sur le parvis.

20

SKYE

Depuis mon réveil ce matin, quelque chose n'allait pas. Une nausée persistante me barbouillait l'estomac. Et quand je me tournais d'une certaine façon, mon ventre était particulièrement douloureux. Mais ça allait et venait, aussi j'ai supposé que c'était un effet secondaire de la grossesse. J'avais encore des nausées matinales de temps à autre, aussi je ne me suis pas alarmée.

Cayson a remarqué mon teint livide au petit déjeuner.

– Ça va, bébé ?

– Oui, je suis juste fatiguée.

Je ne lui ai pas parlé de mes nausées et douleurs parce que ça l'aurait inquiété pour rien.

– Tu veux que je reste à la maison aujourd'hui ? Je peux m'occuper de toi.

– Non, t'inquiète.

Je l'ai admiré dans son costume-cravate. Il avait les épaules carrées et ses beaux yeux bleus ressortaient sur sa peau claire. Parfois, j'avais du mal à croire qu'il était mon mari, que l'homme que j'avais épousé était un mannequin d'Abercrombie & Fitch.

Il a mis la vaisselle sale dans l'évier, puis m'a embrassée sur le front.

– Appelle-moi si tu as besoin de quelque chose. On se voit ce soir.

– D'accord.

– Je t'aime.

J'adorais entendre ces mots, même s'il me les disait souvent.

– Je t'aime aussi.

Il a tiré ma chaise sans effort, puis il s'est penché en avant et m'a embrassé le ventre.

– Je t'aime, petit homme.

J'ai souri devant son débordement d'affection.

Il s'est redressé et m'a donné un dernier baiser.

– Je veux te voir en lingerie quand je rentre.

– Je suis une baleine.

– Et alors ?

– Ce n'est pas sexy.

– À l'évidence, on n'a pas la même définition de ce mot.

Je me suis sentie mal toute la journée. Les douleurs et les courbatures allaient et venaient, mais la nausée ne me quittait pas. J'étais trop épuisée pour faire autre chose que rester allongée sur le canapé. J'ai essayé de lire, mais la douleur me déconcentrait trop. J'ai fini par m'endormir, mais je me retournais constamment.

À l'heure où Cayson sortait du travail, j'étais de plus en plus mal.

J'ai décidé de lui dire que ça n'allait pas dès qu'il franchirait la porte. En général, les nausées matinales passaient avant midi, et les autres douleurs n'étaient pas constantes.

Je commence à penser que ce n'est pas normal.

Puis Cayson est arrivé, et il a posé sa sacoche près de la porte.

– Je suis rentré, bébé.

Je me suis levée et dandinée jusqu'au vestibule. Mais je me sentais de plus en plus mal à chaque pas. La douleur est devenue insupportable.

– Cayson… je…

Ma vision a commencé à se flouter ; je pouvais à peine voir. J'ai senti quelque chose se déchirer en bas et du liquide couler le long de mes cuisses.

– Skye !

Je me suis sentie tomber. Mes paupières se sont alourdies. Au lieu de heurter le carrelage comme je m'y attendais, j'ai atterri dans la chaleur familière des bras de Cayson.

– Skye !

Je ne pouvais pas parler parce que mon corps ne répondait plus. Puis l'obscurité m'a engloutie, et toutes les pensées ont cessé.

21

CAYSON

– Merde. Putain de bordel de merde.

J'ai porté Skye à mon pick-up dans l'allée, puis j'ai roulé à pleins gaz jusqu'à l'hôpital à trois kilomètres de la maison. J'aurais pu appeler une ambulance, mais je savais que j'arriverais plus vite.

Putain que j'ai la trouille.

– Skye, dis-je en la secouant pour qu'elle se réveille.

Pas de réponse.

J'ai tâté son poignet et senti son pouls. Son cœur battait fort. Du sang coulait sur ses cuisses, et je flippais en pensant à notre fils.

Je vous en prie, faites que tout aille bien.

J'ai fait tout le trajet à cent trente en transmission intégrale. Une fois arrivé à l'hôpital, j'ai abandonné mon pick-up et porté Skye à l'intérieur. Des infirmiers l'ont vue et ont tout de suite apporté une civière. Nous l'avons posée dessus avant de filer au bloc opératoire.

– Qu'est-ce qui se passe ? demandai-je en joggant à côté d'eux, paniqué. Elle va s'en sortir ?

— Vous devez rester ici, monsieur, me dit une infirmière en arrivant devant des portes battantes. On vous tient au courant.

— Qu'est-ce qui se passe ? Qu'est-ce que vous faites ? Elle est enceinte. De mon fils… dis-je alors que les larmes me montaient aux yeux. Mon fils. Il va bien aller ?

— Monsieur, on vous tient au courant, répéta-t-elle avant de s'engouffrer dans les portes battantes.

Je suis resté planté là.

J'AI APPELÉ SEAN EN PREMIER.

— Prêt pour une revanche ? railla-t-il en décrochant.

Je l'ai à peine entendu.

— Skye est au Memorial. Ils l'ont emmenée au bloc opératoire et je ne sais pas ce qui se passe. Rapplique ton cul ici.

Sean a vite digéré mes mots.

— Qu'est-ce qu'elle a ? Elle va bien ?

— J'en sais rien, et ils ne me le disent pas. Elle a perdu connaissance quand je suis rentré. Elle avait les cuisses en sang. Dès que je suis arrivé ici, ils l'ont emmenée. Personne ne me dit ce qui se passe, bordel. Je ne sais pas comment va mon fils…

Sean est resté calme.

— Scarlet et moi arrivons tout de suite. Ne bouge pas.

— D'accord.

Mes mains ne cessaient de trembler.

— J'appelle tout le monde. Attends les nouvelles.

J'ai raccroché et appelé Slade.

– Yo, quoi de neuf ?

Il semblait irrité, comme si j'interrompais quelque chose d'important.

J'ai tout déballé sans reprendre mon souffle.

– Oh la vache, dit-il en passant d'irrité à terrifié en un clin d'œil. Trin et moi on arrive le plus vite possible.

– D'accord...

J'avais envie de chialer. Je ne pleurais jamais, mais c'était tout ce que j'avais envie de faire en ce moment. Comme un enfant effrayé, je voulais me recroqueviller sur moi-même et pleurer toutes les larmes de mon corps jusqu'à ce que la douleur s'apaise.

– Cayson, ça va aller, me rassura-t-il au bout du fil.

Je ne voyais pas comment c'était possible. Skye avait perdu connaissance, et il y avait du sang partout. Elle allait sans doute s'en sortir, mais notre fils ne survivrait peut-être pas. Et l'idée me rendait malade, car je ne supporterais pas de le perdre. Je ne l'avais pas encore rencontré, mais je le connaissais. Je le sentais donner des coups de pied la nuit et je lui lisais des bouquins même si je ne savais pas s'il m'entendait. Je l'embrassais chaque soir en rentrant du boulot et chaque nuit avant de me mettre au lit.

Je ne peux pas le perdre.

Sean, Scarlet et mes parents sont arrivés en temps record. C'était comme s'ils avaient volé jusqu'ici.

– T'as des nouvelles ? demanda Sean.

Scarlet respirait fort et était au bord des larmes.

Papa m'a serré dans ses bras.

– On est là, fiston.

Je n'ai rien dit, engourdi par la torpeur.

– Elle est où ? demanda Slade en arrivant en courant. Cayson ?

Trinity n'était pas loin derrière.

– Skye va bien ? Qu'est-ce que tu sais ?

Ils m'ont cerné de tous côtés et j'avais l'impression de suffoquer.

– Arrêtez...

J'ai reculé et me suis écroulé dans une chaise. Tout arrivait tellement vite. Je n'avais pas la moindre idée de ce qui se passait avec ma femme et mon fils. Allaient-ils s'en sortir ? Et si ce n'était pas le cas ?

Qu'allais-je faire ?

Un médecin a franchi les portes et baissé son masque chirurgical. J'ignorais si c'était le chirurgien de Skye, mais ça m'était égal. Je suis allé à sa rencontre.

– Skye Thompson. Comment va-t-elle ? Le bébé va bien ?

Tout le monde s'est rassemblé autour de moi. Ils étaient tout aussi impatients de connaître la réponse.

Il nous a regardés, mais n'a pas fait de commentaire sur l'envergure de notre groupe.

– Elle a perdu les eaux et commencé le travail.

– Mais... elle n'est même pas enceinte de huit mois.

– Les bébés naissent parfois prématurément, expliqua-t-il. Nous lui avons fait une césarienne d'urgence.

C'est bon signe ?

– Elle va bien ?

– Elle se repose. Elle a perdu beaucoup de sang. Elle ne se réveillera pas avant plusieurs heures.

– Mon fils… est-ce qu'il va bien ?

Le médecin affichait un air funeste.

– Il a de la difficulté à respirer par lui-même. Nous l'avons mis en couveuse et branché à un respirateur. Nous allons devoir le garder ici pendant au moins quelques semaines. Quand il sera assez fort, il pourra sortir.

– Alors… il va survivre ?

– Il est encore trop tôt pour le savoir, répondit-il. Mais beaucoup de bébés prématurés survivent. Je suis optimiste.

– Et ma femme va bien ?

Je pourrais éclater en larmes à tout moment.

– Je crois qu'elle se rétablira, dit-il calmement. Comme je l'ai dit, elle a perdu beaucoup de sang.

Je me suis agrippé le crâne en essayant de ralentir ma respiration.

Le médecin me regardait toujours.

– Je vous ferai savoir dès que vous pourrez la voir. En attendant, armez-vous de patience et allez manger quelque chose.

– Je pourrai les voir quand ?

– Pas avant quelques heures au moins. Soyez patient.

Facile à dire.

Sean faisait les cent pas dans la salle d'attente, incapable de rester immobile. Scarlet le suivait des yeux, comme si fixer son mari l'empêchait de s'effondrer.

J'étais assis à regarder le plancher. Mon cœur battait tellement fort que j'en avais mal à la poitrine. Je souffrais trop pour manger. Je ne pensais qu'à mon fils, qui luttait pour sa vie en ce moment même.

Je ne peux pas le perdre.

Je m'inquiétais moins pour Skye, car son état n'était pas aussi grave. Elle se rétablirait. Elle avait connu pire. Mais mon fils était trop faible pour respirer par lui-même. Il n'avait pas fini de se développer dans son ventre, et un million de choses pouvaient mal tourner. Je ne pouvais tout simplement pas le perdre. Je l'aimais déjà plus que tout.

Slade était assis à côté de moi, mais il ne disait pas un mot. Trinity était assise de l'autre côté de lui, et de temps en temps, elle se mettait à sangloter, puis se forçait à arrêter. Slade me lançait des regards comme s'il cherchait à me remonter le moral, mais ignorait comment.

Maman pleurait assise à côté de papa. Elle avait une pile de mouchoirs sur les genoux, chiffonnés et mouillés de larmes. Tout le monde était venu à l'hôpital, mais ils ne m'approchaient pas, sachant intuitivement que j'avais besoin d'être seul. Sauf Slade.

Hésitant, il a tendu le bras vers moi et m'a pressé la main.

– Je suis désolé…

Sa voix était imbibée d'émotion.

Je l'ai laissé me toucher, car son contact était mieux que rien.

– Je sais.

– Il survivra, me rassura-t-il. Il est fort comme ses parents.

Je gardais les yeux rivés au sol.

– Maintenant, je sais pourquoi mes parents s'inquiétaient autant pour moi... je le comprends tout à fait. Ne pas savoir si son enfant est en sécurité... c'est la chose la plus douloureuse du monde.

Slade m'a pressé la main de plus belle.

– Je ne peux pas perdre mon bébé...

– Il va s'en sortir.

– Est-ce que c'est ma faute... parce que j'ai quitté Skye, et je l'ai stressée ?

Si c'était le cas, je me défenestrerais du plus haut gratte-ciel de Manhattan.

– Non, dit Slade. Ce sont des choses qui arrivent comme ça, sans raison. Mais les bébés prématurés survivent. Garde la foi.

J'ai senti les larmes me remonter aux yeux alors que la gravité de la situation s'insinuait de plus en plus dans mon esprit.

– Je ne peux pas... Si je le perds... je ne pourrai pas continuer.

Slade m'a regardé avec empathie.

– Et ma femme... elle souffre.

– Elle s'en sortira.

– Mais c'est ma faute...

– Non, affirma Slade. Ne dis pas ce genre de chose. C'est complètement faux.

Je me suis couvert le visage, sentant les larmes me brûler les yeux.

– Ma famille… ils s'accrochent à la vie alors que je suis ici, en bonne santé.

Slade a passé le bras autour de mes épaules.

– Cayson, ça ira. Le bébé survivra, et vous le ramènerez bientôt à la maison. Skye se rétablira, et vous pourrez commencer votre vie tous les trois. Tout ira bien.

J'ai ravalé la boule dans ma gorge et réussi à endiguer mes larmes. Je devais être fort. J'étais l'homme de la famille et je devais faire bonne figure. Si je ne croyais pas qu'ils allaient s'en sortir, peut-être que ce ne serait pas le cas.

Slade m'a frotté le dos.

– Ça ira. Tu n'es pas seul.

Si, je suis seul.

Huit heures plus tard, le médecin s'est approché de moi.

– Vous pouvez les voir.

– C'est vrai ? dis-je en bondissant sur mes pieds, sentant l'adrénaline monter. Ils vont bien ?

– Votre femme va mieux. L'état de votre fils est le même. Mais vous pouvez le voir.

– D'accord. D'accord.

Mes mains tremblaient d'impatience. J'allais pouvoir embrasser ma femme, et rencontrer mon fils pour la première fois.

– Vous pouvez emmener une autre personne. Mais c'est tout.

Emmener quelqu'un ?

Ma famille s'est rassemblée autour de moi, attendant que je fasse mon choix.

J'ai étudié leurs visages terrifiés et leurs regards implorants.

Mon premier instinct a été de choisir Slade. J'avais besoin du soutien de mon meilleur pote. Mais j'ai réalisé que je ne pouvais pas faire ça. C'était injuste.

– Sean, allons-y, dis-je en me dirigeant vers les portes.

Il ne m'a pas suivi. Il s'est tourné vers Scarlet.

– Bébé, vas-y.

Son regard s'est attendri.

– Non, ça va. Tu peux y aller.

Il a semblé hésitant. Sean voulait manifestement aller voir sa fille et son petit-fils. Mais il faisait toujours passer sa femme d'abord.

– Non, Skye a besoin de sa mère. Et tu dois rencontrer ton petit-fils.

C'était un moment tendre, mais le temps pressait.

– Magnez-vous. Je n'ai pas que ça à faire.

Je n'étais pas de nature impolie, mais j'étais différent dans les circonstances.

– Bébé, vas-y, dit Sean avec autorité, en la poussant en avant. J'irai plus tard.

Scarlet n'a pas protesté, sachant que c'était inutile.

– D'accord...

Le médecin nous a entraînés dans le couloir, puis il s'est arrêté.

– Qui voulez-vous voir d'abord ? Votre fils ou votre femme ?

J'ai sourcillé.

– Ils ne sont pas ensemble ?

– Non, répondit-il calmement. Votre fils est aux soins intensifs néonataux.

J'aurais dû le deviner. Je n'avais pas toute ma tête en ce moment.

– Et ma femme est à la maternité ?

Il a hoché la tête.

Je voulais voir Skye et la rassurer, lui dire que tout irait bien. Mais je savais que je ne pouvais pas y aller tout de suite.

– Mon fils. Je veux le voir d'abord.

Le médecin a opiné, puis il nous a conduits aux soins néonataux. Quand nous sommes arrivés, Scarlet et moi avons dû passer des combinaisons recouvrant notre corps. Elles étaient stériles, et nous devions les enfiler de façon particulière. Quand nous avons été prêts, nous sommes entrés dans la pièce, où se trouvait mon bébé dans une couveuse. Il y avait deux trous de chaque côté, fermés de façon hermétique par des gants dans lesquels on pouvait passer les mains.

Quand je l'ai vu, mes yeux se sont embués. Il était minuscule. Il tiendrait dans ma paume si je pouvais le toucher. Un tube était dans sa bouche et un respirateur lui insufflait de l'air dans les poumons. D'autres fils étaient accrochés à lui et ses signes vitaux étaient affichés sur un écran.

Je me suis lentement approché et je l'ai regardé derrière la vitre. J'ai admiré chaque détail de lui. Je n'avais jamais vu des doigts et des orteils aussi petits. Il avait les yeux fermés et il semblait dormir profondément.

Scarlet était à côté de moi et elle reniflait bruyamment en le regardant dans sa couveuse.

Mon fils.

J'ai passé une main dans un gant et tendu le bras vers le sien, réalisant que c'était la première fois que je le touchais. Ce n'était pas un contact peau à peau, mais je le sentais sous mes doigts. J'ai caressé son bras et senti ma colonne vertébrale se raidir. Il était chaud. J'ai touché ses doigts frêles en me retenant d'éclater en larmes.

– Mon fils, je suis là.

Scarlet a passé une main dans l'autre gant et a caressé ses pieds menus. Elle a reniflé de nouveau, et des larmes ont ruisselé sur son visage.

– Je suis là, dis-je en le regardant dormir par la vitre. Tout va bien aller. Papa va s'en assurer.

J'ai inspiré profondément en sentant ma poitrine se serrer. Puis les larmes ont roulé sur mes joues. J'ai sangloté en regardant mon fils innocent s'accrocher à la vie. Il ne méritait pas d'être là, impuissant. Il devrait être dans le ventre de sa mère, à se développer au chaud et prendre de la force.

Je suis resté là pendant des heures, à l'observer. Il ne bougeait pas, mais je pouvais percevoir son faible battement de cœur à travers la peau. Il ne semblait pas lutter, pourtant un combat se déroulait dans son corps. J'étais là depuis une éternité, et je savais que je devais aller voir Skye. Elle était probablement en larmes et terrifiée par ce qui arrivait à notre fils. J'avais beau ne pas vouloir m'éloigner de lui, j'avais besoin de la voir.

– Scarlet, tu peux rester avec lui ?

Je ne voulais pas qu'il soit seul. Je voulais qu'il ait toujours une personne qui l'aime à ses côtés.

Elle a hoché la tête, les yeux mouillés.

– Je reviens tout de suite, mon bébé, dis-je même si je n'étais pas sûr qu'il m'entendait à travers la vitre.

Après avoir quitté la chambre, j'ai enlevé la combinaison, puis je me suis dirigé vers le service de maternité. J'avais les joues marquées par les larmes, mais je me moquais du regard des autres. Je voyais à peine les gens que je croisais dans les couloirs.

Arrivé en maternité, j'ai demandé à une infirmière où était la chambre de Skye. Elle m'a accompagné jusqu'à la porte, puis elle s'est éloignée pour retourner à son travail. Je suis entré à pas de loup, au cas Skye serait encore endormie.

Elle était assise bien droite dans son lit, le regard distant et froid. Ses cheveux étaient emmêlés et elle m'a paru frêle, comme si elle n'avait pas mangé depuis des semaines.

La voir si faible me crucifie.

J'ai échoué dans mon rôle, qui était de veiller à ce que ce genre de choses n'arrive jamais. Je me suis approché lentement du lit ; le bruit de pas a attiré son attention. Elle a tourné et croisé mon regard, le visage tordu par la douleur.

– Mon bébé... sanglota-t-elle.

Elle a caché son visage dans ses mains, sa poitrine se soulevant comme si elle avait du mal à respirer.

Je me suis assis au bord du lit et je l'ai prise dans mes bras. J'ai posé le menton sur son crâne et j'ai écouté ma femme pleurer. Le son était si insoutenable que je me suis mis à pleurer aussi.

– Notre petit garçon... je me suis réveillée et ils m'ont dit ce qui s'était passé.

Je lui ai caressé les cheveux, même si je savais que ça ne l'apaiserait pas.

Elle a continué de pleurer toutes les larmes de son corps.

– Je suis allé le voir… il est magnifique.

Ses sanglots se sont arrêtés et elle a levé les yeux vers moi.

– Tu l'as vu…?

J'ai opiné.

– Je suis resté près de lui plusieurs heures avant de venir ici. Je devais le voir… veiller sur lui.

Elle a reniflé bruyamment.

– Comment est-il ? À qui il ressemble ? Comment va-t-il ?

Elle scrutait mon visage comme si mon expression allait lui apporter des réponses.

– Il est… petit. *Minuscule, en réalité.* Il pourrait tenir dans ma paume si j'avais le droit de le prendre. Il a dix doigts et dix orteils. Il dormait quand j'étais avec lui. Il est… beau, très beau.

Je culpabilisais d'avoir vu notre fils avant elle. Il avait passé tellement de temps dans son ventre qu'elle méritait d'être témoin de ses premiers moments de vie. C'était injuste de l'en avoir privée.

– Qu'a dit le docteur ?

Le plus dur est à venir.

– Il a du mal à respirer par ses propres moyens… il est trop faible. Ils l'ont mis sous respirateur artificiel pour le moment. Son système immunitaire est inexistant, alors il se trouve dans une couveuse où l'air est stérile. Je n'ai pu le toucher qu'au travers d'un gant.

– Il va vivre ? Il va prendre des forces ?

Je voulais lui mentir et lui dire que tout irait bien. Mais je ne pouvais pas le faire.

– Le docteur ne se prononce pas. Il devra rester en couveuse quelques semaines jusqu'à ce qu'il aille mieux. Il est dans un état critique pour le moment.

Elle a opiné lentement, et sa lèvre inférieure s'est mise à trembler.

– J'ai dû faire quelque chose de mal... trop manger... je ne sais pas.

– Skye, ce n'est pas ta faute. Ce sont des choses qui arrivent.

C'est ma faute. Je l'ai stressée inutilement et je l'ai mise en souffrance.

– Je ne sais pas pourquoi il a voulu sortir si tôt... je pensais être un nid douillet pour lui.

– C'était le cas, la rassurai-je, le bras autour de ses épaules. Comme je te l'ai dit, ce sont des choses qui arrivent et qui sont hors de notre contrôle.

– Je veux le voir. Je veux lui parler et lui dire que je suis là...

– Tu pourras le voir quand tu iras mieux.

– Je vais mieux.

– Skye, tu as perdu beaucoup de sang et tu es encore faible. Ils veulent te garder quelques jours ici jusqu'à ce que ton état se stabilise. Et ensuite, tu pourras le voir autant que tu veux.

Elle s'est remise à suffoquer, comme si je lui demandais une chose impossible.

– Quel genre de mère serais-je si je restais ici ?

– Tu ne peux rien faire de toute façon. Seules deux personnes sont autorisées dans la chambre stérile, et c'est ta mère qui est avec... notre fils, dis-je en réalisant qu'il n'avait pas encore de prénom.

– C'est vrai ?

– Oui.

– Elle doit être angoissée...

– On l'est tous, Skye.

– Cayson, je veux que tu t'en ailles.

J'ai dit une chose qui ne lui a pas plu ? J'ai encore merdé ou quoi ?

– Pardon ?

– Je veux que tu sois avec notre bébé. Il doit être avec son père puisque je ne peux pas être là. Veille sur lui et parle-lui. Assure-toi qu'il a conscience de ta présence et qu'il n'est pas tout seul.

Je ne pouvais pas refuser sa requête.

– D'accord.

– Tiens-moi au courant de toutes les nouvelles qu'on te donnera, même les faits insignifiants. J'ai besoin de savoir.

– Promis.

Elle s'est essuyé les yeux avec son avant-bras.

– À tout à l'heure.

– T'es sûre que ça va aller ? demandai-je en lui caressant de nouveau les cheveux.

– Oui.

– Tu veux que je t'envoie quelqu'un ? Toute la famille est en salle d'attente.

– Dis à mon père de venir. Seulement lui.

Je l'ai embrassée sur le front.

– Entendu. Je t'aime.

– Je t'aime aussi...

J'ai pris son visage en coupe et je l'ai regardée dans les yeux.

– Il va s'en sortir, Skye. Dans quelques semaines, on le ramènera à la maison. Il sera là pour son premier Noël.

Elle a fermé les yeux, luttant contre un nouvel assaut de larmes.

– Il sera là, répétai-je.

Elle a opiné.

– Il sera là.

J'ai quitté la chambre après un dernier baiser et je suis retourné dans la salle d'attente. Instantanément, ils se sont tous levés d'un bond et m'ont assailli de questions.

– Qu'est-ce qui se passe ? demanda Slade. Comment va le bébé ?

– Et comment va Skye ? s'enquit Sean.

– Notre petit-fils va-t-il s'en sortir ? demanda maman alors que de nouvelles larmes roulaient sur ses joues.

– Le bébé est en soins intensifs dans l'unité néonatale. Il dort. *C'est tout ce que je peux dire sur lui.* Et Skye va bien. Elle est réveillée et elle parle.

Tout le monde a semblé soulagé par cette nouvelle.

– On peut la voir ? demanda Trinity.

– Euh... elle veut voir son père d'abord, dis-je en regardant Sean.

Il n'a pas eu de réaction perceptible, mais une vague d'émotion a traversé son regard.

– Je vais rester avec le bébé en néonat. Skye se trouve à l'étage de la maternité.

– D'accord, dit Sean d'une voix hésitante, comme s'il avait perdu son assurance. Je la trouverai.

Je me suis tourné vers le reste de la famille.

– Le bébé va être en couveuse pendant quelques semaines. Il n'y a aucune raison pour que tout le monde reste ici dans l'attente de nouvelles. J'appellerai à la seconde où il y aura une évolution.

Comme je m'y attendais, personne n'a bougé.

Je n'ai rien ajouté et je suis retourné en néonatalité. Une fois aux soins intensifs, j'ai renfilé ma combinaison. Scarlet était toujours assise sur un tabouret devant la vitre, les yeux rivés sur le bébé.

Je me suis assis à côté d'elle et j'ai observé mon fils.

– Comment va Skye ? demanda Scarlet sans quitter son petit-fils des yeux.

– Bien. Elle est réveillée et ses constantes sont normales. Elle doit se reposer quelques jours avant qu'ils la laissent sortir.

– Bien, murmura-t-elle.

– Elle m'a demandé de rester avec le bébé.

Je ne voulais pas qu'elle pense que j'abandonnais ma femme alors qu'elle ne pouvait pas quitter son lit d'hôpital. Nous savions tous les deux que je devais être ici, à veiller sur l'enfant que nous avions conçu ensemble.

– Tu es exactement là où tu dois être, dit-elle sans me regarder.

Nous avons fixé en silence la couveuse transparente, les yeux posés sur le petit gars qui se trouvait à l'intérieur. Sa poitrine se soulevait chaque fois que le respirateur insufflait de l'air dans ses poumons. Il ne bougeait pas, ne gigotait pas des pieds. Il restait immobile et totalement vulnérable.

– Vous lui avez donné un prénom ? demanda Scarlet.

– Non.

Il était difficile de donner un nom à un bébé quand on n'était pas sûr qu'il vivrait assez longtemps pour le porter. Je ne voulais pas que ça porte malheur.

– Vous devriez le faire.

Je me suis tourné vers elle.

– Tu crois ?

Elle avait la main glissée dans le gant proche de ses pieds.

– Il va s'en sortir, Cayson. Il a du sang de Preston. Les Preston sont robustes. Les Preston survivent à toutes les épreuves. Il a peut-être l'air fragile dans cette couveuse transparente, mais je t'assure qu'il a une grande force en lui.

J'ai hoché la tête.

– J'espère que tu as raison.

– J'ai raison, Cayson. Fais-moi confiance.

J'avais envie de la croire sur parole. Je voulais que mon fils rentre à la maison avec nous et qu'il soit aimé chaque jour de sa vie. Je voulais qu'il passe son premier Noël noyé sous des tonnes de cadeaux dont il ne se souviendrait même pas. Je voulais le montrer à la terre entière. J'étais père désormais, et j'avais besoin de mon fils.

DU MÊME AUTEUR

Espoirs perdus

Tome trente-trois de la série *Pour toujours*

Commandez maintenant

Printed in France by Amazon
Brétigny-sur-Orge, FR